U0112439

深海夜航

朱文颖 著

江苏凤凰文艺出版社
JIANGSU PHOENIX LITERATURE AND
ART PUBLISHING

图书在版编目（CIP）数据

深海夜航 / 朱文颖著. —南京：江苏凤凰文艺出
版社，2023.7
ISBN 978-7-5594-7630-2

Ⅰ.①深… Ⅱ.①朱… Ⅲ.①长篇小说-中国-当代
Ⅳ.①I247.5

中国国家版本馆 CIP 数据核字（2023）第 047853 号

深海夜航

朱文颖　著

出 版 人　张在健
责任编辑　沈　飞　孙建兵
特约编辑　郭　幸
责任印制　刘　巍
出版发行　江苏凤凰文艺出版社
　　　　　南京市中央路 165 号，邮编：210009
网　　址　http://www.jswenyi.com
印　　刷　苏州市越洋印刷有限公司
开　　本　880 毫米×1230 毫米　1/32
印　　张　9.375
字　　数　188 千字
版　　次　2023 年 7 月第 1 版
印　　次　2023 年 7 月第 1 次印刷
书　　号　ISBN 978-7-5594-7630-2
定　　价　59.00 元

江苏凤凰文艺版图书凡印刷、装订错误，可向出版社调换，联系电话 025-83280257

目录

第一章

作为一位历史学专家以及人类学的爱好者，欧阳教授每天都保有摘选或者记录词条的习惯。这天上午，他选择的是这样两个词条：

一、知识分子

人类疯狂的自由观察者。他们重理解而轻说服，重诱惑而轻统治。他们摆脱陈规陋习，富有警觉，为盲目信念的替罪羊。

他们将以传统的"有机知识分子"的形象重新登场，用自己的辩才为国家、众机构、企业、教派等服务。在不久的将来，他们所担当的象征或服务性的职责，将由克隆形象来替他们履行。

在写下"克隆形象"这四个字以后，欧阳教授做了稍许的停顿。他打着了手边的打火机，为自己点了一根烟。他最近抽的这条软中华香烟，是一位姓邵的博士研究生春节拜年时送来的。同时作为礼物的，还有一盆皎白如玉、清香扑鼻的水仙花。对于这位邵姓博士生，欧阳教授内心的评价说不上好，却也谈不到坏。虽然此人谦逊有礼，为人低调，做学问也颇为扎实。然而为何对他的好感并非如此深厚、难以真正焕发……欧阳低头抽着烟，再次看着词条中"克隆形象"这几个字，突然不怀好意地偷偷笑了起来。

二、安乐死

一些国家将把选择死亡视为一种自由行为，并将安乐死合法化。另一些国家将限制医疗费用的开支，确立人均医疗费用，赋予每个人"生命权"。人们可随意地使用"生命权"。直至将它消耗完毕。这种做法将制造一个"生命权"的附属市场，使一些人在得知自己得了不治之症后或者贫困潦倒时，可以出售自己的"生命权"。人们甚至还有可能允许出售结束生命的"死亡券"，向人们提供可供选择的"死亡菜单"，如熟睡中的猝死，豪华或者悲痛的死亡，模仿自杀等。

正当欧阳教授在书房仔细摘选、思考词条的时候，欧阳太太——她的全名叫苏嘉欣，则在外面紧邻露台的客厅里烧煮咖啡。那架全不锈钢的德式咖啡机，是他们一年前在工业园区一家大型超市里挑选购买的。此刻正发出一阵貌似嘈杂、内在又颇为和谐的轰鸣声。欧阳太太今年四十五岁，然而体态苗条，身样娟美，看起来比实际年龄年轻不少。若是和仅比她年长五岁的欧阳教授站在一起，甚至还略微有种学生和老师的视觉感。

作为一名前评弹演员和旅行爱好者，欧阳太太也有不定期记录生活的习惯。大部分是关于旅行计划、美食，还有时尚想象之类。她在欧阳教授的书房里发现过一本名为《中国旅行计划》的书籍。作者是美国作家苏珊·桑塔格。在她的同名短篇小说《中国旅行计划》中，有着这样的段落：

应中国政府的邀请，我就要去中国了。

为什么人人喜欢中国？人人。

中国事物：
中国食品
中国洗衣房
中国的苦难

对于外国人来说，中国的确是太大了，以至于难以捉摸。但多数地方都是如此。我暂时不想弄明白"革命（中国的革命）"的含义，却想搞清楚忍耐的意思。还有残酷。以及西方无止境的傲慢无礼……

欧阳太太相当喜欢这本书。虽然有些段落能够马上读懂，而另一些则不能。但是它们统统显得非常神秘。欧阳太太喜欢一切神秘的东西。当初欧阳教授吸引她的一大堆品质里面，很重要的一项就是神秘。所谓神秘，就是他和她不同。并且在这不同里永远有她不能企及的事物。

这也就不难解释，近年来，当欧阳太太有点倒嗓的迹象，职业身份渐渐转向幕后，她新增的爱好（至少已经进入中年以后）却颇为令人诧异——它们并没显示出让生命的河流变得平缓的特质：像茶道花道广场舞之类，反而，有些曲折幽深不可思议的东西开始呈现出来。比如说，就在前不久，欧阳太太在半个月里一连去了三次上海，只是为了去上海当代艺术馆观看日本女艺术家草间弥生的展览。

"那是个疯婆娘。"欧阳先生曾经不无忧虑地这样提醒她。

"你说什么？"欧阳太太轻轻吸了口气。

会有那么一些时间，当欧阳太太感觉"她"和"他"之间的神秘感界线模糊之时，她会主动选择扯开话题。而这也是他们多年婚姻得以维系的相处之道。他们结婚快二十年了，如同绝大多数的中国夫妻，彼此已经厌倦到省略了争吵、怨怼、暴怒之类的情绪，而直接进入漫漫长夜般的沉默不语。

第一次出现这种情况的时候，他们都短时期有了一个婚外恋人。第二次大范围的厌倦降临时，欧阳太太竟然意外地怀上了他们的孩子。这一次的中年得子，让他们的婚姻驶入一个夕阳碎金般洒落的平静港湾。这是个头发柔软的漂亮小男孩，他们叫他家家。有一个阶段，他长得呆萌可爱，眼神晶亮。所有的人都围着他。"家家，家家，快到这里来。"或者，"家家，家家，你又不乖了吧，把床弄得像只狗窝。"

然而到了家家五岁的时候，不对，是四岁多，或许还要更早一些——欧阳先生和欧阳太太发现了一些微妙的不同。如同羽翼下的阴影，逐渐深了，并且蔓延出去。在走访了区级、市级、省级医疗机构，直到见了某个朋友介绍的国家级专业诊疗医师以后，欧阳先生和太太无可奈何地接受了这样一个事实：他们的家家可能是个自闭症患儿。症状暂时并不很严重，然而也绝不轻微。

"他不聋。但他听不见。"

"他也并不哑……"

这是那个戴着黑框眼镜的女医师对他们说的。以前她一定也对很多其他的家长说过类似的话。一定有很多人不太能理解。所以她忧虑踟蹰的眼神在镜框背后捕捉着他们。闪闪烁烁。

然而欧阳先生和太太一下子就明白了。

黑框眼镜女医师是这样解释的："这么说吧，就好比我们大家都在一扇门的外面，池塘呵、菜场呵、医院呵，这些东西都在外面。我们要钓鱼，就去池塘那里。要吃青菜豆腐、红烧肉呢，就去菜场。万一碰上头痛脑热的，医院也在不远的地方。但这孩子不是这样，不是这样……他被关在了门里。他一个人待在那里，再也不走出来了。"

欧阳先生微微叹了口气。在他的话语体系里，这件事很简单。简单到可以用一句话来概括：这孩子遇到了一个艰难的形而上的问题。他的逻辑和世界的逻辑是不一样的。他不会因为你看他一眼，就觉得自己也应该回看你一下。同样的，你给他指出了一个世界，要牵着他的手，慢慢地把他带进去。谁都是在那个世界里活的。但他甚至连看都不想看一眼。

而欧阳太太则轻抚住了自己的胸口。她觉得自己的眼泪快要掉下来了。但又漠然得懒得掉眼泪。对于这件事情，欧阳太太也有自己的理解方式。"这是一个天生厌倦的孩子。"她在心里默默对自己说。就如同她对于生活的疲惫与厌倦。就如同她半个月里连续三次去上海观看草间弥生的展览……

展厅里，欧阳太太在那个由无数圆点和条纹交织起来的光影里走动时，耳边常常传来这样的低语或者尖叫：

"这个女人画的都是什么呀……奇奇怪怪的，脑子坏掉了吧……"

"那边墙上的简介，你去看看。讲她真的是精神有问题的，你看了没有？是真的伐？是真的伐？"

这些声音有的很高。因为确实讶异。而有的则被故意压得很低很闷，因为评价错了，在公共场合是要出洋相的。

这个叫草间弥生的女人到底是谁？她画了什么？光是半面墙的简介，就已经给她贴了无数个标签——"密集恐惧症""精神病人""圆点女王""怪婆婆"……而即便有了这么多标签，大家仍然不知道她是谁。只有欧阳太太，她在那些斑驳光影里走动——那是草间弥生的《无限镜屋》——刚走进去她就惊住了。走了几步她就不愿意出来了，她想蹲下来，她想坐在地上。不，她最想做的是整个地躺下。躺下来，仰望那个空间，所有镜像、所有令人眩晕的无限光点还有幻化成的无数的他人和自己，都同时从四面八方向她涌来。

第一次去，走出《无限镜屋》的时候，欧阳太太觉得整个腿脚都是软的。而人处于亢奋又空虚的状态。

第二次去，她泪流满面。

第三次去，她是最后一个离开场馆的。街头华灯初上。她面目安详地坐上地铁，来到高铁车站；然后微笑着买票，坐上高铁，静静离开。

刚才离开的那个地方，是她的梦境。她的灵魂如同被撞击了一样，飞到了另一个空间。而当她知道还有一条秘密通道通往另一个世界的时候，眼前的这些鸡零狗碎、虚空疲惫就再也不算什么了。

所以，作为对于自闭症并没有太多了解的一位母亲，欧阳太太竟然天然地立刻了解了儿子家家的处境。家家只不过是个天生厌倦或者很早就厌倦的孩子。虽然家家从没看过什么草间弥生的展览，但那个无限镜屋，或许就在他的脑子里面。

然而，这件事情，乐观的部分是，对于欧阳先生和欧阳太太来说，理解儿子家家的处境都是客观快捷而贴心的。但是，毕竟，对于他们已入中年的婚姻来说，这是第三次，也是彻底的一次厌倦了。

午饭过后，欧阳太太照例坐在电脑前面，浏览了一会新闻，然后打开自己的邮箱。

每周的星期天，欧阳太太的母亲都会从城郊的一所高级养老院给她发来邮件。今天的这封非常简短。

小欣：

昨晚睡得不好。这个礼拜的睡眠都不是很好。上次你给我准备的安眠药，这边的医生说，副作用比较大……所以用用停停，停停用用，更加困扰了。

半夜醒着的时候，想起一件事。你小的时候有缺铁性贫血，所以晚饭时我总是强迫你吃肉。每次你都会很顺从地吃完所有的东西……但是有天早上，我发现了你吐出来的肉。我一直很想知道，你是把那一大口肉藏在舌头底下一整个晚上吗？

还有——你看上去是很乖的，也几乎从不顶撞我，但是——你心里是不是很恨我？……

妈妈

欧阳太太面无表情地看了一遍邮件。沉吟片刻之后，她合上电脑，走到露台上去练声。目前她正处于半退休的状态，只是在一些节日活动或者社区表演里偶尔客串一下。对了，她最喜欢唱的是徐丽仙的丽调。

欧阳太太在露台上练声的时候，欧阳教授则已经转移到了相邻的客厅。客厅角落里放着一套新近添置的音响设备——怎么说呢，欧阳教授是一位半路出家的音乐爱好者。但如果硬要把他进行准确归类，那是非常困难的，因为他什么都感兴趣，什么都会去听一听：古典音乐、流行音乐、蓝调、爵士乐、传统器乐、民歌、戏曲⋯⋯他只是在意某些瞬间的感受。很多时候，他的心只是平静理性地跟随着那些音符，流淌着、游荡着，至多微微泛起波澜。但是有那么几次，在很暗的灯光下，他突然感觉自己眼眶湿润。这种久违而强烈的震撼既令他惊喜，同时又让他极为害怕⋯⋯

"你怎么啦？"有一次欧阳太太正坐在他对面的沙发上。或许发现了某种异样。她的眼睛淹没在暗处。盯着他。

"没什么。没什么。"他有些慌乱地掩饰过去。并且胡乱找了个理由，调低音响的声音。走出房间。

"我出去买包烟。"

他在街上晃荡了大约十几分钟。再次回到家里，坐回沙发以后，才意识到自己忘了买烟。而欧阳太太也已经回卧室了。他听到浴室里传来时而激昂时而寂寥的水声。

欧阳教授从来没能完整地归纳出眼眶湿润的原因。但有时候他从书本和历史中寻找参照物。比如说，托尔斯泰晚年害怕音乐，因为有些音乐能强烈地引起他神秘莫测的心潮澎湃，让他交出内心坚决不肯交出的东西。而且托尔斯泰猛烈而更多地抨击的，是贝多芬的音乐。罗曼·罗兰是这么解释的："在那么多的令人颓废的音乐家中，为何要选择一个最纯粹最贞洁的贝多芬——因为他是最强的。托尔斯泰比一般人更清楚地认识到了贝多芬的力。托尔斯泰曾经爱他，他永远爱他。"

这个观点欧阳教授是同意的："一个人只怕他所爱的事

物……"他坐在客厅沙发上听音乐，随意地听，胡乱地听。有时候，一整天甚至整整一个礼拜都是平静的。但还有些时候，他能感到暗潮萌动，有什么东西来了，就在他背后那块黑暗的地方。渐渐汹涌……他的手心开始发汗，身体紧张地收缩起来。

欧阳教授和欧阳太太刚结婚的时候养过一条狗。当它后背弓起，烦躁不安，有攻击人或者其他动物的意图时，欧阳教授才会强烈地感受到：它是动物。而在平时看起来，它仿佛只有一些类似于驯服、忠诚以及温顺的品性。

然而，当欧阳教授眼眶湿润、手心发汗、身体里隐藏着一张弓的时候，他却莫名地感到痛苦。是的，痛苦。因为他不能像那条狗一样一跃而起，恰好相反，在被唤起狂乱的热情之后，他更加深刻地意识到，他被牢牢地困在这张沙发上、困在这间屋子里以及他无可奈何、渐渐下沉的中年时光之中。

他甚至不能像一个野蛮人一样吼叫起来，因为苏嘉欣——优雅美丽的欧阳太太就在旁边。他们是最亲的人。但是，欧阳太太去上海看草间弥生展览时，欧阳教授在旁边冷冷地提醒她："那可是个疯婆娘。"而欧阳教授在音乐声中突然眼眶泛红……苏嘉欣则在黑暗中警觉地盯着他：

"你怎么啦？"她问，"你没事吧？"

"我没事。挺好。"

每一次，他都是这样回答的。

第二章

离开欧阳教授和欧阳太太所住的小区，沿着一条临街小河，步行大约十多分钟的样子，就能来到一个四岔路口。路口有一小排凉亭，圈起一个小院，并且和喧闹的马路自然隔开。小院里有一栋独门独户的三层小楼，白天时小院里树影婆娑，到了晚上，小楼中间昏暗的霓虹渐渐清晰起来。上面是四个字：

蓝猫酒吧。

法国人克里斯托夫是蓝猫酒吧的老板。克里斯托夫长着一头微卷的棕色头发，五十多岁的样子，法语、英语和中文都说得相当流利。蓝猫酒吧的底楼是有着酒吧和西餐服务的混合区域，二楼是一楼区域的延伸部分，有座陡直的楼梯直接通向三楼宽阔的屋顶露台。

欧阳太太苏嘉欣因为职业的原因，照理要仔细保护嗓子，一般来说，几乎从来不碰辛辣的食物，以及含酒精类的饮品。然而有一次，从上海草间弥生展览回来，欧阳太太没有直接回家，而是去蓝猫酒吧喝了一杯。

克里斯托夫给欧阳太太调了一杯鸡尾酒，又卷着舌头跟她开了个玩笑……接下来，他像是突然想到了什么，说："对了，今天是星期三，每周三的晚上，我们这里的二楼都有一个箱庭俱乐部的活动。"

"是箱庭疗法那种吗？"欧阳太太自然地接了一句。就在不久以前，她刚带儿子家家做过类似的测试。所以清楚地记得那个放满细沙的纸箱子，以及各种各样的模型玩具。

"是的。但在我们这里不会过于严肃，只是……一个轻松有趣的游戏。"克里斯托夫耸了耸肩，又用手在自己的脸上从上到下抹了一遍，仿佛要把眼睛、鼻子和嘴巴全都抹成平面："当然，任何游戏，只是表面上看起来像游戏。"

欧阳太太想了一下，然后点头，表示愿意参与这个看起来轻松的活动。而就在克里斯托夫带她上楼以前，她突然轻声叫了起来：

"你可以再给我倒杯酒吗？我还要一杯酒。"

那天蓝猫酒吧的二楼人很少，前前后后，一共也就两个人玩了这个箱庭游戏。一个是苏嘉欣，另一个则是老板克里斯托夫的朋友，来这里短期度假的美国人比尔。

克里斯托夫给他们做了一个简单的介绍。

"来，你们认识一下，这是比尔，美国人。这是苏——嘉——欣。"说到这里，他忍不住笑了起来，表示自己毫无办法，简直就是无计可施。因为单单这苏——嘉——欣三个字，就如同中国的糯米或者面条一样，纠结缠绕，即便再说好几次，也还是无法把它们完全解开，所以也就只能这样了——

"苏——嘉——欣。"他咬咬牙，非常艰难地又说了一遍。

美国人比尔看上去要比克里斯托夫年长几岁。全棉格子衬衫的下摆塞进牛仔裤里面。他应该是刚喝了点酒，面颊两边泛出新鲜的猪肝色。两只灰蓝的眼睛则明亮喜悦，闪闪有光。

　　他听克里斯托夫介绍说，这位姓名发音很奇怪的中国女士是"中国地方戏曲艺术家"后，突然来了兴致。"我来弹曲钢琴吧。"他说。然后他便快步走到角落的一架钢琴那里，坐下弹了起来。

　　是肖邦的升 C 小调第20号夜曲。虽然比尔弹得磕磕碰碰，有些部分还如同潮汐汹涌，却猛地撞上了水里的暗礁……即便如此，苏嘉欣还是立刻辨认出来了。这旋律太熟悉，二十年前，当她还不是欧阳太太、欧阳教授也还不是苏嘉欣先生的时候，他和她，他们一起在无数个月夜、雨夜、雪夜，一起聆听过这首曲子。不知道为什么，每一次琴键落下的时候，她都觉得心疼。心疼得想哭，心疼得丝丝发痒。仿佛有一长串五彩的玻璃珠子、肥皂泡泡、雪花、眼泪……有很多美得不真切的东西在她面前飘浮。而后来，她之所以选择很快就与欧阳先生安顿、结婚，仿佛就是为了让那些玻璃珠子、肥皂泡泡停留、停留，仿佛就是为了紧紧地抓住它们……

　　苏嘉欣的思绪还停留在回忆里，那边的比尔已经演奏完曲子，很兴奋地回到克里斯托夫和苏嘉欣身边。他挥舞着手臂，示意克里斯托夫替他翻译。

　　"我父亲曾经说过，当年和我母亲坠入爱河时，他经常给她演奏肖邦的这首钢琴曲；而现在，我也弹给我女朋友听。"

比尔越说越兴奋，渐渐满脸绯红起来。

"过几天我就从这里去上海，然后飞到墨西哥与她会合。"

"你的女朋友在墨西哥吗?"苏嘉欣问道。

"是的，她是墨西哥人，就住在墨西哥首都墨西哥城。"比尔眼睛亮亮地回答说。

这时，一旁的克里斯托夫用手臂搂住了仍然处于兴奋状态的比尔，然后把他和苏嘉欣聚拢到屋子中间的那个大沙箱那里。

"我们来玩个游戏吧。"他说。

"这里是个大沙箱，里面放满了很细很细的沙子。"克里斯托夫分别对苏嘉欣和比尔说了一遍。一遍中文，一遍英语。

其实即便他不说，谁都能看明白，事情就是那样。面前是一个大箱子，里面铺满了很细的沙子。

苏嘉欣点点头。表示同意这个开始的方式；比尔则皱皱眉头，还做了个鬼脸。在他们的语言里，这同样表示同意这个开始的方式。

"沙箱的旁边，有六件模型玩具。它们分别是小屋、大树、石头、庙宇、一把刀，还有一个戴帽子的人。"克里斯托夫对苏嘉欣说："过会儿，你就用这六个模型玩具随意摆放组合，在沙箱中制作一个庭院。"

接下来，克里斯托夫又把这番话对比尔说了一遍，只有一个细微的变化，把其中的"庙宇"换成了"教堂"。

"好了，你们可以开始了。"克里斯托夫说。他在屋子里来回踱着步。走到沙箱旁边看一眼，离开；然后再踱步回来看一眼。

大约五分钟过后，苏嘉欣完成了她的沙箱庭院。

又过了五分钟，比尔的庭院也摆好了。

"这是一个很有意思的庭院。很有意思。"克里斯托夫看着苏嘉欣摆出的箱庭说，"有一次，一个客人在这里摆了一个箱庭。后来她告诉我，她从小到大都和母亲关系不好，很淡漠，甚至都不说话，像是彼此憎恨的样子。但是，她心里其实还是爱着母亲……她摆出的箱庭和你这个很像。"

苏嘉欣愣了一下，没有说话。过了一会儿，她问道："其他还有什么吗？"

"你有兄弟姐妹吗？"克里斯托夫又问。

"有个姐姐。"苏嘉欣回答。

"她死了？"

苏嘉欣脸色陡然一变："没有，她很好。"

"你的沙盘上看起来，仿佛她已经死了。"克里斯托夫淡淡地说。

那天欧阳太太苏嘉欣离开蓝猫酒吧时，心情颇有些阴翳不明。她在一楼吧台又要了一杯酒，然后走进外面的凉亭，一个人坐了会儿。渐渐下起了雨，院子里那些芭蕉叶子发出清脆的声响；雨卷着风，时大时小，凉亭里挂着的几只风铃叮当作响……

苏嘉欣非常后悔刚才踏进蓝猫酒吧的大门，并且莫名其妙地加入了那个箱庭游戏。她甚至有点恨那个法国人克里斯托夫。他是不是故意的？难道不是吗？以前她陪家家做的那次箱庭测试就与这个完全不同。那位治疗师看了家家摆出来的箱庭后，只是温和地微微一笑，他并没有追问家家任何问题。后来，他倒是和苏嘉欣聊了会儿，还说了一句出人意料、同时又让苏嘉欣异常感动的话，他说："这孩子做出来的箱庭看着心里真是难受呵……看一遍，他的艰难和痛苦就传递给我一遍……"

这才像个治疗师的样子呵。

当然，克里斯托夫的这个只是"游戏"，他一开始也是这么说的："让我们来玩个游戏吧。"……

这时苏嘉欣突然回忆起一个细节，那次带家家去做箱庭测试时，她挑选了一所高级心理治疗机构。在前台，她和工作人员交流了一会儿。

"您希望选择什么类型的专业治疗师呢？"那位工作人员说话细声细气的，如同刚入夏，天气也还只是微微热，启动风扇时吹出来的第一缕风。

"有什么样的可以选择呢？"苏嘉欣疲惫地问。

"嗯。是这样的。"工作人员温柔地说，"我们这里呢，有一部分治疗师有过在欧美国家深造或者培训的经历，他们的风格是比较欧美化的。还有一部分治疗师呢，就主要秉承了东方文化的精神……举例说吧，欧美派的治疗师一般认为，只有做完全的分析，然后形成语言才能最终治好病人。比如在摆完箱庭以后，或者在这之前，他们就让患者明确，这个是'我'，这块石头是'父亲'，这棵树是'母亲'；而东方派的治疗师常常不那么明确，他们会强调'让我们再来看一看''你可以再摆一下吗？'或者'说不清楚为什么''挺有意思的'……"

苏嘉欣认真地听着。一会儿点头，一会儿又皱眉。

"哪一类的治疗师更成功、更受患者欢迎呢？"她接着问道。

"这个要看具体患者的类型以及需要了。有的患者喜欢欧美派的治疗师，也有的喜欢东方派的。这个很难归纳。"工作人员看了看苏嘉欣迷惘的神情，于是决定把话题继续深入下去，"一般来说，内心比较强悍的患者会选择欧美派的治疗师——他们会决绝，毫不留情地追问你生命里最痛苦的事情，包括有意识或者无意识的。有一次一位患者说：'我喉咙里塞了什么东西。'治疗师就追问他：'你肯定想说什么，不要犹豫，说出来吧。'那位患者开始时不愿意说。治疗师就继续追问：'如果不真实地说出来，你的病是不会好的。'后来那位患者就说了，他说：'其实我想杀了我爸……'"

"什么？他说什么？"苏嘉欣忍不住打断了工作人员的话。

"他说他真实的问题和困扰，是想杀了他父亲。"

"他真是这么说的？"

"真是这么说的。"

"后来呢?"苏嘉欣明显萌生了巨大的好奇心。

"这位患者在治疗师的引导下,回忆了从童年开始一直到现在,父子生活中出现的一系列问题和阴影。以及其中他最纠结的事情。经过两个疗程的引导治疗,他的情况慢慢缓解了。但是另外一位患者,在治疗师的引导下,也被逼出了类似的答案。结果话一出口,连他自己都吓坏了。他怎么都没想到自己会有如此可怕的想法,而且竟然还说了出来,让陌生人都知道了。所以后来这位患者的病情反而更加严重了,内心负疚而受伤,还一再地对治疗师解释自己说出的不是真实想法,自己也不知道怎么会说出这种话来……反正是一团混乱。所以,我给您的建议是,还是要按照您孩子的具体情况来选择治疗师。"

"能说得再详细一些吗?"可能是被刚才所举的例子吓到了,苏嘉欣认真而谨慎地问。

"很简单。您相信我们生活的世界是完全确定或者有时候是不确定的?哪一种呢?"工作人员用一种探究的眼神看着苏嘉欣。

苏嘉欣没料想,科学机构的工作人员突然甩出一个哲学意味的问题,下意识地回答:"不确定。没有完全确定的事情。"

"好的。我知道您的选择了。"工作人员轻声叹了口气,拿出一张空白表格,"现在,您开始填表吧。"

于是，凉亭里的苏嘉欣，回想着与心理治疗机构工作人员的对话以及自己最终的选择，得出了这样的结论：刚才克里斯托夫的箱庭游戏其实是偏欧美派的。或许，还有一种可能，那确实只是一场"游戏"。就如同玩扑克占卜，有时候你好命好运，有时候则坏运坏命。因为，关于美国人比尔摆出的箱庭，后来克里斯托夫说了一大堆话……绝大多数苏嘉欣没有听懂。但是最后一句话她听懂了。听懂的原因主要有两个。第一，这句话克里斯托夫说得很慢。慢而沉重，甚至都有点结巴了。第二，这句话说完一遍，克里斯托夫又犹犹豫豫地重复了第二遍。

　　"比尔，你会死在墨西哥城。"克里斯托夫说。

第三章

这天傍晚，欧阳教授摘选的两个词条是这样的：

一、墨西哥

南北方混合的国家中一个最可能爆发剧烈冲突的地方。到2025年，它的人口将由目前的9000万增加到1.5亿。如果成功地维护了国家统一，它势将成为相拼文明的典范，统治西班牙语世界的强国，并在远离东北部的美国南方地区产生重要的经济和政治影响。

二、墨西哥城

美洲最大的城市。严重的污染将使它不得不搬迁。

晚餐的时候，欧阳先生和欧阳太太聊起了墨西哥。好多年前了，有一个夏天，苏嘉欣和省艺术家代表团一起，去南美进行为期一周的友好访问和交流演出。中间在墨西哥机场转机。

一个长得像印度人、同时又有点像印第安人的墨西哥海关警察，伸出手拦住了苏嘉欣和另一位评弹女演员——她的艺名叫阿珍。

"你们的签证有问题。"海关警察冷冰冰地说。

"你们跟我过来。"海关警察又说了一句。仿佛更冷冰冰了。

苏嘉欣和阿珍被羁押在一间黑漆漆、然而有窗的小屋子里。屋里有两排长椅，苏嘉欣和阿珍坐一排；另一排则坐了两个高大的中年俄罗斯男子，他们与她们是同一航班的，据说也是签证有问题。他们时而高昂时而缠绕地说着俄语，仿佛完全无视苏嘉欣和阿珍的存在。

阿珍感觉很害怕。越来越害怕，并且还越来越冷。她不断地对苏嘉欣说，她想离开一会儿，去一下洗手间。苏嘉欣安慰她说，她们在半小时以前刚刚去过洗手间，所以这一定是心理原因。是心理原因才让阿珍感觉有上洗手间的必要。苏嘉欣让她平静下来，"不会有事的。"苏嘉欣说，"一定不会有事的。"

但是阿珍仍然感觉害怕。她不时地抬头向屋外张望。门口站着两个海关警察，不是刚才带她们进来的那个。但又好像所有的海关警察都有相似的部分……阿珍注意到其中有个警察手里拿着警棍，裤袋那里放着发射电脉冲的电击枪——这是临出发前开团会，随行翻译给他们讲解的一部分。

"吓死人哉，真的吓死人哉。"

这是阿珍头一次离开自己的祖国。第一站就在巴黎机场弄丢了行李。值机员调查的结果是，行李托运途中出现了差错，结果被运到莫斯科去了。要第二天晚上才能送到阿珍所住的阿根廷布宜诺斯艾利斯的酒店。所以，第二天上午，苏嘉欣陪着阿珍去当地唐人街买演出临时用的旗袍。街上很冷，刮着风，走在街上的人穿着来自潘帕斯草原的皮草，戴着来自潘帕斯草原的皮帽，而她们穿街走巷很久，才在一家油烟味很重的中餐馆二楼，买到了一条尺寸偏大、面料又更像人造丝的短旗袍。

现在，那条来自布宜诺斯艾利斯的人造丝旗袍，正静静地躺在阿珍的行李箱里；而被带入黑漆漆的小屋以前，海关警察通过翻译和苏嘉欣（她同时代表了阿珍）进行了简短的对话。

"你们没有入境古巴的签证。"海关警察说。

"我们拿的是中国护照，去古巴是免签的。"苏嘉欣说。其实也不是苏嘉欣说，而是临出发开团会的时候，苏嘉欣隐约听到的一个细节。

"你们没有入境古巴的签证。"海关警察不动声色地重复了一句。

"那么，他们也是没有签证的。"苏嘉欣灵机一动，指了指不远处的另外几个人，他们分别是这个艺术代表团的团长、副团长以及可能还有着其他身份的团员。

"你们没有入境古巴的签证。"这是海关警察第三次重复这句话……这时旁边的阿珍拉了拉苏嘉欣的手臂。后来阿珍解释说，她看到海关警察的手朝裤袋那里摸过去。阿珍说她很害怕，担心那个墨西哥警察会去摸裤袋里的那支电击枪。

阿珍说她所有的害怕都是从那一刻开始的。即便她后来回想起来可能只是幻觉。那个警察的手或许根本就没有挪动过。但是因为她不能猜测他将要遵循的逻辑——那是一种她不知道、不熟悉的逻辑，所以即便是想象，也同样能够让她害怕到发抖。甚至不断产生想去洗手间的错觉。

在小黑屋的一个半小时里面，只要门口的两个海关警察稍有走动，阿珍就会像受惊的兔子一样腾挪一下。而另外两个俄罗斯人则非常镇定地聊着天。小小的空间里仿佛存在三种维度：本地的、掌握着自身逻辑的墨西哥警察；说着俄罗斯语、偶尔也冒出几句西班牙语的两个俄罗斯人，据说他们在签证方面出现了问题；不会说西班牙语、翻译也不在身边的两个中国人，她们来到南美国家，用本国的方言进行文化艺术交流，现在据说也在签证方面出现了问题。

后来，在从墨西哥飞往古巴的飞机上。苏嘉欣和阿珍又聊了会儿。阿珍说她现在一点都不想上洗手间了，仿佛刚才那个一直想上洗手间的人，完全就不是自己。苏嘉欣则聊了些其他的事。苏嘉欣说，有一本小说，是一位南美作家写的，她先生欧阳教授那时正在看，随手搁在案头。苏嘉欣整理房间的时候就拿起来翻了翻。里面有这样一段：

罗莎十七岁，是西班牙人。阿玛尔菲塔诺五十岁，是智利人。罗莎从十岁起有了护照。阿玛尔菲塔诺记得，有几次旅行，父女处于尴尬的境地，因为罗莎通过海关时走欧共体公民通道，阿玛尔菲塔诺走非欧共体公民入口。第一次过关时，罗莎出了麻烦，她哭了，不愿意跟爸爸分开。有一次，由于欧共体公民的队伍走得快，非欧共体公民的队伍走得慢而且提心吊胆，阿玛尔菲塔诺找不到女儿了，后来用了半小时才发现她。有时，海关警察看见罗莎太小，就盘问她是自己一人旅行，还是有人在出口等她。罗莎回答说："我是跟父亲一起来的，父亲是南美人，我必须原地等着父亲。"有一次，警察搜查罗莎的行李，怀疑她父亲会利用女儿的纯真和国籍做掩护，夹带毒品或者武器。①

到达古巴后，苏嘉欣和阿珍发现她们的行李箱被搜查过了。她们滞留在墨西哥机场小黑屋的那一个半小时，海关警察一定里里外外、无比仔细地翻检了她们的行李。苏嘉欣在布宜诺斯艾利斯买的那几个土著木雕，外包装纸明显被拆开过，有的勉强再包上去，有的则揉成一团，塞在行李箱的角落里。其中有个木雕人像，还折断了一条腿……

被墨西哥机场警察扣留的护照是阿珍的第一本护照。这是她第一次出国。经过一番烦琐的手续，在市公安局出入境管理处拿到了一本公务普通护照。从国际机场航站楼出发时，阿珍发现团长和副团长走的是贵宾通道；在飞机上他们坐的是商务舱；而直至整个艺术代表团离开墨西哥国际机场，飞机重新盘旋在南美洲奇丽璀璨的云层上空，阿珍才最终弄明白，为什么只有她和苏嘉欣的签证出了问题——团

----

① （智利）罗贝托·波拉尼奥《2666》。

长、副团长以及其他几个人所持的是公务护照，持公务护照的人入境古巴确实是免签证的；而持公务普通护照的人——阿珍和苏嘉欣——她们，入境古巴则仍然需要正规的签证。

苏嘉欣在这个问题上和阿珍的感受比较相似。苏嘉欣对阿珍说，刚才在小黑屋的时候，她感觉自己和团长他们的区别，其实就是罗莎与阿玛尔菲塔诺的区别。不管谁代表着罗莎，谁代表着阿玛尔菲塔诺。阿珍则说，她完全不知道罗莎与阿玛尔菲塔诺是谁，各自代表着什么。苏嘉欣想了想，对阿珍说，她自己也讲不清楚这里面拐弯抹角的感受。只是——只是，她突然感受到，这世界上所有人的区别，其实本质上都是罗莎和阿玛尔菲塔诺的区别。无论是不是同一种族，同一国家，同一城市，同一社区……就像罗莎和阿玛尔菲塔诺通过机场海关的时候那样，在某个特定的时间，他们必须选择走不同的通道。

这时，一位肤色暗黑发光的古巴美女乘务员问她们，喝茶还是咖啡。

阿珍犹豫了一下，说："茶。"

苏嘉欣没有犹豫，说："咖啡。"

艺术代表团在古巴度过了快乐难忘的三天时光。古巴的明媚阳光、干净如梦境般的海滩、美女微笑时雪白发亮的牙齿都给他们留下了极好的印象。演出也出奇的顺利。古巴人热情得能掀翻屋顶的掌声和欢呼声——让代表团的成员们怀疑是否刚才进行的是一场热闹的马戏表演。但怀疑并不说明任何问题，同时也不具备任何确切的意义。重要的是加勒比海的海风、沙滩、棕榈树，还有穿梭其间、翘臀丰乳的古巴妹妹服务生。她们甚至还会说一两句中文，当然只是最简单的问候。

你们好——

清脆而滑稽的发音，总是让苏嘉欣想起那种名叫火烈鸟的鸟类。

离开哈瓦那前的最后一个晚上，苏嘉欣和阿珍偷偷跟着当地导游去了一家特色小餐厅。苏嘉欣点了自由古巴鸡尾酒。喝到一半感觉相当不错，于是又为自己预订了第二杯。阿珍也喝了。说有点辣。并且担心会影响到嗓子。不管怎样，气氛还是挺好的。导游卡洛斯风趣健谈，有着南美人特有的黝黑饱满的肤色。他告诉苏嘉欣和阿珍："这个店是我朋友开的。"这无疑更增添了莫名的安全感。

他们从屋里挪到了棕榈树下的小院。院墙下面停了一辆破破烂烂的"拉达"轿车，院墙上则贴了条标语。奇奇怪怪的字母标贴在一起。后来卡洛斯告诉苏嘉欣和阿珍，这条标语的基本意思是这样的——

"我们搞个体经济、改革开放是为了更好地坚持社会主义。"

她们笑了起来，仿佛回到了某种熟悉的语境。墨西哥机场那黑暗而诡异的一个半小时，顿时如同沸腾的水汽，竟然有种遥远而暖洋洋的疏离感了。

是苏嘉欣又提起了这个话题。

苏嘉欣说，那是她平生头一次被搜查行李。体积巨大的箱子里，所有的东西都翻过一遍，改变了秩序与维度（当时苏嘉欣没有用这两个词）。苏嘉欣说，这种感觉很奇怪，仿佛这个箱子并不是她的。而是另外什么人的，只是被什么人，或者什么力量调换到了她这里。而且，更奇怪的是，这只被彻底折腾过的箱子让她产生一种怀疑与幻觉。仿佛自己真的夹带了毒品或者武器。至少也是不自知而被人陷害，箱子里被人偷偷放进了毒品、武器，或者两者同时。苏嘉欣说她又想起了书里的那个罗莎。被搜查过箱子的人就是弱者罗莎。不管是不是纯真、是不是被利用，都是弱者罗莎。

苏嘉欣一口气说完。感觉自己没有讲清楚，也很难讲清楚。而阿珍显然对这个话题不感兴趣。她不太高兴苏嘉欣旧事重提，让她再次想起墨西哥警察裤袋里的那支电击枪，还有那种想上洗手间的急迫与……耻辱（阿珍头脑里没有这个词，是她潜意识里的）。

阿珍提议早点回宾馆，苏嘉欣表示同意。卡洛斯虽然感觉结束太早，稍稍有点意外和失望，但也很快理解了情况。他帮助苏嘉欣用古巴比索付完了账单，并且留出了足够的部分用以明天在机场购买旅游纪念品。

古巴的夜色如同巨大的深蓝宝石。而同样深蓝的加勒比海，则藏在不远的棕榈树丛深处。三个人走在泛着光亮的南美大地上。卡洛斯的脚步轻快，有着弹跳的节奏。阿珍迈着小小的碎步。再拐过两个街角就是代表团的驻地宾馆。苏嘉欣注视着自己斜长的影子——它在第一个街角那里弯曲并且折叠成一种奇怪的形状。这时，卡洛斯突然说起话来。

卡洛斯说，他上个月有事去墨西哥。晚上去一家当地人开的酒吧喝了两杯。第二天他又去了。听说昨天晚上有两个姑娘一走出这家酒吧就被人绑架，并且当晚就遇害了。她俩的尸体被扔到了沙漠里。

说完这件事以后，卡洛斯就再也没开过口。

回宾馆以后，过了好久，阿珍才身体与声音同时颤抖地对苏嘉欣说，为什么刚才导游会说那件事。太可怕了。"吓死人哉，真的吓死人哉。"

苏嘉欣说她也不知道为什么。确实蛮奇怪的。没缘由地就说那么可怕的事情。而且偏偏又是墨西哥！

那天晚上苏嘉欣没有睡好。她不断听到阿珍起床上洗手间的声音。咳嗽的声音。好像还有谁在哭。后来火烈鸟叫起来了。

整个返程途中两人一言不发。这一次是古巴直飞巴黎。在哈瓦那机场购物的时候，阿珍问苏嘉欣借了些古巴比索。她买下了一座黑木制成的古巴木雕。苏嘉欣远远看了一眼，那是一个曲线优美的南美女人侧影。

"你知道的，南美洲我只去过智利。很短时间的逗留。"欧阳先生说："我倒是很想有机会去一次墨西哥，看看有没有类似的奇遇。"

欧阳太太微微笑了笑。她站起身，到家家的小卧室探望了一下。家家整个下午都在睡觉。欧阳太太站在床头长久地看着他。这孩子的头发长得更柔软了。摸上去就如同抚摸着一个梦境。

外屋的欧阳先生有些意犹未尽。在今天两个词条的基础上又加了一条。

三、拉丁美洲

快速发展的大陆。它像欧洲一样，组建了南美共同市场，并试图拥有自己的货币和独立于美国的政策。

拉丁美洲在经济上更接近于北美，文化上更靠近欧洲。未来它将重点发展同亚洲国家的关系。在那里，拥有2亿人口的巴西将成为具有统治地位的大国。

毒品仍将是拉丁美洲地区最大的经济、政治问题和该地区政府机构腐败的源头。

第四章

　　每个星期四的晚上，法国人克里斯托夫会在蓝猫酒吧举办一个默片俱乐部的活动。苏嘉欣断断续续参加过几次，后来有一次，她把欧阳先生也带来了。结果他们两个都喜欢上了这个俱乐部。

　　苏嘉欣是因为俱乐部里的那些人。每周四，从黄昏开始，蓝猫酒吧的小院里、芭蕉树下、凉亭中，甚至三楼的露台上，都站着、坐着很多有着不同肤色、说着不同语言的人……很快，她在里面认识了学习雅思的女孩莎拉。

　　莎拉是这个女孩的英文名，大家都习惯了叫她的英文名。莎拉留着清水挂面的头发，眼睛像细细的弯月，唇膏的颜色却是浓烈的猩红色。她说话的声音有一种与单薄身材不符的性感以及厚度，莎拉用这种音色告诉苏嘉欣，她的老家在长江以北的一座小城。从小到大，她家里都很穷。莎拉的父母大半辈子从没离开过家乡苏北小城，但是——莎拉离开了。她来到现在这个城市上大学，目前正准备明年的雅思考试。不仅如此，莎拉还告诉苏嘉欣，她同时还在自学西语、法语、德语和意大利语。这个瘦弱的女孩相信自己具备、并且实践证明，她也确实具备奇特的语言学习禀赋与天分。

　　"汉语充满了微妙和不确定的部分。外语嘛，特别是英语，更像一颗颗钉子。"

"钉子？"苏嘉欣感觉这个比喻相当新奇。

"是的，钉子。没有那么多腾挪，抓住关键词就可以。其实蛮残酷的。"莎拉正分神其他的事，随心所欲地这么解释了一番。

这时，苏嘉欣回想起，多年前，阿根廷布宜诺斯艾利斯的那个小剧场，她和评弹演员阿珍参加的访问交流演出。她穿着国内带来裁剪合身的绸缎旗袍，阿珍则穿着唐人街临时买来尺寸明显偏大的短旗袍……小剧场门口挂着球星马拉多纳的巨幅宣传海报。他愈发肥胖得厉害，叼着哈瓦那雪茄，据说又换了新的女朋友。琵琶声、苏嘉欣和阿珍的弹唱声被潘帕斯草原的飓风一下子就刮走了。她突然觉得很虚无。

演出结束后，苏嘉欣叫住了翻译，又叫住了一个身背吉他长发披肩的当地人——三十来岁的小伙，长得很英俊，样子很不羁。苏嘉欣注意到他演出时坐第一排，一直专注地凝视与微笑。

"你喜欢今天的演出吗？"翻译代替苏嘉欣问他。

他仍然微笑。点头。

"很好，真的很好。但是有点奇怪……非常奇怪。"他仿佛再也忍不住地笑了起来，露出一口雪白的牙齿。

这时阿珍快步过来，催促苏嘉欣赶快跟上团里其他人。苏嘉欣一脸沮丧。没想到才走几步，那个长发吉他小伙也小跑了过来。

"不过，我能理解，你歌唱里面的悲伤。"他灰蓝的眼睛小兽一般盯着苏嘉欣，很认真地说。

"你说什么？悲伤？"苏嘉欣愣住了。

"是的，悲伤。"

"蓝猫酒吧？那是个什么样的地方？"

在听苏嘉欣好几次提到这个地名以后，有一次，欧阳教授在书桌前缓缓抬起头。他取下那副精致的深蓝框老花镜（这是他刚刚开始的新历程），揉了揉酸胀的眼睛："最近，你好像经常说起它。"

苏嘉欣说，她也只是偶尔有一次走进去避雨。那天一楼正用幻灯放映一部法国喜剧默片。里面的人非常夸张地张大嘴巴，笑，哭，大叫，或者走来走去。后来老板克里斯托夫问她想喝点什么。她说咖啡吧。然后她就喝了一杯咖啡。一切都很安静。就像那部默片里的人，伸出手，迈开步子，魔法般延展到现实生活中那样。

"哦。"欧阳教授应了一声。

"很奇怪。"苏嘉欣眯缝着眼睛。样子像极一只迷人却又困惑的猫，"那天雨水顺着外面凉亭边沿流下来，哗哗哗的。我突然觉得那里很像一艘小小的诺亚方舟。"

"诺亚方舟？"显然，这个词令欧阳教授稍稍有点惊讶。

"是的。"

"那叫檐雨。"教授很快平静了下来，并且开始埋头在书架上寻找一份资料，"唐·杜甫《秦州杂诗之十七》：'檐雨乱淋幔，山云低度墙。'"

欧阳教授从讶异至平静、再过渡到漠然，其过程的快速以及自然，对于苏嘉欣而言，已经很是习以为常了。她一直觉得，其实欧阳教授骨子里并不喜欢她评弹演员的身份。"群众文化看世界的方式……蛮独特的。"有一回，向来严谨的欧阳教授说漏了嘴，苏嘉欣这才意识到，即便在亲密的婚姻生活里，这个男人仍然保持着强烈排外的精英意识。也不知是从什么时候开始，欧阳教授越来越频繁地关起门听音乐。独自一人。"我想一个人。""让我安静一会儿，好吗？"她听到屋子里有小小的声音回荡，直至成为巨响。有时苏嘉欣不经意闯入一个激烈的乐章，木管的声音激昂而热烈，渐渐乐队齐鸣……

两个人突然都变得不自在起来。仿佛同时闯入禁忌之地，看到陌生人的裸体。

"对不起。"苏嘉欣竟然脱口而出道。

"哦。哦。"而欧阳教授则轻轻咳嗽两声。把这种可怕的尴尬以及更可怕的疏离稍稍掩饰过去。

他们共同的音乐记忆，只是停留在肥皂泡泡般的"肖邦升C小调第20号夜曲"那里。简单纯粹的肖邦，永远在一个平面上回旋。他们也一样。生活螺旋上升的时候，其实他们很快就走散了。他们就像宇宙空间脱离轨道却又无法返回的粒子。一切坠入灰色与黑暗。

他们再也不能分享什么了。

倒是女孩莎拉。

"这里有意大利人、法国人、西班牙人、美国人、爱尔兰人、印度人、韩国人、越南人、缅甸人、马来西亚人、菲律宾人……"莎拉就如同一位生机盎然的人类导游者，她站在蓝猫酒吧小院的婆娑光影下，摇头晃脑地对苏嘉欣说。

同时，她的语言天分也令苏嘉欣惊讶而困惑。

"吧台边那个人在说，现在市面上流行一种药丸，吃了这种药丸的人会变得安详和幸福。"这是莎拉告诉苏嘉欣的。

过了一会儿，莎拉又对苏嘉欣说，凉亭里那两个已经有点醉意的爱尔兰人，正在谈论当年的西班牙流感和俄罗斯核泄漏事件。

"我每周来蓝猫酒吧两到三次，当服务生挣钱。克里斯托夫是个还算不错的老板。"最后，莎拉熟练地给自己点了一根烟。终于落地到了现实生活中。

有一个周日的午后，苏嘉欣照例打开电脑收邮件。两封。一封与往常一样，是母亲从城郊高级养老院给她发来的；另一封的署名则是"From 莎拉。"

莎拉向苏嘉欣预约她的生日派对。

"我和陀思妥耶夫斯基是同一天。"在信里，莎拉这样说。接着，她又补充道，"最近，我在学俄语。"

苏嘉欣发现，这封生日派对的邀请邮件，还有着一个长长的附件。附件文字挺长。苏嘉欣仔细看了一遍，感觉是莎拉从哪里抄来的。或许是解释她为什么近阶段开始学习俄语；或许是探究她和陀思妥耶夫斯基同天生日的巧合；或许还有另外什么可以延伸出来的含义。无论如何，这肯定是莎拉从哪里抄来（或者改一个更妥帖的动词：引用）的，但是……仍然相当有趣。

　　几乎没有例外地，陀思妥耶夫斯基的小说描写的都是生活在狭窄环境中的人。这种素材本身，确保令人废寝忘食的阅读。然而，使陀思妥耶夫斯基变成伟大作家的，既不是他的题材那不可避免的错综复杂，甚至也不是他心灵独特的深度和他的同情的能力，而是他所使用的工具，或毋宁说，他所使用的材料的组织方式，也即俄罗斯语言。

　　就错综复杂而言，其名词常常自鸣得意地坐在句尾、其主要力量不在于陈述而在于从句的俄语，是极其便利的。这不是你们那"不是／就是"的分析性语言——这是"尽管"的语言。如同一张钞票换成零钱，每一个陈述的意念在俄语中立即蘑菇似的迅速扩散，发展成其对立面，而其句法最爱表达的莫过于怀疑和自贬。俄语的多音节特性（一个词平均有三至四个音节）所揭示的由一个词覆盖的现象所包含的自然、原始的力量，远胜于任何理性分析所能揭示的，而一个作家有时候不是发展其思想，而是撞见并干脆陶醉于那个词的悦耳内容，从而转变话题，朝着一个意料不到的方向运动。而在陀思妥耶夫斯基的作品中，我们目睹题材的形而上学与语言的形而上学之间一种非同寻常的摩擦力，其强度近乎施虐狂。

　　他最充分地利用俄语的不规则语法。他的句子有一种发烧、歇斯底里、乖僻的步速，它们的词汇学内容几乎是美文、口语和官僚语言的疯狂大杂烩。确实，他绝非悠闲地写作。就像他的人物一样，他写作是为了糊口：永远有债主或最后限期在等待他。不过，对一个受最后限期困扰的作家来说，他的离题是非同寻常的，而这些离题，本质上，更多是由语言引起的，而不是由情节的要求引起的。读他，你不能不想到，意识流不是源自意识，而是源自一个词。这个词改变或重新定位你的意识。

苏嘉欣不懂俄语，她逼迫自己想出一个词。

很快，潜意识里跳跃出来一个。

猫。

苏嘉欣又加了几个随之跃出的词语。它们是这样的：哺乳动物；顺从；魔鬼；黑暗；眼睛……

她感觉身后凉飕飕的。

莎拉和陀思妥耶夫斯基同天生日那晚，苏嘉欣去了莎拉的生日派对。她还叫上了评弹同事阿珍。

阿珍穿了正规的套装，配以精致妆容，以示对于这个派对的尊重。

"那个叫……莎……莎拉的女孩子，她还有自己的乐队呵？"隔老远，阿珍就兴冲冲地嚷嚷起来。

莎拉靠在一根电线杆下等她们。她身上裹了一件又长又厚的黑色羽绒服，在街头路灯的"死亡光线"下，莎拉脸上白一块灰一块粉一块黑一块，嘴唇则是惨淡的红色。

"跟我来，跟我来。"莎拉带着苏嘉欣和阿珍穿街走巷。她的黑色羽绒服如同暗夜里蝙蝠富有魔力的双翼，在阴暗湿漉的窄巷里，仿佛时时刻刻都会升腾起来。

阿珍脚步有点跟不上，开始哇哇乱叫起来。阿珍气喘吁吁地说，这一带其实她很熟悉，有一段时间，她经常在不远处的一个茶馆里唱夜场《玉蜻蜓》。但说句良心话，以前真的从来没想到，这城里的巷子竟然如此幽深，拐进一条岔路，里面还有一条岔路。

就在这时，莎拉在一个门洞那里停了下来。嘎吱一声，门开了。一段陡直的铸铁楼梯出现在她们面前。

"呵？！这是要去哪里呵？"阿珍一个踉跄，差点摔倒。她一把抓住了莎拉的黑色羽绒服。

"就在下面。一个地下室。"莎拉的声音像陀思妥耶夫斯基的语调一样冰冷、坚定而又狂热。

"怎么会……去地下室的呀？"阿珍踮着脚尖、小心翼翼地挪动着脚步。仿佛发烫的铁轨上滚动的气泡。也就那么十来级台阶，到了。掀开一道厚厚的棉布帘，一阵巨大的音浪，如同潮水一般把她们吞没了。

莎拉给苏嘉欣和阿珍找了两个座位——在地下室靠墙的地方，挨着。然后就突然消失了。

这样的天气，地下室竟然没有暖气。这让阿珍吃了一惊。不仅如此，这里所有的座位都是铸铁的，如同已经永远凝成固体的冰块。这让阿珍再次吃了一惊。最为恐怖的是，阿珍发现，她周边的人全都安之若素地坐在这些凝固的冰块上。而她的套装显得异常单薄，像一层霜打过的纸。她的外衣虽然紧紧裹在身上，却仍然冻得缩手缩脚。

"音响开这么大！这么大！这么响的声音，要吓出心脏病的。"阿珍大声对身边的苏嘉欣说。然而苏嘉欣全神贯注地注视着某个地方，完全没有听见。

莎拉第一次出场的时候，苏嘉欣和阿珍都没想到是莎拉出场。全场灯突然灭了，所有人本能地在黑暗中尖叫起来。

"幸福大街！幸福大街！"有几个人稀稀拉拉地叫着今晚演出乐队的名字。后来叫声越来越整齐划一。过了一会儿，灯亮了回来，叫声淡去；突然又灭了……这样重复了两三次，莎拉从一道黑色的帘子后面出来了。

莎拉穿着鲜红的薄纱裙。裙子很短，一坐下来就处于走光的危险中。在舞台中央夺目的灯光下，莎拉变得和平时那个莎拉很不像；甚至和半个多小时以前、靠在电线杆下的那个莎拉也非常不像。

"她……是幸福大街乐队的主唱吗？"阿珍一脸懵懂地问苏嘉欣。

苏嘉欣也懵懂，但她使劲地摇头："她是蓝猫酒吧的服务生。"

不管莎拉是谁，她现在坐在一张铸铁的椅子上，说了几句话，然后开始唱歌。一首唱毕，她再要站起来的时候，全场灯又灭了。

"莎拉，莎拉，左边裙子拉拉好。"有人叫了起来，也有人在笑。

"莎拉，莎拉，右边裙子拉拉好。"

等莎拉重新站好，也整理好了衣服，灯光再度灿烂。灯光以及周边人的笑脸，脸上光影柔和与坚硬部分的比例，几乎所有人忘记了地下室的概念——铸铁这一物质的冰冷……这时莎拉又开始说话了。

"这条裙子是我的一位朋友给我设计的，设计得太短了，以致我每次穿上它就会忘记歌词。"

后来阿珍拉着苏嘉欣的手，重新走上那段陡直的楼梯。

临近午夜，外面刮起了大风。

阿珍只是短短地说了一句话。阿珍说："我怎么感觉，今天晚上比那次墨西哥机场更加诡异。"

苏嘉欣笑笑，帮阿珍把外套的领子竖了起来。

第五章

欧阳教授第一次跟欧阳太太苏嘉欣去蓝猫酒吧，是在一个星期四的晚上。

那晚苏嘉欣的姐姐苏嘉丽过来。苏嘉丽四十八岁，十几年前离婚，然后一直单身。刚离那几年身边男朋友不断，后来慢慢少下来。再后来，大约两三年前吧，有一次苏嘉丽打电话说她刚搬了家，很清静的小区，还有一个很特别的地方，"巷口有个小小的基督教堂。"

苏嘉丽在市立图书馆工作，经常会借阅一些儿童读物给家家。小男孩家家看上去很喜欢她的样子。不过，对于一个患有自闭症的小男孩来说，很难真正弄清，他究竟是喜欢苏嘉丽，还是喜欢她带来的那堆花花绿绿的杂志。或者，两者都不是。

欧阳先生微笑着说，既然家家喜欢嘉丽，干脆就让他们单独相处一会儿吧。

欧阳太太也想起，那天星期四，恰好是蓝猫酒吧的默片俱乐部时间。

那晚放映的是一部名叫《爱尔兰人》的电影。

影片一开始就是空寂的养老院镜头。代号"爱尔兰人"

的黑帮杀手开始回忆他的一生。

暴力来得异常迅速。特写画面中，年轻时的"爱尔兰人"掏出左轮手枪，直接对准一个人的后脑勺，血喷溅到墙上……伴随着老年"爱尔兰人"的画外音："我以前刷房子的时候……"

电影很长，整个围绕"刷房子"的故事讲了大概两三个小时。苏嘉欣后来才弄明白，这部电影就改编自名为《听说你刷房子了》的原著小说。而"刷房子"当然是一句黑话——职业杀手执行任务，猛一抬手，血溅在墙上和地板上。

等到蓝猫酒吧一楼的灯再次亮起，窸窸窣窣的人声、挪动桌椅的声音、啤酒杯子相互撞击的叮当声……小小现实世界再次回来了。欧阳先生坐着不说话，苏嘉欣也不响。后来还是苏嘉欣先说话了。

苏嘉欣说，要不还是到吧台那里坐坐吧，大家看完电影都会在那里聊几句，"有中国人，有外国人，当然，里面也有爱尔兰人。"讲到爱尔兰人这几个字时，苏嘉欣犹犹豫豫地停顿了一下。是呵。刚才电影里那几个刷房子的镜头，实在是太骇人了。

老板克里斯托夫也在吧台那里，今天客人多，他正帮着调酒师一起调酒。克里斯托夫分别向欧阳太太和欧阳先生打了招呼，他的声音越过几个人的头顶，向欧阳夫妇俩飘来："今天要不要尝一下爱尔兰黑啤酒 Guinness？"

欧阳先生笑了，表示这个建议很好。这时他在人群里发现了学校影视专业的两位教师同行，人一下子变得活跃起来。他一手拿过黑啤酒，转身就和他们聊了起来。而欧阳太太也表示自己愿意尝试一下这款黑啤酒，特别是在看了这部电影以后。

这时一楼的人群慢慢形成了几个小圈子。

欧阳教授和他的学者朋友们，后来几个会中文的留学生也加入了进去；苏嘉欣、与陀思妥耶夫斯基同天生日的女孩莎拉（她不知什么时候冒了出来）、老板、法国人克里斯托夫，还有美国人比尔……比尔很开心地一下子认出了苏嘉欣，在莎拉的翻译下，他告诉苏嘉欣说，他一直记得那天他们一起做的箱庭游戏——

"克里斯托夫说，我会死在墨西哥城！克里斯托夫说，我会死在墨西哥城！"比尔突然大笑了起来："我在墨西哥待了一个月，和女朋友一起。第一个礼拜，我天天弹肖邦的夜曲给她听，但她很快就厌倦了，我也很快就厌倦了。后来我们去了墨西哥的山区，在群山中思考着人类的社会制度……"

"比尔，你在说什么？"老板克里斯托夫插话进来。

"我说，我在墨西哥的群山中思考着人类的社会制度。"比尔回答。

"这是一种很好的思考。"克里斯托夫打趣道，"比尔大学时的专业是社会学和哲学。"他转身向苏嘉欣和莎拉做了一些解释。

话题很快回到了今晚放映的电影上来。

欧阳教授学校影视专业的两位教师表达了自己的意见和

疑问。两位教师说，目前他们正在联合撰写关于导演马丁·斯科塞斯的论文。看了今晚这部斯科塞斯执导的新片，很想听听大家的意见，特别是外国朋友的。

莎拉原先很激动，想说点什么的。一听两位教师想听外国朋友说，于是张了张嘴，又闭上了。

作为这个默片俱乐部（虽然今晚这部电影并不是默片）的发起人，老板克里斯托夫先说了几句，他说他看过斯科塞斯的很多黑帮片，《好家伙》《赌城风云》……总体感觉这部《爱尔兰人》是有点不同的。

美国人比尔把话接了过来："我不太喜欢暴力。但是——"他耸耸肩，表达一种无奈的态度："但是我不得不说，暴力确实无处不在。当然，这是一部好电影，我认为这可能是斯科塞斯最好的电影。"

"斯科塞斯最好的电影？"克里斯托夫瞪大了眼睛。显然，对于这个判断，克里斯托夫是有异议的，"你真的认为这是斯科塞斯最好的电影？"

这时两位影视专业教师加入了讨论。他们说，这部电影到底是不是斯科塞斯最好的电影，这个并不重要，而且也很难判断。他们倒是对另一些细节部分感兴趣……

"比如说？"女孩莎拉这时插话了。

"比如说，电影里有两个非常奇妙的慢镜头。"其中一位教师说，"一个是暗杀的慢镜头，一个是结婚的慢镜头。小小的银幕上挤满了各种各样的面孔，而且每张面孔的表情都很夸张，放大，慢速……"

他稍稍停顿了一下，又追问一句："斯科塞斯为什么要这样来处理？"

"这是典型的表现主义的拍摄手法。"他的同伴小声嘀咕了一句。

"我知道这是典型的表现主义。"刚才提问的教师继续说下去，"问题是，斯科塞斯为什么要选择这两个场景——刷房子的场景以及一场婚礼？"

大家都沉默了。问题有点难。不太好回答。况且谁都不是斯科塞斯呵。

"无意中看到暗杀的那些人，看到那么多血喷溅出来，总是会惊讶的，表情会夸张会变形。"女孩莎拉尝试着回答，更像自言自语："至于婚礼——"她有点为难地摇了摇头。

"黑帮电影常常从婚礼开始，《教父》就是如此。"这时欧阳先生说了这么一句。

后来话题又扯开来。两位教师、欧阳夫妇、莎拉分别梳理了一下有过观影经历的黑帮电影。而老板克里斯托夫和美国人比尔仍然专注于今天的《爱尔兰人》。他们说话的声音越来越大，几乎有点吵架的感觉了。

"你仍然觉得这是斯科塞斯最好的电影？我得说，我坚决不同意！"克里斯托夫喝了点酒，脖子好像变得比平时长了一些，"《爱尔兰人》再也没有斯科塞斯以前的血性和黑色了！"

"是的，它变得感伤。"比尔淡淡地说。

"他再也不是斯科塞斯的电影了！"

"没有什么东西是一成不变的。"

"但是……但是在这部电影里，我第一次明显感到，斯科塞斯老了。"克里斯托夫的声音变得犹疑起来。

"是的，这就是我认为它是斯科塞斯最好电影的原因。"比尔仍然淡淡地说。但说得很肯定、坚决。

欧阳先生和欧阳太太离开蓝猫酒吧时，克里斯托夫和比尔仍然还在热烈地争论。回家的路上，欧阳太太小声叽咕着，说她感觉今天克里斯托夫和比尔都有点奇怪，特别是比尔。上一次，她和比尔一起做箱庭测试。看了比尔摆出的箱庭后，克里斯托夫说了那么重、那么无厘头的话——"比尔，你会死在墨西哥城。"比尔也只是淡然一笑，哈哈大笑。反而今天，为了一部电影，倒是认真地争吵起来了。

"西方人天性里喜欢争辩，这是他们的文化传统。"欧阳先生说，"况且，那个比尔，大学时的专业还是社会学和哲学。"

欧阳太太沉默了一小会儿。仿佛希望欧阳先生无意中提起的这个精英话题，可以早早地自然褪去。

也确实如此。欧阳先生突然想起了另一件事。"你不久前来这里做过箱庭测试？克里斯托夫说了什么？"

"说了些我和我母亲的关系，有些纠结之类，其他没有什么了。"欧阳太太只字未提那件事——克里斯托夫看了她摆出的箱庭后，说她姐姐已经死去的事。

后来，关于养老院，他们倒是聊了几句。

"你母亲在养老院那里怎么样？"

"她挺好，每周给我写封信，几乎有点像一个思想家了。"

"嗯，等我老了，也找个养老院住进去。"欧阳先生微微笑着说，仿佛已经看到了那个清静、单纯、可以容纳一位纯正思想家的所在。

他们上楼梯的时候故意放轻了脚步。时间已经不早了。欧阳夫妇猜测，家家应该已经睡了，姐姐苏嘉丽或许陪家家睡了（以前有过那么一两次），也或许她正坐在客厅里安静地看电视（以前也有过那么两三次）。欧阳先生走在前面，但后来是欧阳太太取出钥匙打开了房门。反正稍稍有那么点错乱。

家家和姐姐苏嘉丽都睡了。客厅的音响开着，声音并不大，但循环播放着一首歌。

I was five and he was six/我五岁时他六岁

We rode on horses made of sticks/木棍当马骑着互追

He wore black and I wore white/他穿着黑色我穿白色

He would always win the fight/打起架来他毫不吝啬

Bang bang, he shot me down/邦邦，他朝我开枪

Bang bang, I hit the ground/邦邦，我跌倒地上

Bang bang, that awful sound/邦邦，恐怖的声响

Bang bang, my baby shot me down/邦邦，亲爱的冲我开枪

Seasons came and changed the time/岁月变迁，时光流淌

When I grew up, I called him mine/长大后我成了他的新娘

He would always laugh and say/他总是笑着拷问我的记忆：

"Remember when we used to play?"/"记不记得当年我们的游戏？"

Bang bang, I shot you down/邦邦，我朝你开枪

Bang bang, you hit the ground/邦邦，你跌到地上

Bang bang, that awful sound/邦邦，恐怖的声响

Bang bang, I used to shoot you down/邦邦，我也曾冲你开枪。

Music played, and people sang/音乐奏起，人们欢唱

Just for me, the church bells rang/圣钟为我一人而响

Now he's gone, I don't know why/他人已去，不能释怀

And till this day, sometimes I cry/直到现在，泪水难耐

He didn't even say goodbye/他甚至没说 Goodbye

He didn't take the time to lie./没来得及说谎使坏

Bang bang, he shot me down/邦邦，他朝我开枪

Bang bang, I hit the ground/邦邦，我跌倒地上

Bang bang, that awful sound/邦邦，恐怖的声响

Bang bang, my baby shot me down.../邦邦，亲爱的冲我开枪……①

---

① 电影《杀死比尔》插曲《bangbang》。

第六章

　　这天欧阳教授摘选的词条，欧阳太太是无意中在打开的电脑屏幕上看到的。

　　欧阳教授出门时忘了关电脑，而欧阳太太也难得去书房清洁打扫——各自保留绝对私人的空间，这是他们比较长久以来形成的默契之一。

　　还有一些默契是围绕着这个默契的，而最具统治地位的，是在夫妻关系最为糟糕的时候，他们自动把它处理（设置）成为"隔离清醒期"……欧阳教授躲在客厅的角落里听音乐；而欧阳太太则在密闭的露台上练声。另一些偶尔的回光返照时分，比如隔夜性事甜蜜，那么第二天，他们一定分床而卧。

　　在这个有着客厅、书房、大小卧室、浴室、厨房、一个长方形的半封闭露台（可开启可关闭）的公寓里，这一男一女时而悲观时而本质地实践与探索着人类的婚姻制度。并且他们相当清楚地意识到，无论他们是否意识到，事情基本就是这样了。

　　这天欧阳先生电脑屏幕上的词条是这样的：

一、传染病

随着人口、货物和物种的流动，大面积的传染病可能会重新再现。例如 H5N1 病菌可能会像1918年冬季流行的感冒病毒一样危险，当时世界上有一半的人口受到感染，4000万人死亡。猩红热病毒将继续引发令人可怕的后果。传染病的流行一般都是从破坏某些物种的生态环境开始的。市场规律显示，人们宁愿医治富人患者，也不愿研制用于预防穷人疾病的疫苗。因此，可能预测南方国家将发生大面积传染病。

这种情况可能导致人们在全球范围内采取一些措施，划出一些禁止人口流动的区域，这在一定的时间内会危及全球人口的流动和民主。人们可能还会仿照15世纪一些国家的做法，在全球成立控制传染病的世界警察，致使世界上出现一种全球性的权力。

还有一条欧阳教授摘写了一半。或许是时间仓促，还未完成，也或许是其他什么原因。

二、孤独

今日贫困的表现和未来超级漂游族奢侈的象征。

今日孤独的表现是家庭破裂。明天它将变得更加糟糕，变成一个孤独、个人愉悦和封闭叠加的社会。全球有一半死者的葬礼无人问津。后天，富人们将花高价购买个人独处和单独观看演出的权利……

欧阳太太把书房的地板来回拖了两遍。书架上的书籍资料也稍做整理。进行这些事情的同时，她的眼睛仍然不断地瞟向敞亮着的电脑屏幕——"传染病"，这不是什么新词。"1918年冬季流行的感冒病毒"，这就不是很清楚了。"在一定的时间内危及全球人口的流动和民主"，这就更不是欧阳太太可以想象的事情了。相对而言，欧阳先生还没有摘写完成的第二个词条，欧阳太太感觉更贴近，也更感兴趣一些。

孤独。

如果她和欧阳教授没有熬过婚姻的"隔离清醒期"，那么，她和欧阳教授将会分开。家庭破裂的结果，家家会跟着欧阳太太，或者欧阳先生。当然，更多的可能是跟着欧阳太太。形式上来看，确实比现在要孤独。一个三人整体，被拆解成了二加一，或者一加二。无论是一和二，都是小于三的。

到了第二个层面，已经需要动用视觉感和想象力了。但奇怪的是，出现在欧阳太太面前那"孤独、个人愉悦和封闭叠加的社会"，竟然是她连续看了三次的草间弥生《无限镜屋》形象。没错。就是它！屋子里那无数面镜子、LED灯、圆点反射出圆点、条纹交织出条纹、圆点反射出条纹、条纹交织出圆点、纵深里有孤独、孤独里有无限的纵深、欧阳太太还在里面看到了无数个欧阳太太。她惊呆了、吓坏了、迷醉了……她想在那里面蹲下来、坐下来、躺下来，唯独不想做的就是离开。

欧阳太太第三次在欧阳先生面前提起《无限镜屋》时，欧阳先生从资料堆里抬起了头。

"你说，你在镜屋里待了很长时间？"

"是的，很长时间。"

"你确信吗？"欧阳先生再次取下了那副精致的深蓝框老花镜，深深地看了欧阳太太一眼。

"是呵，当然……难道有什么问题吗？"

"但是，这个世界上，几乎所有草间弥生的装置《无限镜屋》，都只允许每个参观者在里面待足四十五秒，而且还要预约排队等两个小时。"

短暂沉默。恍惚。

"所以说……"

"所以说你认为我在骗你吗？"欧阳太太提高了一点声音。

"我没有说你在骗我。"

"但你就是这个意思。"

……

尽管这是事实：草间弥生的《无限镜屋》装置作品在世界各地展出时，需要排队预约，并且限制参观者时间（或许比四十五秒要长一些），但欧阳太太的感知也是事实：她确实在镜屋里待了很长时间。她重回街头，仍然感觉满街都是闪闪发光的物体：镜子、水晶球、发光的眼睛或者步伐。她甚至觉得，她的灵魂已经留在那个镜屋里了，只是肉身被踢上了大街、踢上了高铁、安顿在座位上，与周边很多不发光的物体挤在一起，缓缓被各自托运回了一些地方。

"草间弥生从小就有视听幻觉症。"欧阳太太说。

"是的。"欧阳先生点头。

"她基本是半个精神病人。"

"是。确实如此。"

"所以，身处她的装置作品里，或许会让人产生幻觉。"欧阳太太说。接着，她又补充了一句，"对于有些人来说。"

"是的，可能就是这样的。"

欧阳先生用第三次点头基本结束了这很小的一点点分歧。但是，不知道为什么，欧阳太太突然觉得心里憋屈起来。欧阳先生应该也有类似的感受。两个人的感受显然没有办法彼此冲淡或者消解。欧阳先生先说，好累呵，有点困。欧阳太太退出到客厅煮咖啡。德式咖啡机的轰轰声如同一道愤怒的瀑布，盖住了很多莫名其妙的声响。那天晚上，两人在静默中做了爱。后来，在两个人中，是欧阳太太先睡着了。

欧阳太太是接到了阿珍的电话，才决定出门去蓝猫酒吧的。在电话里，阿珍语速很快地对她说，她要的披肩已经弄到了……有那么一回，参加默片俱乐部活动，阿珍披戴了一条非常漂亮的丝绒披肩。苏嘉欣立刻对这块披肩的质地和颜色表示了兴趣："多么像古巴深蓝宝石般的夜色。"阿珍的笑容顿时凝重，表情复杂。然而阿珍记住了这件事。

于是欧阳太太给姐姐苏嘉丽打电话。苏嘉丽恰好休息，表示可以过来和家家相处几个小时。

关于家家将来的上学和生活问题，欧阳夫妇仔细讨论过，也咨询了很多专业人士。结论基本可以统一，家家需要康复训练，也需要心理治疗。然后，就是等待与观察。

"如果你的孩子能说话，能表现出恰当的行为，能在教室里安静地坐着，还能听从老师的指令，那么他还是有可能被学校接纳的。"其中有一位业界颇具影响的专业人士是这么说的。但接下来这位医生的话让欧阳夫妇大吃一惊，他说自己小时候也有类似症状，后来好了，如今则成了这方面的专家。

"你相信那医生说的话吗？"一出诊所，苏嘉欣这样问道。

"相信什么？"很显然，欧阳先生有点疲劳了，眼神变得漠然。

"说他自己……小时候也是个患儿。"

欧阳先生没有回答太太的问题。与此相反，他剜了她一眼。然后闭上眼睛，长长地叹了口气。这一连串没有逻辑关联的动作，苏嘉欣琢磨了几天，也没明白究竟是什么意思。

但有件事是明确的。起码，暂时来说，家家需要一个固定陪伴他的人。

"如果能有一个人工智能机器人……"

有一次，欧阳太太把干燥、松软、平整的衣服从新买的智能式烘干机里取出来，跟随着联想的翅膀，脱口而出。他们住的这套公寓，从底楼大门开始，就有很多与科技以及机器相关的密集细节。一楼大门有开门密码，电梯间里则是另外一个系统。后来，它们曾被分别改造成机器视觉、指纹识别、人脸识别、视网膜识别、虹膜识别、掌纹识别……去年夏天，欧阳夫妇购置了一套高效除菌的自动洗碗机。前后用过几次，然而欧阳太太总是感觉奇怪又别扭，并且无法相信那些碗碟已被完全清洗干净。烘衣机倒是好的，因为取出的衣物蓬松、温热、香喷喷，这是在生活中体会到幸福时才会产生的触感与嗅觉。

　　"如果能有一个人工智能机器人陪伴家家……"欧阳太太说。

　　"人工智能机器人？"欧阳先生皱了皱眉头。

　　"是的，我们不在的时候，它，或者它们可以照顾家家。"欧阳太太可能自己也并不很确信这件事情真会发生，所以说话声音有点轻，有点犹豫，更像自言自语。不久以前，苏嘉欣和阿珍参加过一次小型的文化交流活动，那一回她们去的地方叫安平。一切都井然有序地发生着，天空湛蓝，云层稀薄，飞机准点。她们的行李箱如同大鸟，安静而平稳地降落在大转盘上。在机场摆渡车上，她们见到了第一个智能机器人。第二个则出现在宾馆大堂，电梯外面站着第三个……距离演出开始还有大半天的时间，这一回，仿佛没有什么需要担忧的。长款丝绸苏绣旗袍妥帖平整地横躺在行李箱里，后来又被垂直地悬挂在衣橱里。梳妆镜、写字台、沙发旁的小茶几……所有的地方纤尘不染，仿佛有只无形的手，每时每刻都在抹去最细小的尘埃。苏嘉欣跑去隔壁敲阿珍的房门，提议出去逛逛街，阿珍表示同意。电梯像幽灵般安静地到达，门刚一打开，一个智能机器人站在外面向她们招手。阿珍说，这就是刚才上电梯时见到的那个机器人。但苏嘉欣说不是，是另外一个。两人真真假假辩论了几句。等到真正漫步安平街头，两人立刻闭了嘴，并且瞪大眼睛。在她们身边，各种各样高矮胖瘦的智能机器人穿梭走动，它们是安保员、执勤者、清洁工甚至还有送外卖的。它们彼此认识，打着招呼。但苏嘉欣和阿珍也发现了几个孤独的机器人。

"你有没有发现，这里没有红绿灯？"阿珍的头有点不自然地晃来晃去。

"是的，而且路边没有井盖。"仿佛倾诉秘密似的，苏嘉欣压低了声音。

"快看！这条街上连一根电线都没有呵。"阿珍呼吸着这个陌生城市的空气，发出小鼓风机般的声音。

那天晚上，苏嘉欣和阿珍从酒店坐出租车出发去演出的地方。阿珍一直在用手摸着自己身上的旗袍。

"这是丝绸吗？"阿珍的声音如同丝绸在水面漂浮。

"是丝绸呵，重磅丝绸，我陪你去观前街买的面料，找了师傅。"

阿珍又伸出手，摸了摸出租车的玻璃窗。

"玻璃。"她低声嘀咕了一句。

"是玻璃呵。"苏嘉欣扯了一下阿珍的胳膊，"你今天是怎么啦，东摸西摸的。"

"不知怎么的……总觉得……不太真实。"

"没什么不真实呵。这里不是布宜诺斯艾利斯，你的旗袍也没有托运错机场，现在正好好地穿在你身上。它是重磅真丝的，非遗传承人亲手为你量身订制。当然，手工费你出了高价，为此心疼了好几天。"苏嘉欣絮絮叨叨，在说服阿珍，但也有点像在说服自己。

"是的。我知道。我都知道。但我就是觉得不真实。"阿珍看着车窗外面走过一个戴口罩的智能机器人，顿时脸色一阵煞白。她缩了缩身体，压低了声音说，"而且，我比在古巴的那天晚上更恐惧了。"

从安平回来以后，欧阳太太在餐桌上询问了欧阳先生关于智能机器人的事。因为长期的词条摘选、记录、整理以及思考，欧阳先生立刻告诉了她关于智能机器人在概念意义上的说法。

"这个词诞生在1956年美国汉诺夫小镇的达特茅斯学院，包括麦卡锡、明斯基、香农在内的科学家，在那里进行了两个月的研讨，主题就是用机器模仿人类学习以及其他方面的智能。"

断断续续，欧阳先生说了不少，其中有个细节是欧阳太太非常感兴趣的。就在几年前，智能机器人阿尔法与人类进行了围棋的人机大战。当时，这是不大不小的新闻事件，电视新闻里也不时有镜头晃过比赛的进程，就连欧阳太太这类原先与高科技丝毫没有关联的人，也被动地关注到了。

"我想起智能机器人阿尔法下围棋的事了。"一落实到具体形象的事与物，欧阳太太的思维立刻变得清晰起来，"那次好像是阿尔法赢了。"

"是的，岂止是赢，三连杀。"

"好可怕，那个围棋天才为什么会输那么惨？"

欧阳先生点着了一根烟。他给欧阳太太举了中国武术的例子。欧阳先生说，在金庸和古龙的小说里，有一些能够吸收别人功力的绝世神功。比如说，北冥神功是《天龙八部》里逍遥派的绝世神功，由创派人逍遥子所创，它的宗旨是吸取对手的内力为己所用。对手内力愈强，北冥神功的吸力也就愈大。唯一的问题是，吸收对手功力时，多余部分需要排出体外，否则会反噬自己，类似万剑归宗。而与人类围棋天才对决的智能机器人阿尔法，就如同一位可以吸收对手功力的武林高手，每一张棋谱、每一次对弈都会给它带来功力的有效增长，强大到让最聪明的人类感到彻骨寒冷。

"可以说得再详细一点吗？"欧阳太太确实感到一阵寒冷。

"阿尔法每下一次棋，对手的棋路就会进入它的计算机程序，精密储存，永不遗忘。阿尔法既不存在体能的衰退、记忆的减弱，更没有任何意志力方面的问题，它永远是顶尖而毫无漏洞的冷血杀手。"

"那么，阿尔法如果和一位唱徐调的评弹演员唱对手……"欧阳太太突发奇想地问道。

欧阳先生没料到有此一问，稍稍愣了一下，但很快便回答道："阿尔法马上就学会了徐调。"

"如果是这样，以此类推，阿尔法如果和薛调、姚调、陈调、张调、严调、蒋调、杨调的评弹搭档演出，只要一次，它就学会了薛调、姚调、陈调、张调、严调、蒋调和杨调?"

"是的，从理论上讲，一点没错。"

"那么你觉得，人工智能机器人可以照顾家家吗?"欧阳太太又把问题闪回到了原点。

这个闪回让对话暂时终止，画面切回两人的内心或者想象世界。

在那个世界里，有一个模模糊糊的身影（看不清究竟是人类，还是智能机器人）。在欧阳先生的意识空间里，那个身影在房间周围走动，伴随着一长串似曾相识的音符与旋律。突然，它停了下来，问道："重来一下?"欧阳先生回答："好的，重来一下。"然后，刚才那串音符和旋律，就如同搭积木或者揉面条一般，被重新组合揉搓。"现在好了吗?"它又问。"好了，我觉得现在好了。"欧阳先生回答道。

而欧阳太太的世界里也有一个模模糊糊的身影。它看起来更像那种外星球登陆地球的生命体。欧阳太太在真实的电影里看到过类似的形象，所以它们具备更多可以论述的细节。或许长相与人类有所不同（五官是平面的；或者眼睛呈外凸球形，占据大半张脸的空间），但它们会说话，有时叹息有时笑。虽然发生得很少，但它们有时确实也会哭。有一次，欧阳太太梦见一个身影在照看家家。看上去竟然非常像《指环王》里的怪物咕噜。黑暗、光头、皮肤的颜色偏向苍绿。奇怪的是，梦里的家家和光头怪物相处得非常融洽而和谐。再次回忆这个梦境时，欧阳太太既觉得欣慰，同时也感到异常恐惧。

这只是一个例子。就是诸如此类……当欧阳先生和欧阳太太在谈论有些事情的时候，欧阳太太经常觉得他们确实在谈同一件事，但好像又不是。

第七章

阿珍说，她已经在蓝猫酒吧一楼凉亭等了很久。

很快，她又冒出一句让苏嘉欣非常吃惊的话。

"披肩你赶紧拿走，接下来可能有段时间，我们见不到了。"

"为什么？"苏嘉欣感觉奇怪。

"难道你一点都没听说吗？"这回仿佛是阿珍感觉奇怪了。

"听说什么？"

"传染病呵！"阿珍似乎被自己说话的音量吓了一跳，她压低声音，再次说道，"传染病呵……外面有几个城市已经很厉害了……最近要当心点，真的要当心一点。"

说完这些，阿珍就离开了凉亭，消失在旁边那片芭蕉叶后面。

"你的这位朋友很有意思。"这时，一个陌生的声音在苏嘉欣身后响了起来。

陌生人手里拿着印有蓝猫酒吧标记的咖啡杯，说明他是此地的客人。如果女孩莎拉在这里，凭借她出色的语言天分以及由此漫溯开的对于物之本质的捕捉，或许，判断会更丰富而具层次，然而苏嘉欣则是明确清晰而简单的（这也不坏，甚至更好）。这是一个白种人，不是黄色人种、黑色人种，或者棕色人种，而是一个"源自白人化之后的北非土著，后来经过长期演化和定居，扩散到北非、西亚、中亚、南亚、欧洲以及16世纪以来逐渐扩散至整个大洋洲和南北美洲"的白种人。

他长着一头灰白色头发，被风吹得有些纷乱。眼神明亮，皱纹不多。这头发以外的细节，不是确证头发颜色的出处，相反增添了不少疑惑。

他的中文说得相当不错，貌似也很愿意（或者说希望）与苏嘉欣聊天。

他先是道歉说，自己刚才在院子里晒太阳、喝咖啡，所以无意中听到两位女士的对话。虽然不是有意的，但他仍然觉得有必要就此向这两位女士（其中一位走掉了）道歉。

"我以前见过你。"他向那栋独门独户的三层小楼方向抬了抬手。接着他又告诉苏嘉欣，他是一位当地的外教。大致的意思，他的职业走向，往宏观里讲，就是把目前全球贸易、文化、外交、网络、传媒的第一大语言——英语，传授给"英语非母语"国家和地区的人们。

"那么，你呢？"陌生人停了下来，仿佛面无表情地看着苏嘉欣。

怎么说呢……苏嘉欣说，她的职业，也是大致的意思吧，就是用一种地方语言，时而说话，时而歌唱，讲述发生过的，或者正在发生着的人生故事。

"这个很有意思。"陌生人微笑了起来。

"你刚才那位朋友也很有意思。"陌生人又说,"她说传染病要来了,她很害怕。"

"是的,"苏嘉欣突然扑哧一声笑了出来,"她是个很胆小的人,有很多事情,她都感到害怕。"

"比如说?"

"比如说,在墨西哥机场,被拿枪的海关警察关进小黑屋。"

"这个确实让人害怕。"

"还有,听说有人被绑架后遇害,然后尸体给扔到了沙漠里。"

"这种事,无论是谁听到,都会感到害怕的。"

"晚上在地下室听乐队演出……她也害怕。"

"这个……我有点无法理解了。"陌生人打断了一下,"我想再去续一杯咖啡,你介意吗?"他微微低了一下头,向苏嘉欣致意询问。

而等他再次手拿咖啡杯回到凉亭时,苏嘉欣已经迫不及待地把对话延续了下去:"在一座陌生的城市,走在一条没有一根电线的街道上,她说,她害怕极了;然后,在出租车上看到窗外有一个戴口罩的智能机器人一闪而过,她说,她不会再遇到比这个更可怕的事情了。"

"是的,"陌生人说,"这些都是令人恐惧的。"

"或许她最害怕的就是今天了。她刚才连说两遍'传染病来了',然后,干脆人影都不见了。"

"是的，一点没错。"陌生人说："相对于所有的这些，传染病是最让人恐惧的。"

接下来的半个多小时，这位当地外教、白色人种的陌生人，给苏嘉欣讲了两个故事。

"或许将来，在你的职业领域可以用到。"他耸了耸肩，笑着对苏嘉欣说。

第一个故事有关身世。

白人外教说，1912年，他的奶奶和爷爷分别乘坐弗吉尼亚蒸汽客轮和泰坦尼克号巨型游轮，穿越大西洋，从古老欧洲来到新大陆——美国。他奶奶顺利抵达目的地。而他爷爷，就像大家都知道的那样，与那艘著名的游轮一起，最终葬身海底。而海难发生时，他奶奶乘坐的弗吉尼亚号客轮，就在附近不远的海域，或者恰好刚刚擦身而过。

"这太令人悲伤了。"苏嘉欣说，"不过，在中国，也有关于'我爷爷'和'我奶奶'的故事。比如《红高粱家族》，就是通过'我奶奶'戴凤莲以及'我爷爷'余占鳌两人之间的事，讲述发生在山东高密的生命赞歌。"

"是的，有时候这是真的，有时候则是一种讲述故事的叙述方式。"白人外教补充说。

第二个故事有关职业。

白人外教说，在来中国以前，他从事过十几种（或者更多）职业，比如精神病院陪护，智障人士护理，奇花异草俱乐部记录员……还短暂教授过影视学课程——在一所因为欧洲的经济情况已经濒临倒闭的私立大学。在来中国以前，他最喜欢的一份工作是为一家出版社担任文字校对。其中有一本书，主要研究在地球的几次大灾难面前，生物的自然演变过程。

"那是一本非常奇怪而美丽的书，里面还包含了生命体各个时期的照片。"白人外教说，"在世界剧变的同时，各种生命体的头脑、肢体、基因也在因适应环境而急切地变异。或者长出鳞片，或者生出翅膀，或者头顶华丽的冠冕。活下去，就是唯一的胜利。"

说到兴奋之处，白人外教又低头致意苏嘉欣："我还想去续杯咖啡，你介意吗？"

苏嘉欣摇头表示自己毫不介意。她稍稍犹豫了两秒钟，说："你能请我喝杯咖啡吗？"

"当然可以，太荣幸了。"白人外教说。他张了张嘴，似乎有点吃惊，似乎又很欣赏并享受苏嘉欣的这个提议。

很快，拿铁的香味夹杂进了谈话之中。

白人外教聊起了更多关于中国的事情。

他说，他在欧洲结过两次婚，也离过两次婚。来到中国以后，有过两任中国女朋友，一个英语很好，另一个则完全不会英语。

"语言……对于你们的交往，会有影响吗？"

"我会说中文，至少你是听得懂的，不是吗？"白人外教笑着说。

"是的，我知道。我指的是……"苏嘉欣寻找着合适的语言。

"我知道你的意思。我的回答是：或许有，也或许没有。"

"为什么？"苏嘉欣皱起了眉头。

"因为归根到底——人是无法沟通的。"这时，白人外教突然爆发出一阵大笑。这笑声是有意识的，借以解构这逻辑深处不得不引出的答案；也是无意识的，并且凭借这接近本能的无意识，抵达事物潜在处的真相。

"回到那本奇怪而美丽的书。"白人外教继续着他的话题，"后来，我和这两任中国女朋友都分开了。我很爱她们，但不管我曾经多么伤心难过，过了一段时间，每一次，我都发现自己仍然可以重燃热情——这时，我就又会想到那本奇怪而美丽的书，书里那些变异了却总是能活下去的生命。不管发生了什么，总是能活下去。"

说到这里，白人外教看了看手表，告诉苏嘉欣说，现在他必须离开了，他被订制的上课时间很快就要到了。接着，他又很有礼貌地询问苏嘉欣："您是不是需要再续一杯咖啡呢？"

苏嘉欣看着白人外教灰白色头发如同鸽之羽翼翻飞消逝，然后回味着他刚才说的这句话：

"我很爱她们。但不管我曾经多么伤心难过，过了一段时间，我都发现自己仍然可以重燃热情。"

原话不是如此。原话可能是这样的："我很爱她们。但不管我曾经多么伤心难过，发现另一个我喜欢的，我仍然可以重燃热情。"

苏嘉欣觉得真正的原话有些无聊。还稍稍有点无耻。但在她的专业领域（作为评弹和评话的叙述），倒是可以视为弹词开篇过场里的闲笔。另外，还有一个细节令她困惑。作为西方人，白人外教主动聊起自己的私生活，多少还是罕见的。苏嘉欣不能解释这是为什么。同时，她也不能解释，为何这困惑如同执念纠缠，甚至令她开始怀疑起刚才对话里的某些细节。

她走出凉亭，穿过小院，一个人再次走进蓝猫酒吧那栋独门独户的三层小楼，准备为自己再续一杯咖啡。

老板克里斯托夫在。让苏嘉欣有点吃惊的是，女孩莎拉也在。

克里斯托夫亲手做了一杯热美式，递给苏嘉欣。莎拉则要了苏打水，两人坐到临窗的桌椅边聊天。莎拉告诉苏嘉欣，她是来问克里斯托夫讨要薪水的，蓝猫酒吧已经拖欠了她好几个月。听到这个，苏嘉欣再次感到吃惊。莎拉又说，"我告诉你一件事，我最近在学校交了新男朋友，是西班牙留学生。他很穷，至少是没什么钱，而且我们完全 AA 制，所以我也变得更穷了。"

苏嘉欣的表情显示出：她简直感到惊讶极了。

苏嘉欣对莎拉说："慢一点，你慢一点往下讲，让我想一想，这里好像有什么东西错了。"

莎拉说："什么东西错了？我刚才告诉你的都是事实。"

苏嘉欣说:"我知道都是事实。正因为都是事实,才愈发显得奇怪。"

说完这句话,苏嘉欣沉默了一会儿。等她再度开口,她告诉女孩莎拉,自己已经稍稍整理了思绪,所以现在基本可以把事情的来龙去脉说得尽可能清楚。很多年前,她刚刚成为欧阳太太,经常替欧阳先生整理书房(她有很多知识和疑问都与欧阳先生的书房有关)。有一天,她发现一篇故事,或者称之为小说(苏嘉欣承认自己完全分不清故事与小说的区别),她觉得非常适合改编成为长篇弹词。

她把书里的一些片段讲给欧阳先生听,并且希望和他讨论。

欧阳先生说:"这故事表面上是你看到的故事,事实上远远要深奥难懂,并且复杂。"

苏嘉欣说:"没有关系,我只要它表面呈现的这个故事。"

"那究竟是个什么样的故事呢?"女孩莎拉好奇地插话问道。

于是苏嘉欣就把这个多年前她看到、想改编成长篇弹词的故事(小说)对女孩莎拉简单复述了一遍。

那故事大致讲的是,一位名叫阿三的大学女生,初恋爱上了一名美国外交官员比尔。为了和比尔在一起,阿三不惜被学校开除,因为她很明确"我爱比尔"。与比尔分手后,阿三又结交了法国人马丁、美国专家、比利时人等一些外国男人。她和他们相识、交往并不是为了钱(当然,作为一名20

世纪90年代的普通大学女生，阿三是贫穷的，至少并不富有），只是为了找回与比尔在一起时的那种感觉和情调……阿三最终的际遇是被人混同于暗娼，直至被劳教，被劳改农场的女犯们取绰号为"白做"。

苏嘉欣说，当时欧阳先生追问了一句，他说："你为什么要选择把这个故事改编成长篇弹词呢？"

苏嘉欣回答道："因为它情节曲折，有传奇性。"

欧阳先生又问："那么，你认为它到底讲的是什么呢？"

苏嘉欣说："一个中国年轻女孩的成长、爱情，还有……性。"

欧阳先生就长长地叹了口气，说："如果你这么改编呢，这个故事就表面化简单化了，或者说，被改成了另外一个故事。"

苏嘉欣又是惊讶又是有点不服气，她问欧阳先生："那么，按照你的看法，这个故事究竟讲的是什么呢？"

欧阳先生说："我讲了可能你也不懂。但是……怎么说呢，就这么说吧，这个故事其实和爱情，和性一点关系都没有。这是一个象征性的故事，讲的是我们的第三世界的处境。"

苏嘉欣的回忆到这里戛然而止。而当年苏嘉欣对于那个故事的改编计划也就此搁浅。因为苏嘉欣确实说不清什么叫作"第三世界的处境"，并且对于改编一个有着如此复杂深奥背景的故事顿时失去了兴趣。

"然而今天，"苏嘉欣对坐在对面、正喝着苏打水的女孩莎拉说，"你刚才对我说的那些事，你的外国新男朋友……突然让我重新想起了这个故事……"

女孩莎拉再次打断了苏嘉欣的话："但是你说的这个故事，和我一点关系都没有。"

"确实和你的没有关系，表面上看起来，一点关系都没有，但是……"苏嘉欣仿佛搜肠刮肚地寻找着合适的言语，至少试图尽可能靠近，"我记得那个故事里有这么一段，大学女生阿三与美国外交官比尔彻底分手以前，比尔给阿三介绍了两份家教，一份教汉语，一份教国画。教的都是美国商社高级职员的孩子，两家都住繁华的淮海路后头的侨汇公寓，一进门就是另一个世界，混合着奶酪、咖啡、植物油，还有国际香型的洗涤用品，羊毛地毯略带腥臭的味道……"

"这一点都不稀奇。这种地方现在多的是。"女孩莎拉已经有点不耐烦了，而且，苏嘉欣挑起的这个话题，多少令她有些不快起来。

"一点没错。我第一次走进蓝猫酒吧的时候，都会稍稍有些类似的感觉。"

"蓝猫酒吧？！"莎拉突然哈哈大笑起来，她说，"拜托了，好不好，这里可不是美国商社高级职员的住宅区，也不是淮海路后头的侨汇公寓。如果硬要做个比喻，蓝猫酒吧倒是有点像电影《卡萨布兰卡》里的里克酒吧。"

"电影《卡萨布兰卡》里的里克酒吧？"苏嘉欣愈发困惑了。

"二战爆发后，为了躲避纳粹，大量欧洲人逃离了自己的国家。摩纳哥北部的城市卡萨布兰卡成了从欧洲到美国的重要中转站。小城有一个叫'里克酒吧'的地方。那里常常聚集着各种肤色各种身份的人。而里克酒吧的老板，他的名字就叫里克。"莎拉聊起电影来如数家珍。

"你不会是想说……"苏嘉欣瞪圆了眼睛。

"当然不是。"莎拉再次扑哧一笑，"这里就是普通的老外聚集的地方。而老板克里斯托夫呢，也不像里克酒吧的老板里克那样玩世不恭……克里斯托夫人挺好，就是手头比较紧，最近愈发周转不过来。都已经欠了我两个月薪水了。"

莎拉继续往下说，仿佛顿时打开了话匣。莎拉说，她一点都不像苏嘉欣刚才讲到的那个阿三。在和西班牙男朋友的相处中，她并没有类似于阿三那样的困扰。她的西班牙男朋友之所以喜欢她，无非因为她就是她，她也从不需要假装扮演成任何另外的人；与此同时，她内心并不在意她的西班牙男朋友是把她看作完全的中国女孩，还是比较西化的中国女孩，或者其他什么。具体说来，他们两个——中国女孩莎拉，和她的西班牙男朋友，至少从目前来看，谁都没有因为这段恋情而具体地去改变什么。

"做自己就可以了。不需要改变。"莎拉再次强调说。

莎拉还回忆了一下她和西班牙男朋友第一次约会的情景。

"我带他去看了一场昆曲。"莎拉说。

"看昆曲?"苏嘉欣的声音极其清晰地表现出她内心的惊讶，"他能看懂昆曲吗? 我觉得他看不懂。"

莎拉说，其实她非常清楚。她知道他看不懂。而这个主意——请她的西班牙男朋友看昆曲……或许只是她潜意识里的什么东西。那天他们早到半个多小时，于是莎拉带着他在剧场周围兜兜转转。剧场走廊和小展厅里放了一些昆曲脸谱、服饰和道具，色彩、气息以及声音都与现实世界迥异。莎拉觉得在那个场域充斥着三种异质的东西：普通观众与这种古老剧种；中国人与莎拉身边的西班牙男朋友；莎拉的西班牙男朋友与古老神秘的昆曲。它们之间，有些是点与点的关系，有些是点与面的关系，还有些是面与面的关系，再有一些，则是平行存在、彼此窥视、但需要穿越转动黑洞（虫洞）才能抵达彼此的不同时空区域。

那晚演的是七月七日《长生殿》。并非夜半无人私语时，看完以后，西班牙男朋友只是微笑着，沉默不语。

莎拉说，他承认确实基本没有看懂，但也基本看懂了，无非男欢女爱的事情。当然，表现方式非常不同。西班牙男朋友说，他是学工科的，对于具体的物质现象特别敏感。他强烈感受到的，是速度的不同。这就是他当时的原话："速度的不同。"很冷，很干，也很硬。或许，从另一种意义上，也非常准确。莎拉还说，后来他们交往久了，她发现，她的西班牙男朋友感受到的中国，在他的表述中，大部分是以速度和体积的方式呈现的。而他的感情也是以速度和体积的方式呈现的。很客观，虽然是西班牙式的火热的客观。

莎拉说，有一次她问他："来这里以前，你想象过中国吗？"

西班牙男朋友是这样回答的："这个问题，就如同问我，在认识莎拉以前有没有想象过莎拉。"

苏嘉欣听到这里，长吁一口气，说："这和阿三的故事太不一样了。"

"哪里不一样？"莎拉露出一丝坏笑。

"那个阿三遇到的都是很强的、几乎要随时吞噬她的黑洞。"

这时莎拉把她那一丝坏笑撑大到三倍："我的绰号就叫小黑洞，他给我起的。意味着东方的神秘与危险。"

莎拉仿佛又想到了什么，补充道："后来我很快发现，他对于中国的那些民间艺术，既不反感，也不热衷，他只是一个普通的介入者。况且，作为一个穷留学生，对于物质的现实主义精神，一下子就让我们变得平等起来。"

"所以说，他不是一个做作的人。"苏嘉欣补充了一句。

"是的，"莎拉说，"恰恰相反，我认为他非常诚实。"

第八章

在晚餐桌上，欧阳太太对欧阳先生说了女孩莎拉和她的西班牙男朋友的交往细节（还没有形成故事），然后，她把自己的疑问又说了一遍："这和阿三的故事太不一样了。"

欧阳先生在餐桌对面沉吟了一下，速度很慢然而清晰果断地说道："这很简单。阿三和比尔的强弱对比，就是二十多年前东西方的强弱对比；而现在你那个朋友莎拉和她西班牙男朋友的强弱对比，就是二十多年以后东西方的强弱对比……当然，我说的是个平均值，普遍意义上的。是不是可以这样说呢？"

欧阳太太停下了手里的筷子。

"再有，"欧阳先生继续说，"阿三的英文名字叫苏珊，你那位朋友，我在默片俱乐部见过的，你介绍她时，只有她的英文名字莎拉，对不对？莎拉？"

欧阳太太仍然没有接话。

"所以说，这个莎拉的故事，仍然是一个象征性的故事，讲的仍然是我们第三世界的处境。只不过……事情变得愈发复杂了。"

欧阳先生也听说了传染病的事。

他在用餐时提起了这件事，语速很慢，语气很轻……但是欧阳太太还是听出了一种奇怪的忧心忡忡。

欧阳先生首先说的是天气。他问她有没有觉得这些年的天气有些奇怪？比如今年，一点都不冷。欧阳太太说确实如此，家家的厚羽绒服拿出来了，但并没感觉有穿的必要。她接着又说，不过前年的冬天非常冷，客厅、书房、卧室所有的空调全部都打开，但是仍然冷得彻骨。

"都在说全球气候变暖……到底是变暖还是变冷？"欧阳太太问。

欧阳先生停顿了一下，才开始说话。或者说，才开始回答欧阳太太的这个问题。欧阳先生说："我们身边的人和事呢，其实并非都是清晰透明的，有很大一部分处于一种'弯曲的进行时'。"

"什么叫'弯曲的进行时'？"欧阳太太问。

欧阳先生说："从古到今，人们总是在谈论天气。一种说法是全球气候正在不可逆转地变暖。大致从1930年开始吧，老人们说，现在的天气真不像以前了。他们童年记忆里骇人的暴风雪、早秋时节冰封的湖面，这一切都结束了，年轻一代赶上了好天气。大众媒体开始涌现文章，宣称冬天真的变得温和了。气象学家仔细查看了自己的记录，证实了这种说法——暖化的趋势来了。于是气象专家们告诉科学记者，霜冻晚了，几百年来都不曾见过小麦和鳕鱼的北国，现在却可以收获小麦、捕获鳕鱼了。"

"那就是说，全球气候确实在变暖？"欧阳太太说。

"我还没说完，"欧阳先生又继续，"但与此同时，也有人在谈论'小冰河时期'这个概念……"

"什么叫'小冰河时期'……"欧阳太太插话进来，又马上意识到有点不妥。

但这一次欧阳先生没有不耐烦："'小冰河时期'是相对'冰河期'而言的。冰河期的地球极端寒冷，大部分地表被冰雪覆盖，大量喜暖动植物灭绝。小冰河时期没有那么严酷，但同样会导致地球气温大幅度下降……"

"举个例子说吧，"欧阳先生显然不断在琢磨着表达方式，"在古代，每到小冰河时期，全球温度略有下降，就会导致人类社会整体朝着赤道地区南移，在这里面呢，以位于温带地区的游牧民族感受最为强烈。"

"说得再具体一点吧，"欧阳先生转了转眼珠，"夏商周的时候，华北地带是热带气候，有大象犀牛和鳄鱼，很像今天的东南亚。但商周以后就开始一点一点降温，一直在变冷。"

欧阳太太安静地听着，那种神秘而不可企及的感觉又回来了。但这一次，不在她和他之间，而在他、她，他们与另一个庞大之物之间。

"在中国历史上发生过四次小冰河期，都造成了当时社会的大规模动乱，无数人死去——因为饥饿。而引起饥荒的原因，就是当时小冰河期的寒冷气候，寒冷造成粮食减产，天气寒冷与旱灾又导致蝗虫的大量增长，由此爆发了大规模的蝗灾。"

"蝗灾?"

"是的，蝗灾。我最近在看一段史料，山东郯城这个城市在1641年有过大灾。地震过后，人们找不到东西吃，就出现了人吃人的现象。还不仅仅是地震，还有水灾、旱灾、蝗灾。后来最主要就是蝗灾。在1641年的县志中，关于饥饿是这样描述的。说在这一年，即使是最亲近的朋友，也不敢一起走到田野里。有夫妻两个，感情非常好，有一天抱头痛哭，说现在我们俩只能活一个了，怎么办啊？"

"这个太残酷了。"欧阳太太忍不住打了个寒战。

"历史一向是残酷的。"欧阳先生眼皮都没有抬一下。

"后来……他们谁把谁吃了？"

"不知道。这个不重要。在历史的长河里，总有人吃人，总有人被吃。"欧阳先生平和了下语气，继续说道，"所以回到刚才说的话题，其实不管是全球气候变暖，还是小冰河时期。在一个弯曲的进行过程中，有时这个占先，有时那个占先。但是无论哪个突然占先，对于地球都是毁灭性的。"

欧阳太太沉默不语。

"现在有种比较极端的讲法，说小冰河期大致是1840年代结束的，全球化至此横扫全球。据说到2020年，小冰河时期又将重新开始。"

"现在就是2020年。"欧阳太太把这几个数字说得一字一顿，毫不含糊，近似绝望。

"还有另一种说法，就是到2050年，全球平均温度升幅在2.5摄氏度左右。那些远古的病毒，还有大规模的传染病……"

"今天你也听说什么了吧?"欧阳太太突然插话说。

"是的,听说了。我有一位师兄在那个城市……听说蛮严重的。"

"严重到什么程度?"

"不知道。不好说。"

"能控制住吗?"

"希望……能控制住。否则……就是大流行。"

接下来,他们仿佛被这个词吓住、困住。两个人都紧缩地沉默起来。过了挺长一会儿,欧阳太太开始提问:"如果真的大流行,你最担心的是什么?"

欧阳先生反应很快:"和你一样。"他说。

"家家?"她说。

"是的,家家。"他回答。

有那么一瞬间,她莫名其妙地欢喜起来。几乎忘记了近在咫尺的疏离和远在天边的大流行病,甚至把家家也忘记了。

天呐,她想。

第九章

流言越来越厉害。

在接下来的一个礼拜，欧阳太太苏嘉欣的手机每天下午要响三四次；每天上午则响无数次。打来电话的是苏嘉欣的母亲和姐姐，是阿珍，是雅思女孩莎拉……有时候一个打时，另一个正占线；或者刚刚放下，又重新拨过来。

虽然流言越来越厉害，欧阳先生倒是仍然比较淡定，他那摘选记录词条的习惯非但没有停止，反倒愈发规律了起来。

一、婚姻

在连续的婚姻之后，多重婚姻将拉开帷幕。

个人主义将成为至高无上的价值观，每个人首先都是自己情感的消费者。婚姻将由此变得动荡不安。配偶们在婚前就承诺婚姻是临时的并商定维持婚姻的期限。他们之间的诺言不再庄严，诚信也不再被看重。离婚手续越来越简单，当事双方既没有痛苦，也无负罪感。人们不再把离婚视为一种失败，而是自由的行为。

继此以后，人们对真实性的歌颂，将使忠诚作为婚姻义务，背叛作为婚姻缺点的观点一扫而光。人们将承认每个人都有权公开透明地同时爱上几个人，组成几对夫妇，一夫多妻制和一妻多夫制将重新成为被接受的准则。

当然要把这种风俗变成人的基本权利还需要很长时间。

二、爱情

人们交谈的首要话题，最珍贵的消费品。人的第一疯狂，人性的最后一道防线。

从本质上讲，欧阳喜欢简短的词条。简单，客观，略微干燥。字与字之间有深渊。这种喜好很像他的导师。欧阳先生的导师今年八十一岁，师母前几年去世，目前独居。导师身体很好，做学问时安静，聊天时健谈。欧阳先生隔一段时间便会探访他。顺便捎带去一些新鲜的水果，一束色彩素净的花，还有几本书。

导师的研究领域跨了好几个门道，历史学，人类学，还有考古学……最近一次去的时候，他们很自然地谈到了大流行病的事。

当时欧阳直奔主题。他说："老师，现在外面都乱了。"

导师说："什么乱了？"

欧阳愣了两秒钟，才继续说："传染病，有地方已经封城了。"

导师说："这个我知道。"

接下来欧阳的叙述慢慢沉浸入内心，如同一个人轻轻闭上眼睛："昨晚不知怎么的，我梦到1918年的西班牙大流感。当时我和很多人挤在一条大船上，四周都是大雾……身边的人一排排倒下去。"

导师看了欧阳一眼，没有说话。突然，他像孩子般顽皮地笑了起来，他说："欧阳呵，过了这么多年，你说话做事甚至做梦都还能这么文艺腔。真不愧是我的学生。"

两人再次爆发出笑声。欧阳说："这样笑一笑，我突然感觉轻松了很多。"

导师说："去，给我倒杯茶。你自己也倒一杯。"

欧阳说好的。导师说："沏完茶，你再过来。我们慢慢聊天。"

后来，当这场对话完全结束以后，欧阳先生回想整个过程，有点迷茫，也颇为感慨。有一种感觉是异常强烈的——奇怪的角色转换——如果 A 是与欧阳太太谈话时的欧阳，B 是欧阳太太。其中 A 是较高能量物质，B 是较低能量物质，那么，在与导师谈话的时候，A 成了导师，而欧阳，则自然转换成了较低能量值的 B。

那天，欧阳和导师一人捧了一杯茶，安心舒适地坐下来，却并没有延续前面的话题。导师讲了些其他的事情，比如说："秩序。"

导师问欧阳："你希望世界上的事情具有秩序吗?"

欧阳想了想说："我希望看见秩序，潜意识里总是在找秩序。一旦发现这种秩序变化或者无效，就会慌乱。"

欧阳想接着补一句——比如现在。但最终没补。

导师又说："不仅你希望看到世界有秩序，我也希望看到世界有秩序。不仅仅是人，其他生物里面，也有很多喜欢秩序的，比如蚂蚁、蜜蜂。蜂巢的规划多整齐、多好，所有的六角、六边都完美融合在一起。一点空隙都不露。人类能够找到六角形不是天生的，但是蜜蜂一下子就找到了六角形。当然，我们不知道在找到六角形以前，蜜蜂有没有尝试过其他形状。至少，在史料里缺乏这样的记载。"

欧阳的脑海里，此时涌现的并非蚂蚁或者蜜蜂，而是——家家——家家的形象突然闪闪烁烁地浮现出来。还有那首奇怪的没有逻辑的歌——

Bang bang, I shot you down/邦邦，我朝你开枪

Bang bang, you hit the ground/邦邦，你跌到地上

Bang bang, that awful sound/邦邦，恐怖的声响

Bang bang, I used to shoot you down/邦邦，我也曾冲你开枪

Bang bang, he shot me down/邦邦，他朝我开枪

Bang bang, I hit the ground/邦邦，我跌倒地上

Bang bang, that awful sound/邦邦，恐怖的声响

Bang bang, my baby shot me down/邦邦，亲爱的冲我开枪①

---

① 电影《杀死比尔》插曲《bangbang》。

他被自己突如其来的幻觉吓了一跳，猛地一个激灵。

而导师的逻辑与语速仍然非常清晰："北雁南飞，几百只大雁一起往南飞，是什么使它们能够共同创造一个波，从这个波上乘风而去？是秩序。大海里的鱼群顺着洋流，同一种类的鱼群在同一时刻晃动尾巴……是这种秩序造成了后面的回流，是这个回流推动着它们的速度。这些大雁和鱼群没有经过任何实验，没有经过任何考试，也没有人教，但是慢慢地，它们弄出规律来了。每一条小鱼、每一只小雁都能够按时归队，跟着大潮流一起跑，找到新的目的地。"

"这是本能。"欧阳插话了。

"本能？"

"是的，如果不是这样，它们无法生存，都将死去。"

"也许……但是历史书上从不记载本能。历史书上只记载已经形成的规律。"导师又一次调皮地笑了起来。

讲到历史书的时候，两位历史学家相视一笑。在他们彼此的专业领域，他们反而觉得这种隐匿留白的方式，是最合适、同时也是表达得最多的。

仿佛为了证实以上这段话，导师接下来是这样表述的。他说："欧阳呵，近来我想得最多的，是将来的事，是那些不确定的事，或者用年轻人爱用的词，是那些科幻的事。"

"科幻的事？"

"是的，虽然还没被完全证实，潜意识里，或者在很多假设性的框架中，我们都相信宇宙的某个星系里有个星球，那个星球也有一批类似于我们人类的生命体。而那个生命体的智慧可能已经超越我们。有时候，来自外太空的信息中有许多莫名其妙的符号，是我们目前的科学以及智慧无法解释的。或许，对等来看，我们是不是可以这样来解释——在宇宙另一个星系另一个星球，另一批生命体也在尝试着询问——宇宙之中哪里有高等的智慧出现。"

"这相当有可能。或许就是事实。只是我们目前还无法把证据物质化。"欧阳接着说。

"好吧，"导师点头说道，"这是比较有趣和重要的部分。我们前面谈的秩序，其实是在我们界定的框架里谈的。比如说，我们看到的六边形蜂巢，我们看到的北雁南飞，海里的鱼群顺着洋流自然游动……这些只是现象。但就像你说的，因为我们希望找到秩序，希望看见秩序，所以就把这些现象组织在秩序之下，解释在我们组织的理论之下，而理论和解释都是人类创造并且控制的。但是，如果有一天，我们发现并且掌握了更高的技术手段，或许一夜之间就会发现，我们以前看到的只是幻影、假象，至少，只是真相的一个部分。"

欧阳不断地点头。

"很有可能，某一天我们睁开眼睛，突然发现，蜂巢其实不是六边形的，或者，它根本就没有形状；大雁也不是依靠它们创造的那个波飞翔的；大海里的鱼群有着另一种游动的秘密，而且与我们以前认为的截然相反。"

"这完全有可能。"欧阳说。

"所以，比秩序更重要的，是我们界定的关于世界和宇宙的框架。"导师说，"这么说吧，人类智慧只能界定到我们可以计算到的空间、可以显示到的时间。极有可能，还有其他空间、时间，目前为止我们还不知道……另一方面，或许有其他生命体已经知道'我们'了，只是'我们'看不见、不知道，也很难说。不管怎么样，人类的野心……或者说人类的雄心壮志一直都在那里，我们永远希望找出更多的条理，希望归纳出更多的规则，但这个更新更深的条理和规则又都是在我们能够界定的人类智慧、能够界定的可见范围以内，我们才能尽量做到……所以——"

导师意味深长地看了欧阳一眼，说："所以，我们一直在寻找的，是一种建立在有限秩序之上的秩序。而这有限秩序之下，则是巨大而未知的沙盘。"

说到这里，导师突然站起来。推开窗。长长地吸了口气。

"对了，关于秩序与本能，你还有什么要说的？"导师别转脸来，他那张因为年轮增添了沧桑、却并未弱化线条的脸，一半在光明中，一半在阴影里。

"秩序……与本能？"欧阳没想到导师突然有此一问。

"婚姻是秩序，爱情是本能。"导师冲着欧阳眨眨眼睛。

"婚姻是秩序，爱情是本能。"欧阳重复了一次。这次是欧阳突然调皮地笑了起来，并且一发不可收。

第十章

这天黄昏，雅思女孩莎拉和她的西班牙男朋友从郊外远足回来，直接进了蓝猫酒吧。

"我们要两份蛋炒饭。"莎拉说。

"什么？"老板克里斯托夫从吧台里探出脑袋。

克里斯托夫自己去厨房做了两份蛋炒饭。他坐在莎拉和她的西班牙男朋友斜对面，说："我可以和你们聊会儿天吗？"

克里斯托夫说，蓝猫酒吧以前从来不做蛋炒饭。很久以前，蓝猫酒吧的菜单上，还整整齐齐用中英双语写着："西班牙海鲜藜麦饭、匈牙利红烩牛肉、豆酱炒甜菜丁、柠檬酸奶浇鱼块、烤小乳猪、烤羊马鞍、带血鸭子、奶油鲮鱼、普罗旺斯鱼汤、斯特拉斯堡的奶油圆蛋糕……"进餐时桌上有烛光，钢琴永远有神秘客人弹奏，每周四的默片俱乐部放着最幼稚却令人捧腹大笑的法国早期默片。那时的蓝猫酒吧几乎每个月都要更换新菜单，应聘的中外厨师打爆电话。很多老客人下午就过来，先是下午茶、咖啡、在小院里晒太阳。独立乐队在黄昏时分就开始驻唱，美味佳肴之后，活动随着时间推移到晚上，并且变得更加"硬核"。偶尔客人们还会整晚狂欢，直到天亮。

"那是蓝猫酒吧的黄金时代。"克里斯托夫说。

这时莎拉突然想起了什么，问："蓝猫酒吧是哪一年开业的？"

"1997年。"克里斯托夫说。

"1997年？那正是阿三爱比尔的时候呵。"莎拉惊叹起来。

"什么阿三爱比尔？谁是阿三？比尔又是谁？"

于是，吃完蛋炒饭的莎拉用她流利的英语，再次还原并描述了一个名叫阿三的中国女孩在20世纪90年代的爱情（不久前，她从苏嘉欣那里听来的）。

"一切都是从爱比尔开始的。"这是阿三成为囚犯后回忆的起点。那么，比尔是谁？这里的比尔，不是蓝猫酒吧老板克里斯托夫的朋友——那个在中国短期度假、有墨西哥女朋友的美国人比尔，而是二十多年前，20世纪90年代，一位美国驻沪领馆的文化官员。

阿三爱上了比尔，就像同龄大学女生谈恋爱，但也有不一样的地方：比尔是外国人。当然，对于比尔来说，事情同样有些与众不同：阿三来自中国，是东方的一个幽灵。很神秘。

阿三也意识到了这种神秘。并且，阿三似乎觉得，这种神秘越宽广越持久，便越能吸引比尔。于是她打扮得像东方武士，把头发束在头顶；或是穿盘纽斜襟高领的夹袄；或穿得一身缟素。比尔生日，她把京剧《三岔口》的动作线条用图画颜料绘在一长幅白绢上，送他作礼物。

比尔确实被阿三吸引了（比尔想象中的那种神秘，大致约等于猎奇）。但是，与此同时，有什么异样的东西，有什么从根本上无法改变的基调，从他们初见面时就注定了。

这个故事的开头是这样一段：

比尔是美国驻沪领馆的一名文化官员。他们向来关注中国民间性质的文化活动，再加上比尔的年轻和积极，自然就出现在阿三这小小的画展上了。比尔穿着牛仔裤，条纹衬衣，栗色的头发，喜盈盈的眼睛，是那类电影上电视上经常出现的典型美国青年形象。他自我介绍道：我是毕和瑞。这是他的汉语老师替他起的中国名字，显然，他引以为荣。他对阿三说，她的画具有前卫性。这使阿三欣喜若狂。他用清晰、准确且稚气十足的汉语说：事实上，我们并不需要你来告诉什么，我们看见了我们需要的东西，就足够了。阿三回答道：而我也只要我需要的东西。比尔的眼睛就亮了起来，他伸出一个手指，有力地点着一个地方，说：这就是最有意思的，你只要你的，我们却都有了。①

"什么意思？"这时，莎拉的西班牙男朋友忍不住插话说，"这都是什么意思呵？为什么你只要你的，我们却都

---

① 王安忆：《我爱比尔》。

有了？"

"那时候确实是这样的。"克里斯托夫也加入了谈话，"那是蓝猫酒吧生意最好的年代。每天客人爆满，都是些来中国经商、旅游或者教书的老外。到了晚上根本预订不到座位。我虽然不会说'我不需要你来告诉我什么，我看见了我需要的东西，就足够了'，但我会说'狗崽子，你再喝醉，就给我滚出去'！那时候客人不是上帝，我是上帝。"

莎拉这时说话了，她说："我突然有点懂阿三了，因为比尔太强。所以她只是保护性质地顶了一句嘴——你们看见了你们需要的东西，就足够了。而我，也只要我需要的东西——很弱很弱的还嘴。但偏偏比尔还是不依不饶，比尔接着说，你只要你的，我们却都有了。天呐！这样的两个人确实没法谈恋爱，因为不平等。"

三言两语这样讲开了，三个人仿佛突然都进入了阿三的世界。各自找到了自己的位置与基调。

莎拉说，按照她的直觉，阿三真是爱惨了比尔了。肯定很惨。因为阿三孤注一掷。年轻女孩常常如此，越是弱势，就越会孤注一掷。说着，她扭过头非常骄傲地看了西班牙男孩一眼。

克里斯托夫说，这个故事里，造成比尔最终离开阿三的那条政治禁令——"美国的外交官不允许和××国家的女孩子恋爱。"——这条禁令确实是存在的，但即使不存在这样的禁令，按照他的判断，比尔仍然还是会离开阿三。

"为什么？"莎拉顺口一问。

克里斯托夫说，这么多年，在蓝猫酒吧，确实见过不少类似的中国女孩子。不知道她们叫阿二、阿三，还是阿四。有些后来真嫁出去了，过得也不错。还有些留了下来，过得未必都好。当然也有相反的。看得多了，各种情况都有，所以并不能够一概而论。但是，刚才那个故事里的阿三，她好像是知识分子吧？她倡导女权吗？她争取平等吗？至少骨子里是有这种意识的吧？是在意这个的吧？如果是这样，在二十多年前的中国，中国的阿三，遇到了美国的比尔，基本上就是不可能。只有极小的可能。

莎拉和西班牙男孩沉默着，似乎都在想着什么。

过了一会儿，莎拉又开始说话了。莎拉说，但是，后来，在阿三的这个故事里，又出现了另一个重要人物，她的第二个外国男朋友——法国画商马丁。

马丁，这个画廊老板的孙子，生活在法国，他的天性里就有着一些艺术的领悟力，虽然无法用言语表达。从米开朗基罗开始的欧洲艺术史，是他们的另一条血脉，他们就像一个有道德的人明辨是非一样明辨艺术的真伪优劣。

所有的画都看过了。马丁喝了一口可乐，又喝了一口，然后把那剩下的半罐统统喝完了。他抬头看着阿三，脸上又恢复了先前羞怯和依赖的表情。他说："你还有没有别的画了？"只这一句便把阿三打击了。阿三生硬地说："没有。"马丁低下了头，好像犯了错误却又无法改变。停了一会，他说："你很有才能，可是，画画不是这样的。"阿三几乎要哭出来，又几乎要笑出来，心想他自己从来没画过一笔画，凭什么下这样的判断。她用讥讽的口气说："真的吗？画画应该是怎样的？"马丁抬起眼睛，勇敢地直视着阿三，很诚实地说："我不知道。"阿三又是一阵哭笑不得。可是在她心底深处，隐隐地，她知道马丁有一点对，正是这个，使她感到恐惧和打击……

停了一会，马丁说："我们那里都是一些乡下人，我们喜欢一些本来的东西。""本来的东西？"阿三反问道，她觉出了这话的意思。马丁朝前方伸出手，抓了一把，说："就是我的手摸得着的，而不是别人告诉我的。"阿三也伸出手，却摸在她侧面的墙上："假如摸着的是那隔着的东西，算不算呢？"马丁说："那就要运用我们的心了，心比手更有力量。"阿三又问："那么头脑呢？还需不需要想象呢？"马丁说："我们必须想象本来的东西。"阿三便困惑了，说："那么手摸得着的，和想象的，是不是一种本来的东西呢？"马丁笑了，他的晒红的脸忽然焕发出纯洁的光彩："手摸得着的是我们人的本来，想象的是上帝的本来。"

现在，阿三觉得和马丁又隔远了，中间隔了一个庞然大物，就是上帝。这使得他们有了根本的不同。一切在马丁看来是简单明了的，在阿三看来却混淆不清。阿三不由地羡慕起马丁，可她知道她做不了那样，于是便觉着了悲哀。①

---

① 王安忆《我爱比尔》。

"其实相对于阿三的那个比尔，我更感兴趣的是这个马丁。"讲完故事，莎拉先摆出了自己的观点。

莎拉接着说，阿三爱比尔，而比尔只是猎奇或者猎艳。但是这个马丁不一样。

"为什么不一样？"西班牙人也觉出了这个故事的意味。

莎拉说："阿三爱比尔，后来阿三爱马丁……但只有这个马丁是可能爱阿三的，至少已经接近了。"

克里斯托夫也皱皱眉头，并且眯起眼睛，仿佛思索着久远以前或者探索一些未知之事。

莎拉说，故事里阿三让画商马丁看她的画这一段，两人谈的，不仅仅是表面上的画。马丁是希望真正了解阿三的。他对阿三说："你很有才能，但画画不是这样的。"这句话差不多就在说："你看起来像在谈恋爱，但真正的恋爱不是这样的，有什么地方不对。"

"有什么地方不对？"

"是的，有什么地方不对。"

"是上帝吗？"

"可以是上帝，但也可以不是。"

莎拉说，故事里的画商马丁真正质疑阿三的，是另外两个字：本来。他对阿三说，画画不是这样的。意思就是说，在画画的时候，阿三撒谎了。再推进一步，阿三觉得自己在谈恋爱，但其实并不是。阿三只是沉浸在自己编织的梦境里，而马丁一眼就看清了。

"那么，阿三的本来究竟是什么？"西班牙人瞪大了眼睛。

"在马丁即将回国的时候，阿三再也止不住焦虑，一把抓住马丁的手，颤抖着说出了她的本来：'马丁，带我走，我也要去你的家乡，因为我爱它，因为我爱你。'"

"那么，马丁呢？马丁的本来又是什么？"

"马丁的本来，"莎拉犹豫了一下，但很快就把它说了出来，"马丁很早就坦白地告诉阿三，和一个中国女人一起生活于他是不可能的。而且马丁这样的人，对于撒谎深恶痛绝。"

"那么你认为，如果阿三也很早就把她的本来告诉马丁，原原本本地讲出来，马丁就可以接受吗？"克里斯托夫插话进来。

"不知道，这蛮复杂的，真的蛮复杂的。"莎拉说。莎拉又说，不过克里斯托夫的这个问题倒让她回想起——她和西班牙男友之间——他们第一次约会，看完昆曲以后，在街边小啤酒馆喝了两杯。趁着酒意，她告诉西班牙人她的身世。长江以北长大，家里很穷。家里几代人都没离开过那座苏北小城。没想到却引起了西班牙人的共鸣。他说他家的小镇上也有很多几辈子的老住户，从来没离开过那个国家，没什么钱，但过得还算快乐。而他们家就是其中一个。他这么一说，莎拉反而无语。莎拉说，这个西班牙男友吸引她的，有很大一部分就是这种真实。而他也不断在用各种方式提醒着她保持这种真实。

"但是，"——因为问题变得层次复杂，并且明暗交织，莎拉开始自问自答，"阿三的问题到底出在哪里呢？比尔不和她好，是因为并不爱她；马丁爱她，却依然不和她好？"

"我知道答案。"是克里斯托夫的声音。

没等旁边的人催促或者质疑，克里斯托夫自己就把答案说出来了："答案很简单，当然，阿三既不了解美国，也不懂真正的欧洲。既不知道怎样去爱美国的比尔，也不明白如何真正接近法国马丁的灵魂。但是——从某种微妙的地缘文化的角度，还有一件事是阿三没有想到的。"

"什么？"莎拉问。

"法国的马丁也未必很看得起美国的比尔。"克里斯托夫回答道。

话音刚落，克里斯托夫和西班牙人同时大声笑了起来。莎拉的笑声慢了半拍，但也只是过了那么一小会儿。三个人就这样一直笑了不短的一段时间。

后来，大约晚上七八点钟的时候，辖区派出所突然有人来了，直截了当地说，要找店主克里斯托夫。

第十一章

这天欧阳教授家的晚餐桌上，一共有四个人：欧阳先生、欧阳太太苏嘉欣、小男孩家家以及苏嘉欣的姐姐苏嘉丽。

天色渐渐黯淡下来时，姐姐苏嘉丽就过来了。苏嘉丽带着小男孩家家在露台上看风景。

从露台这个角度，可以望见小区大门紧紧关闭，只留下一个非常狭窄的通道。而此时，一位身穿深色制服、头戴深色帽子的小区保安，伸手拦住了两个正试图进入小区的年轻人。

"请出示一下你们的身份证。"小区保安高声说道。

两个年轻人一男一女。女的黑直发，长得很漂亮。她在包里找了半天，表示身份证不在身边。男的穿森林绿薄羽绒衣，像一棵挺拔的小松树。他从口袋里拿出了身份证，递给保安。

"我们是安全的，体温正常。"他说。

"我还需要她的身份证。"小区保安冷冰冰地说。

"她的身份证没有带在身上，但我们是安全的。"森林绿男士再三强调说。

"我再说一遍，我还需要她的身份证。"小区保安冷冰冰、然而相当有分量、真理在握般地重复说道。

就在刚才，姐姐苏嘉丽进小区时测量了体温，同时也登记了身份证。

下午的时候，苏嘉丽家那个小区有人确诊。人被救护车直接带走。苏嘉丽回家时远远看到，直接就来了嘉欣这里。

最近这些日子，整个城区患传染病的统计数字，每天都在极其缓慢攀升。而外围，则如同一大块持续延展的深灰色阴影。

他们今天有很多事情需要认真商量——关于欧阳夫妇、姐姐苏嘉丽、沉默的家家，还有不在现场的养老院里的母亲。在突然改变的世界里，他们应该如何重建秩序。

秩序的中心，是家家以及苏嘉欣、苏嘉丽姐妹俩的母亲。他们中，一位永远沉默不语，另一位则常年住在城郊疗养院：属于另一种状态的沉默不语。

三位现场的成年人首先分析了事情的现状。

按照大流行病的概率，他们三个都极有可能在将来的某一天、某个地方、因为某种接触而被突然感染。一旦感染，他们即刻会被带走。而他们居住的街道、小区、楼道、公寓旋即封锁，大批穿着类似白色太空服、戴着防毒面罩的医护人员进入空间，小心地、如同春天播种般洒下气味浓重的消毒水。

如果欧阳先生被带走，还有欧阳太太。

如果欧阳先生、欧阳太太都被带走，还有姐姐苏嘉丽可以照顾家家。

　　如果他们三个都被带走……

　　当然，事情也可能并不是这样的顺序，而是完全相反。第一个被带走的是家家，或者疗养院里苏嘉欣、苏嘉丽姐妹俩的母亲。不管怎样，这件事存在着相当多的排列组合。当然，没有一个组合是好的，没有一个是他们愿意看到的。

　　"最安全的办法，就是我们都留在这个房间里。"欧阳先生说。

　　"当然，这是不可能的。"紧跟着，他立刻又补充了一句。

　　欧阳先生站起来在客厅里踱步，他很自然地挑了张唱片，做这个动作时，他很自然地忘记了周围的场景以及人物。

　　直到音乐响起。

　　欧阳先生解释了一下这段音乐。他说，这是一首电影插曲。主人公是位钢琴师，他生在海上，长在海上，一辈子都没离开过海上的一艘蒸汽客轮。而这艘客轮则不断穿越大西洋，在欧洲大陆和新大陆美国之间航行。唯有一次，这位钢琴师犹豫着站在旋梯上。但最终还是没有下船。很多人都在猜测，他究竟在旋梯上看到了什么、想到了什么、担心着什么……后来，他跟朋友解释，他说他害怕的，并不是他所看到的高度发达的工业文明，而是看不到这种文明的尽头。所以，他回到船上，选择过看得见尽头的生活。

　　"看得见尽头的生活。"欧阳先生又重复了一遍。

姐姐苏嘉丽说，这音乐很好听。让她感觉内心平静。欧阳太太苏嘉欣则稍稍有点不高兴，其实，她希望表达的意思是，现在应该尽量多谈些现实以及细节：如果情况真的严重起来，谁冒着风险去菜场买菜，去超市购物？谁又能够保证那个拥挤嘈杂的公共菜场安全有效？家家的康复训练是否需要立刻终止？疗养院里的母亲如何安顿？……还有一件事是她最担心、却又恰恰不能直言的：姐姐苏嘉丽的小区刚有人确诊，虽然苏嘉丽说那栋楼与她住的相隔很远，但是谁能确保没有问题？不存在隐患？

这一切，全都令她烦恼、烦躁。她想说话，高声说话，争论，甚至吵架，而不是一首电影里的钢琴曲。一首钢琴曲，它能解决什么问题？

"现在好了，很快，我们就哪里都不能去，什么都看得见尽头。"她轻声嘟哝了一句。

唯有家家，仍然非常安静而厌倦地看着房间里的某个空间——另外三个人都看不到的。仿佛，那就是欧阳先生刚才宣称的那个"尽头"。

姐姐苏嘉丽表达了自己的看法。为了把气氛缓和下来，她甚至笑着开了句玩笑。她说其实我们这里最不用担心的就是家家，因为我们可能被迫要过的生活，就是他已经习惯了的。这话说了出来，又觉得稍稍不合适。虽然安慰到人，但同时也被刺痛。不过，也顾不上这么多了。

苏嘉丽说，她也并不很担心自己。前一阵，她去了医院，诊断结果是患有比较严重的抑郁症。对于这样的结果，她一点都不吃惊。苏嘉丽说，她一直怀疑自己有类似的症状。她不喜欢热闹的地方；习惯在封闭空间安静地待着；还常常会在半夜出现幻听，甚至听见从巷口小教堂那里传来钟声。

"教堂？钟声？"苏嘉欣皱了皱眉。

"是的。钟声。"苏嘉丽说。

"但是，那座教堂早已废弃了呀。"妹妹苏嘉欣轻声嘀咕着。

"我知道是幻听。"姐姐苏嘉丽说，"但是，在幻听里，我确实听到了钟声。"

所以——姐姐接着说，如果区域情况真的恶化，从某种程度上，她倒是可以如愿以偿地躲在安静的壳里，而且，她最喜欢待在一起的人就是——她把头向小男孩家家那里歪了一下："家家。"她说。

"家家？"欧阳夫妇同时脱口而出。又似乎同时从不同方向了解了这个问题的答案。

欧阳先生又想到了电影里的那艘蒸汽客轮。

他想：如果真有那样一艘蒸汽客轮，他也愿意永远待在那里，永不下船。"可不是，这臭狗屎一般的生活！"他暗暗地这样想着，自己也吓了一跳。他又想，如果非得选择一位同伴，一同漂浮在茫茫大海之上，他会选择自己的导师。没有说错，想法确凿，是自己的导师，而不是任何一位一起聆听肖邦的女士。他会和导师住在相邻的两个船舱，每天吃简单干净的饭食，看书，讨论，安静地伴着海涛声睡觉。或者靠在船栏杆上，远远望着岸上的人类社会。做一个平静的旁观者。

欧阳先生又想，如果真有那样一艘蒸汽客轮，他可以和导师待在那里，他是不需要婚姻的（当然，无论如何，他知道欧阳太太是个好女人。欧阳太太是没有过错的。他自己也是没有过错的）。他们以及人们缺少的只是时间以及认知。需要时间使"忠诚作为婚姻义务、背叛作为婚姻缺点的观点一扫而光"；需要认知"承认每个人都有权公开透明地同时爱上几个人，组成几对夫妇，一夫多妻制和一妻多夫制将重新成为被接受"的准则。与此同时，他也知道暂时来说，这一切都是异想天开、胡说八道。

他再想，从某种程度上，家家倒像是待在那艘船上（被某种神秘命运指使）。这样一来，他懂得了姐姐苏嘉丽刚才说的话。

欧阳太太也在想这个问题。

欧阳太太苏嘉欣想的是另外的事。她突然想到，有一次，在欧阳先生的书架上偶尔翻到一本书，里面有个故事。也是两姐妹，童年时姐姐夺走了很多爱。长大以后，姐姐怀孕。那也是在一个封闭的环境里，妹妹每天给姐姐做苹果派（当然，那是掺杂了什么东西的苹果派。胎儿吃了会变畸形）。那个地方不是阴天，就是雨天。阴天雨天。雨天阴天。

终于有一天，姐姐要生了。妹妹穿戴整齐以后，准备去看她。

这个故事到这里就结束了。

欧阳太太不知道为什么突然会想起这个故事。

除了这个故事，她还想起了另外一个场景。那一次，在蓝猫酒吧做箱庭。看完她做的箱庭后，老板克里斯托夫问她："你有兄弟姐妹吗？"她回答："有个姐姐。"克里斯托夫突然追问："她死了？"她回答："没有，她很好。"后来，克里斯托夫淡淡地说了这么一句："在你的沙盘上看起来，仿佛她已经死了。"

欧阳太太也不知道为什么突然会联想起这个场景。

不管怎样，姐姐苏嘉丽现在是单身。离婚前她流产失去了一个孩子。有时候，她还会感慨说，如果那个孩子还在，"也就比家家大那么几岁呵。"

不管怎样，姐姐表态说，如果事情真的恶化，她可以专心致志地照顾家家。不管怎样，这还是挺好的。

接下来话题就有点扯开来了。

姐姐苏嘉丽又拿图书馆影像室里看到的电影做例子。知识分子家庭嘛，都是习惯从书本影像上获得知识。他们三个都笑了起来，说谁是知识分子，无非也只有欧阳先生是真正的知识分子。但知识分子往往是怯懦的。欧阳太太对这个话题特别感兴趣，说她现在才真正明白，与知识分子生活在一起是什么感觉。

姐姐苏嘉丽又把那个电影说下去。也是姐妹俩、其中一位的丈夫，还有一个小男孩，就是这样四个人。电影的前半部分主要是讲一场婚礼。来自中产阶级家庭背景的姐姐和姐夫，为患有忧郁症的妹妹精心准备了一场婚礼。他们希望凭借这场婚礼，把妹妹拉回正常生活的轨道，摆脱忧郁症，成为符合绝大多数人期待的那类人。可惜，这种期待彻底失败了。

第二部分，一颗名叫"忧郁星"的小行星向地球接近，肉眼可见，并且速度越来越快。作为天文学家的姐夫观测到"忧郁星"很快将撞向地球，在马厩服毒自杀。巨大的恐惧令姐姐的精神和行为都渐渐失常，反倒是原先患有忧郁症的妹妹表现镇定而平静。她带着痛哭不止的姐姐和小男孩，三个人坐在草坪上象征性的"保护棚"里迎接命运。

姐姐苏嘉丽说，这部电影把她的感受全说出来了。非常奇怪。她就是这样的，虽然医院诊断结果告诉她，患有比较严重的抑郁症，但真的遇到大事情时，反而平静下来了。

"你们想象不出我有多么平静。"苏嘉丽说。

妹妹苏嘉欣低头想着什么，没有说话。

欧阳先生这时蹲下身子，轻轻抓住小男孩家家那双又是粉红、又是雪白、又是肉乎乎的小手。

"家家，你可以帮助爸爸把这个词条录入电脑吗？"欧阳先生说。

这天，欧阳先生选的词条是"发现"。

一、发现

下一轮的发现有：对生命科学的探索，投资无意识领域，征服太阳系，开发人类大脑。

学会相互共处可能也将成为一个新的发现领域。

小男孩家家很快就完成了这项任务（在此过程中，他的双手仿佛突然变得灵巧起来）。但很快，他又回复到目光呆滞、什么也不听什么也不管的状态。

他只是慢慢抬起头，然后又很快地看了欧阳先生一眼。

第十二章

蓝猫酒吧暂时还在营业。

老板克里斯托夫说，估计还有一两个星期就会停业。派出所已经和他谈过了。但时间并不确定，可能很快，也可能会推迟。因为这个区域目前来看是安全的，并没有人确诊。

院子里、芭蕉树下、露台上，三三两两有外国人坐着喝咖啡、晒太阳。他们不戴口罩。他们有些茫然（稍稍也有点得意）地望着周围的中国人。来蓝猫酒吧的中国人绝大部分都戴口罩，他们戴着各种颜色、各种款式、或厚或薄的口罩。只要是能找到的口罩，他们立刻就会戴上。克里斯托夫说，说来也怪，最近几天来蓝猫酒吧的人反而有增无减。他们彼此隔开一点距离，或者戴着口罩凑在一起。他们尽量选择通风的空间，即使刮风下雨天空飘起小雪，也把窗户打开。

老板克里斯托夫不停地聊天，和很多不同的客人，老的、新的、认识的、不熟的……仿佛正与他们每一位做着道别；仿佛只是想找人说点什么；或者，在彼此沉默下来的瞬间，所有的人，在一起与过去的那个世界做着一个告别。（真是荒诞，难道只是几个人得了传染病，我们就真的回不去了吗?！）

有一位老客人，常常过来在一楼角落弹奏那架旧钢琴。他又来了。弹着弹着，哭了起来。

"如果这次停业了，也不知道会停多久，那就可能真把这里关了。"克里斯托夫说。

他想起他小的时候，在巴黎、在都柏林，街上到处都是这样的小酒吧、小咖啡屋……后来，他个人生活发生了一些事。这个世界也发生了一些事。再后来，他来到了中国。他在这座城市里选中了这个地方。

独门独户的三层小楼旁是一条小河。河上悬着一座小桥。

蓝猫酒吧二楼窗檐常年放满了鲜花。有很多外国朋友旅行到这里，有河有桥，背景是红红绿绿的花草，他们就站在桥上拍照。笑得很开心。他们不知道这座酒吧是一位来中国的外国人开的。

当地的中国人也乐意去蓝猫酒吧，愿意看到院子里鲜花盛开，芭蕉树下的藤椅上坐着几个外国人；或者几个外国人，几个中国人……他们在一起轻声聊天、晒太阳、喝咖啡、开心地笑。

当时，出国看过世界的人还少……而已经出去看过世界的人，则在心里验证着他们希望推论出的：这是一幅多么和谐美丽的全球化的图景呵。

克里斯托夫经常会向他的客人们提问："你为什么喜欢蓝

猫酒吧呵?"

答案有很多种。其中有一种比较符合克里斯托夫的心意,也让他想了很多。它是这样的:"无论外面怎么变,这里有一些东西不变。我感到宁静。"

克里斯托夫第一次想明白这个答案的含义,是在一次蓝猫酒吧二楼的文化沙龙活动以后。相对于现在,前些年,蓝猫酒吧有更多的客人,更多的沙龙、画廊讨论,更多的辩论甚至争吵。每个月都有,最兴盛的时候,甚至每个星期都有。

有一次,一位知名诗人发表演讲。演讲结束,参加的人一起座谈。

那是一位国际化的中国诗人。在中国很有名,同时也参加过很多国际化的文学文化活动,他的英文和汉语一样流利。他当时谈的是当代诗歌创新的问题。

那位诗人是这么说的,他说:"我们的现实感是什么呢?我觉得现代社会是巨大的'矛盾修辞',很多看似矛盾的东西搅和到一起。我们对西方文明不是按时间顺序接受的,而是混在一块儿接受,这样的复杂的现实、大转型,西方人看不懂,从哪个角度评价都觉得不合适。但我们生活在这个'矛盾修辞'中,基于我们的现实感,就能有所创新。"

大致讲的就是这个意思。

而他一说完,底下一阵唏嘘。大家觉得他讲得对。对到什么程度还不能判断,反正很有气势。

克里斯托夫记得,当时除了这位冷静观察社会变革、并且同时了解东西方两种文化的中国诗人，还有几个当地诗人、几位画家、一位艺术评论家、一位来自欧洲的画商、两个美国留学生、一位背着巨大双肩包的外国游客在桥上兜兜转转，不知不觉也来到这里，并且坐了下来。

"创新？怎样创新？"这时，一位衣着素净的中年人站了起来，他说，"我是画山水画的。画了半辈子山水。我觉得西方人根本看不懂我画的山水。我也找不到方法创新，能够让他们理解并且接受。"

"噢——"所有人都转过身，并且把眼光望向他。

"他们……他们只想看到他们想看到的东西。而在我的山水画里，他们看不到，也看不懂。"说到这里，他气呼呼地又坐了下来，双手交叉放在胸前，表示反正是无话可说。

底下又是一阵唏嘘。

坐在这位山水画家旁边的一个长发男子举了下手，表示自己要发言，同时也想就刚才那位山水画家的论说，讲一点自己的看法。

长发男子说，他原来也是画山水画的，非常典型的中国传统山水画。画里面人很小，小到就像一个或者几个符号；天地则很阔大，山水也很浩渺。画面中通常还有很多象征性的细节和场景。比如说，假山旁一枝梅花；一个很古的古人独坐林中弹琴；一个很古的古人在另外几个很古的古人间踯躅踱步。而那种山水的阔渺，落实到纸面上，又严格遵循山水画的视错觉意识：咫尺天涯。就是说，人的小是真的小，而放在山水的比例上，就是咫尺天涯。其实是愈发强调人的渺小。

长发男子接着说，就这样画了很长时间，突然觉得有点虚无。因为这是一个套路。走得再深再远，都是在这个套路里面兜兜转转。最后都是回到一个"空"字上面。而此时外面的世界也在变化。长发男子说，他也希望自己的作品受到更多的关注、展陈、评论，拥有更多的藏家。就在这时，他的收藏家朋友介绍了一位国外藏家。这位藏家来自美国，是一位小有名气的艺术经纪人。朋友对他说，这位艺术经纪人有意愿收藏一些中国的仿古山水画。

后来，长发画家、他的收藏家朋友还有那位美国艺术经纪人相聚在画家的小画室里。

画室在古城小巷里。是长发画家家族的老宅。还带个小院。院子里竟也有一座小桥，一泓清水。种栽的植物也颇有讲究。春天开春天的花，秋天结秋天的果实。收藏家朋友带着美国艺术经纪人走进来时，画家太太正在厨房准备晚餐。画室里有弹词开篇叮叮咚咚。长发画家还准备了三杯温热而清香的中国绿茶。

在参观了这个小院以后，美国经纪人异常兴奋地对画家说："我非常喜欢你的这个地方！非常喜欢！"他甚至还上去紧紧地拥抱了一下画家。

画家和他的收藏家朋友听了都很高兴。又相互打趣了几句后，大家都安静下来，开始看画。

画家拿出了一幅明周文靖《雪夜访戴图》的仿作。

美国评论家收敛了笑容，很认真地看起了画。然后，他不但收敛了笑容，脸上甚至开始变得严肃起来。他问了画家一个问题："你可以告诉我，这幅画大致讲了一个什么故事吗？"

画家就说了关于这幅画的一个故事。这画讲的是东晋大书法家王羲之的第五个儿子，王子猷。他住在一个叫山阴的地方，也就是今天的绍兴。有一个冬天的晚上，王子猷从睡梦中醒来，发现窗外不知何时已经飘起鹅毛大雪。他再也睡不着了，索性把门窗打开，命人取来杯盏，一边饮酒一边赏雪。喝着喝着，王子猷又突然怀想起一位朋友——画家、音乐家戴逵。戴逵是当时的名士，住在曹娥江上游的剡县。相距甚远。但王子猷立即叫家人准备小船，他坐着小船连夜去拜访戴逵。

小船飘摇了一夜才到戴逵家附近。眼看戴家的大门已相距不远，王子猷却突然说："不进门了，回去吧。"

随从们都很纳闷，问道："已经来到戴逵家门口，为什么不进去呢？"

王子猷则回答说："我本来是乘着兴致前往，兴致已尽，自然返回，为何一定要见戴逵呢？"

画家对美国经纪人说，故事就是这样了。这幅画大致就是讲的这样一个故事。

这时，美国经纪人沉吟了一会。接着又问了画家一个问题："那么，这个故事有什么意义呢？"

画家说，没什么意义。如果一定要总结意义，那就是"随兴"，中国人还有一种说法，叫随遇而安。不把事情弄得特别有目的性。而只是强调其中的过程。

　　美国经纪人说，但是这样的意义西方人完全不懂。他们的文化体系里没有这样的"随兴"一说。接着他又解释了自己原初的一些想法和动机。他说，大约在半年以前，他和欧洲几个博物馆馆长一起参观了一处中国私家园林。那是当地一位雅士，在比较繁华的地带买了几幢小楼，然后再把门前空地重新设计成园林，还原了中国古代比较有钱有闲文化人的生活方式。园子里有亭台楼阁，流水人家。里面还有古戏台，隔着水榭远远传来箫声。他们去的那天晚上，园主还安排了一场昆曲《牡丹亭》的演出；请了当地有名的厨师在荷花池边做了一桌时令菜肴。他们在园子里住了一晚。隔着玻璃可以看到一弯月亮。第二天，他醒得很早，在水池边散步，看到太阳清爽单纯地升起来时，他情不自禁地拉着园主说话。他说，他在世界上走了这么多国家，生活了这么多国家，现在突然找到了下半辈子生活的去处——那就是在中国，在江南，在这个园子里。园主问他为什么？他说，他感到安宁。他没有缘由地感到安宁。在这种安宁里面，他连西方人一直坚持的判断也可以不要。这些判断变得不重要了，变得混沌了……他说他只是全身心地融入了这安宁的本身。

　　美国经纪人说，那次江南的私家园林游以后，他就一直在考虑一个问题。他觉得在21世纪，这样一个资源、生态以及世界发展的情境非常复杂的拐点上，他突然觉得，西方文化中那种完全没有平衡状态的解决矛盾的方式……他产生了怀疑。直觉式的。他一直在寻找那种混沌的安宁。那天，他无意中感受到的，也是直觉式的。然后，从专业出发，他决定收藏一些中国古代精品山水画的仿作。因为毋庸置疑，那里面充满了类似的场景和画面。

但是，美国经纪人又说，当他面对这些具体的山水画作，比如说那张《雪夜访戴图》时，他又犹豫了。因为他知道，那种没有动机的动机，那种留白，那种瞬间的混沌，西方人不可能懂。至少暂时来说，他们不可能懂。

"后来，他还是买下了那幅《雪夜访戴图》，"长发画家说，"但也只是缘于信用，因为谁都明白，市场完全不容乐观。"

长发画家又把话题延续下去。他说，后来，他和这位美国经纪人在翻译（收藏家朋友）的支持下，又深入地聊了聊。或者说，把事情向前推动了一下。

画家说："我们这里都在讲，西方人只想看到你们想看到的东西。"

美国经纪人想了想，回答："每个人都只能看懂他们能够看懂的东西。"

画家点点头，表示同意。接着又说："那么，你们究竟能看懂什么呢？"话说得有些幼稚，但也直接，甚至突然有了美国人的风格。

"我要原来的东西。"美国经纪人说。

"或者现代的东西。"他又说。

"以及在传统与现代之间人情撕裂的创痛。"他再次补充道，"这些，我们也经历过。"

画家也沉吟了一番，相当真诚地说："我给你看的，就是原来的东西。只是你要的原来，和我的原来之间隔膜了很多。"画家甚至有点动起了感情，他又说，"我给不了真诚的、发自我内心、然而你又立刻能懂得的东西。我指的是，用艺术作为媒介的方式。"这句话有点拗口，画家指了指自己的心，又把期许的目光投向了语言的中介者，那位收藏家翻译。

接下来，画家转向了一半自语一半对话的方式。他说，他生活的世界是散开来的。就像他画里的世界。每天他就喜欢坐在这里，一杯茶，两只鸟笼，窗外海棠，微风轻拂其间。而他最自然的方式，就是慢慢地画，也没有什么刻意的想法，一个人，线条和色彩慢慢地生长出来。就像《雪夜访戴图》里的那个人，突然就想到要去看朋友，准备了船，飘摇了一夜，但突然也就返身回转……

"但是，这样做毫无逻辑。"美国经纪人在这里打断了一下。

"这世界并不完全是靠逻辑支撑的。有些逻辑我们还看不到，有些逻辑它们本身就在变化，就像水墨画里那些微妙的线条。"画家很慢很慢地把这层意思说出来。

谈话在这里因为一下子找不到共同点，稍稍僵持了一会儿。

还是画家继续把话又圆了开来："我知道，归根到底，你还是要画里的观念。非常硬朗的观念。"

美国经纪人点了点头。

"但是，你现在又要混沌中的安宁。你突然感知到的。我不得不说，你是个天才。"画家说到这里笑了起来。美国经纪人也笑了。

"你不能两者都要。"画家看了美国经纪人一眼，用这句话淡淡收尾。整个气氛突然安静了下来。两个谈话的人仿佛都凛然了一下，变得更加靠近，也愈发疏离。

"但是——事情矛盾的地方不也就在这里吗？"美国经纪人这时找回了他的幽默感，"你愿意在这里见我，给我看你的画，和我聊天，不也是因为你想要突破吗？"

"是的。"这时画家承认了他的虚无感、套路感以及兜兜转转的困惑感。他说他仔细考虑过这个问题，有时怀疑是工具的缘故。因为也有人用水墨的方式在欧洲、甚至美国画过那里的风景，然而，画出来以后，总觉得什么地方不太对。质感上薄了，轻了，失去了物理学中的纹理。或许这个世界上，很多东西其实是天生的。原来就在那里，按照它本身的模样与心境，并不是拿起毛笔、宣纸，什么都可以画。材料与画面内容所传达的特定感受，它们之间有着极其微妙的关系。

当然，画家在这里停顿了一下，接着说，有时候，他又觉得这一切来源于背后的什么东西。理念、传统以及背景之类的事物。

"我们有教堂。"美国经纪人很清晰肯定地说。

"是的。你们有教堂螺旋上升的尖顶。"画家这时站了起来，推开画室朝向庭院的一扇窗，"这个小院从我爷爷那里，传给我爸爸，再传给我。在这里，只有一样东西永恒不变——小院的那些花木……四季不败。春天有春天的花，夏天有夏天的灿烂，即便在最凋零的冬季，角落也有蜡梅安静绽放。有时候，我看着这个小院，会想到很多。非常多。"

说到这里，画家又停了下来。仿佛春夏秋冬轮回的场景，在他面前瞬间走过；仿佛他沉浸其中，若有所思，若有所感。这种感情虽然牢不可破，但暂时还无法与眼前这位异域同行分享。为此他感到遗憾和孤独。

那天，最后，他们还是得出了一点点共识和结论。目前看来，画家不可能照搬观念，不动感情地创造作品。因为很显然，美国经纪人是一个有想法和品位的人，此行他也并非志在寻找这样的作品。但于画家那端，只要他还保持艺术和心性上的真诚，他暂时也找不到方法，以达到在画笔和"想法"之间的另一种平衡。讲到后来，他们甚至彼此生出了一点体恤和谅解。还站起身走向对方，又一次紧紧拥抱了一下。

克里斯托夫说，那次，长发画家说完这一切之后，参加蓝猫酒吧沙龙的所有人都鼓起掌来。

大家觉得，画家用他的个体事例说出了一些很有意思的现象以及概念。但这事例、现象以及概念的边缘却是混沌的。它们彼此依附，却又暂时看不到解决的方法。这一切让人焦虑而又无奈。

一位当地的诗人开始和长发画家打趣说："不管怎样，你是幸运的。你有一个小院，里面还有永恒不变、四季不败的花木。"那位诗人说，"我小时候住过的小巷已经改造了好几次。童年时，我每天穿过一个巨大的花鸟市场，走到小学校上课。那个花鸟市场里有很多孤独的猫、狗、鸽子、金丝雀、蜥蜴、金鱼以及不会说话的植物。"诗人说，"我长大以后所有描写的孤独都与它们有关。但是，现在这座小学校拆了，花鸟市场也拆了。我的孤独也成了空中楼阁。"

参加沙龙的一位艺术评论家也开始说话。他说，时代变化得太快了。从理想主义到现实主义，现在很快要发展到超现实主义了（他打趣地自己笑了笑）。现在，就连知识分子、艺术家也不做梦了，他们的人格也不再贯穿始终，而是突然中断，集体转向，抛弃不久前的价值观，转而接受新的价值观。他说："就是那么同一群人，忽然颜色就变掉了，难以辨认了。"

大家想了想，基本表示同意。也有反驳的，说因为时代很现实，没有人敢冒太大的风险，表现出太多的格格不入。

所以后来，不知是谁，突然说了这么一句："倒是蓝猫酒吧呵，无论外面的世界如何改变，这里有一些东西是不变的。这让我感到宁静。"

克里斯托夫点头表示感谢。他说："我的梦想就是找到平衡。"他说，支撑他经营蓝猫酒吧这么多年的，或许就是那些偶尔达到的平衡的瞬间。

"太美好了。"克里斯托夫说，"我印象最深的一次，那时蓝猫酒吧才开业不久。那天晚上，一位法国留学生在一楼弹钢琴；过来旅行的美国游客拉着小提琴；角落里有人在唱歌；临河的窗敞开着，河里一只小船划过，船上有人叫卖红菱莲藕；一位穿旗袍的女士唱起了评弹；后来三楼下来一个人，朗诵起了《莎士比亚》。"

第十三章

有那么好几次，吃早餐时，苏嘉欣都会轻声问苏嘉丽：
"姐，昨天晚上，你听到钟声了吗？"

"钟声？"苏嘉丽有点吃惊。但很快，她意识到了什么，说，"没有，和家家一起，最近我睡得很安稳。"

苏嘉欣记得，那是一个微雨的午后，家家在睡午觉，欧阳先生去导师家了。姐妹俩在客厅里喝茶。先是苏嘉欣沏茶，过了一会儿换成苏嘉丽，再后来，茶色淡了下来。窗外的雨声却淅淅沥沥，像一只犹疑的小动物拍打着窗棂，想进到屋里来。

她俩面对面坐着。看着彼此。

阿布拉莫维奇一动不动地坐在那里，让乌雷帮她剪头发。

久坐不动时，一个念头突然在她脑海中浮现：徒步中国长城是一件事，但他们更想把在沙漠中持久静默的经验带到行为艺术中。他们探索关系的系列行为艺术带有激烈的戏剧性，即将告一段落。通过激烈的行为创造出强势的场域不是一件很难的事。现在，他们想看看身体上保持静默，仅用思想是否仍能赢得空间和观众。他们意识到，表现在场的最简单的方式是面对面坐在那里，盯着彼此的眼睛，一动不动，就像没有情绪的艾耶斯岩石。

他们之间的桌子标志出他们交换能量的空间。这就是《海上夜航》。

《海上夜航》的首次表演简直就像噩梦一样。开始的两三个小时还不是很难，后来身体就开始抽筋，他们控制自己做任何能缓解疼痛的动作，除了忍受直至它们自行消失，别无他法。《海上夜航》改变了他们的能量，使他们的能量具有侵犯性甚至让他感到痛苦。这是一个转变性的行为艺术，通过这件作品，他们聚集了难以忍受且无法释放的能量、痛苦和恍惚，甚至开始仇恨彼此。这件作品是精神发泄的对立面，从某种意义上，它是一种冥想训练，对他们而言开始时的层次太高了。①

苏嘉欣一只手托住下巴，眼睛望向苏嘉丽，又似乎穿过苏嘉丽望向更远的什么地方。

她说："姐，你生命里是否有过这样的经历——曾经的一句对话或者场景，很多很多年过去了，突然有一天，它熠熠发光，成为巫术般的预言。在现实生活里，它真的不可逆转地发生了。"

苏嘉丽眯了一下眼睛："你举个例子，比如说？"

"那时候还没有家家。"苏嘉欣接着往下讲，"我和欧阳也

---

① （英）詹姆斯·韦斯科特《玛丽娜·阿布拉莫维奇传》。

处于激情、争吵、平静交替出现的阶段。有一次，评弹团演出结束后，我没有马上回家，而是顺路去沧浪亭逛了逛。那时的沧浪亭人少，进门右手有个小茶室，安安静静的。我就坐下来，买了杯茶。大概半小时左右吧，突然就下雨了。狂风暴雨，天昏地暗，就像世界末日降临的样子。茶室里本来就没几个人，哗的一下就走空了，剩下角落里一个瘦瘦的老太，还有茶室的服务员。"

苏嘉丽的一只手也托住了下巴，仿佛听得得趣："后来呢？"

"就我们三个人，彼此也不说话。那个服务员长得清秀，脾气也好，也不催我们离开，只是笑眯眯望着窗外。后来不笑了，开始发呆。过一会儿又开始一个人笑。我们出园时天已经暗下来了。我和瘦老太合用一把伞，服务员在后面打手电。雨小了，但仍然下着。隔着沧浪亭外的池水，可以望见城里星星点点的灯火。简直就像一个平行世界。"

苏嘉欣接着说，她记得那天云层很厚。附近应该是有基建工地，一出沧浪亭，风把石灰水的气味吹过来。伞不大，风雨交加，苏嘉欣朝老太方向倾靠过去，手无意中触到老太的腰身，发现她居然穿着香云纱……她的身体小小的，瘦瘦的，整个裹在一件长长的香云纱衣服里面。

"你去哪里？"苏嘉欣问她。

"一直往右走。"老太回答。

"什么？"

"一直往右走。"

苏嘉欣困惑地跟着她走了很长时间。确实是往右走，一直在往右走。她们或许正不断地沿着沧浪亭走，或许并不是。她们一边走，还一边说起话来。也不知过了多久，雨停了。老太手里拿着那把伞，消失在一个路口。

苏嘉欣说，那天她们究竟聊了什么，绝大部分她完全记不清楚。但是，老太对她说了一句话，语速很慢，声音也并不响亮。

她对苏嘉欣说："你的孩子会离开你的。"

"什么？"听到这里，苏嘉丽叫了起来，"她说，你的孩子会离开你？"

苏嘉欣点点头："是这么说的。你的孩子会离开你的……也可能是……你会失去你的孩子。"

"但是，那时候还没有家家。"

"是的。当时我和欧阳正考虑不要孩子。你知道的，家家是一个意外。"苏嘉欣说。

她们两人同时朝家家的房间方向望去。

很安静。静极了。家家应该还在睡觉。拍打窗棂的雨声现在变得大而果断，仿佛那只犹疑的小动物醒了过来。并且自此下定了决心。

苏嘉丽说，她也想起了一件事。虽然不是巫术也不是预言，但还是超出了常规的体验，所以一直留存在她的记忆里。现在倒是可以拿出来说那么一说……就在离婚后的第二年，苏嘉丽说，她谈了一场相当伤人的恋爱。简直是痛彻心扉。那场恋爱持续了大约七八个月的样子，结束时正好是冬天。

她在地图上发现了一个名叫雪峰寺的地方，不是很远。下午两三个小时车程来到海边，然后轮渡一个晚上，抵达时正是海上日出时分。当然摩托快艇也是可以的。最终她还是选择了轮渡。缓慢。凝滞。能够感受到窗外的波涛和黑暗。就像很钝的刀子划过皮肤。就像她当时沉浸其中的某种感觉。

航程中经过中国海、红海、印度洋、苏伊士运河，清晨一觉醒来，船的震荡停止了，可知船已到岸，船正沿着沙滩航行。但是，这里仍然是海洋。海洋更其辽阔，遥远无边，一直连通南极，航程中有几次停靠，从锡兰到索马里是距离最长的一段路程。有时海洋是这样平静，季节又是这样纯净温煦，人们在航行途中甚至觉得不是这一次在这里的海上旅行，而是经历另一次海上行程似的。这时，船上的大客厅、船上前后纵向通道、舷窗都打开来，整个船都打开来了。旅客从他们无比炎热的舱房走出来，甚至就睡在甲板上。

还有一次，也是在这次航行途中，也是在大洋上，同样，也是在黑夜开始的时候，在主甲板的大客厅里，有人奏出肖邦圆舞曲，声音极为响亮，肖邦圆舞曲她是熟知的，不过那是按照自己的理解，也曾学过几个月，想学会它，但是始终没有学好，不能准确弹奏，所以后来母亲同意她放弃学琴。那是已经消失在许许多多黑夜中的一夜，一个少女正好也是在这条船上，正好是在那一夜，在明亮放光的天宇下，又听到肖邦那首乐曲。海上没有风，乐声在一片黑暗的大船上向四外扩展，仿佛是上天发出的一道命令，也不知与什么有关，又像是上帝降下旨意，但又不知它的内容是什么。这少女直挺挺地站在那里……①

苏嘉丽说，轮渡上有一个小小的餐厅。就在她的客舱旁边。那晚她很早就睡了。但睡不深沉。乱梦不断。或许才睡了个把小时，或许已经到了夜半更深，她突然听到一阵熟悉的音乐声，醒了。

音乐是从餐厅那里传过来的。但餐厅里并没有客人，只有一个困倦的值班人员，斜坐在纷乱的桌椅和一团暖气中，歪头打着瞌睡。

是肖邦的升 C 小调第20号夜曲。循环往复。循环往复。没有终止。

"你们应该学会钢琴，至少要会弹一两首肖邦。"

这是苏嘉丽、苏嘉欣姐妹俩还小的时候，母亲经常会督促（后来变成了唠叨）她们做的事。苏嘉丽喜欢这个，也非常努力地学习，然而并不能够弹好。后来她总结说，这世界上有很多人懂得钢琴的美好（特别是她爱的肖邦），但并不具备驾驭它的能力。母亲和她僵持了很长一段时间，才勉强

① （法）玛格丽特·杜拉斯《情人》。

接受她不能准确"弹奏一两首肖邦"的现实。而妹妹苏嘉欣同样让母亲失望无比，她很快并且一发不可收拾地迷上了民族乐器。

姐妹俩永远都不会忘记少女时代家里的餐桌。母亲坐一边，苏嘉丽和苏嘉欣坐另外两边，构成一个固定而僵硬的三角形。嘉丽嘉欣的眼睛空茫地望向前方，母亲则不断寻找着她们中某一个的目光："你看着我呵，看着我呵。我就想不明白，你们为什么就不能弹好一两首肖邦呢？"

有些时候，母亲说累了，并且仍然找不到答案以及解决的方式，就彻底沉默了下来。有很多个晚上，她们在沉重、凝滞、暗夜般的沉默中吃饭，围着那张只呈现出三角形能量场的桌子。

苏嘉丽后来回忆说，每次沉默而紧张地吃完晚饭，她都会觉得浑身肌肉酸痛。这类回忆与妹妹苏嘉欣的完全吻合。只是各人感觉的部位稍有不同。有时是脖子、胳膊，有时是后背或者双腿。无论如何，那样的晚餐过后，她们周身确实都聚集了无法释放的能量、痛苦和恍惚。甚至开始仇恨彼此。

直到妹妹苏嘉欣的某个细节，给予整个事情一个小而隐秘的释放通道。

"嘉欣，医生讲，你是缺铁性贫血，你要多吃肉。"母亲说。

"好的，母亲。"

于是每一次，苏嘉欣都顺从地吃完母亲给她额外留出的肉类。每天如此，毫无例外。母亲终于开始感受到细小的宽慰，紧绷的能量得以缓慢流动，气氛缓解。她最终接受了她那两个女儿都不能准确"弹奏一两首肖邦"的现实。而姐妹俩也找到了宽慰自己的理由：或许，母亲那种强烈而令人恐惧的控制欲，来源于父亲的早逝……再后来，随着年岁的增长，苏嘉丽、苏嘉欣姐妹愿意把它更多地理解为焦虑以及对于逝去的世界秩序的追忆和缅怀。至少，在表面上是这样。

"那天晚上，后来，我就在轮渡餐厅里坐着。也不知究竟过了多久，在永远没有终止的肖邦的钢琴声中，天色渐渐变淡。透过舷窗，我知道雪峰寺就在不远处了。"苏嘉丽继续着她的叙述。

苏嘉丽说，那天清晨的海边，海风硬得刺骨，如同很多把坚硬的小锤，把所有尚存的睡意全都击退了。她发现也就十几个人下了轮渡，零零落落，都穿着或黑或灰的深色衣服，在寒风里站着，面无表情。

很快有人围住下船的这批人，开始兜售烧香拜佛的用品。雪峰镇就在前面！不远了！他们叽叽喳喳地说着。雪峰寺也就在前面！也不远了！他们继续叽叽喳喳地说着。现在就买吧！到雪峰镇、雪峰寺再买就更贵了！他们极为坚定地围住这批信仰者。一再劝说道。

出发之前，苏嘉丽查了一些关于雪峰寺的资料。雪峰寺在雪峰镇上，而雪峰镇那里，则三面伸入东海，形成一个僻远的小岛。因为海洋性气候的缘故，据说一年里有那么一两个月的时间，即便万里无云的晴日，每天也会冷不丁地下一两场雨。而倘若寻根究源起来，雪峰寺其实还颇有些来头。它始建于唐咸通年间，在《藏经》里也有记载。虽然比不上名寺的风光，但每到初一、十五，雪峰寺的香火也还是可以的。

苏嘉丽开始向雪峰寺方向走。寥寥的香客从各个地方聚拢来，形成一个不小的人流。四周有当地人三三两两闲散地忙农活，或者兜售一些应时水产品；远处传来空阔的钟鼓声、海浪拍打礁石的呼啸声，一整排巨大的海鸥突然凌空飞起、啸叫、盘桓、俯冲……还有耳边一直没有停歇的叫喊声：

雪峰镇就在前面！不远了！雪峰寺也就在前面！也不远了！现在就买吧！到雪峰镇、雪峰寺再买就更贵了！

突然，又过了一会儿，一切都安静下来了。有人小声告诉他们：雪峰寺到了。

一个和尚迎出来。教他们标准的跪拜动作：

第一：肃立合掌，腕与心口平，两足跟离开约二寸，脚尖相距约八寸，成八字形；

第二：跪下后，左掌随着伸下，按住拜垫左前方；

……

第五：两掌随即翻转，手心向上。意思是以两手托承佛足，绝所尘埃以求福慧，这叫头面接足礼；

第六：两手握拳翻转，头离拜垫，右手移回拜垫中心。

苏嘉丽说，接下来，神奇的事情发生了。如果迄今为止，在她有限的生命历程中，确实令她开始相信（或者开始怀疑），世间真有事物能够超越肉体（或者与肉体共存），那就是多年以前，在雪峰寺跪拜后的那个瞬间。

"那天——到底发生了什么？"苏嘉欣忍不住插话问道。

"我感到，在那个瞬间，就在我头顶上空，有那么一小块空间突然打开了。并非我亲眼所见，那时我正闭眼许愿。但即便闭眼，我也能感到光亮。就在我头顶上空的正前方，有光明投射进来。然后，有一样东西，一件具备明确重量和体积的东西，带着温暖的热度、但又非常果断地从那个空间飞腾出去。哧的一声，离开了我的身体。与此同时……一滴眼泪涌出了我的眼眶。"

"灵魂出窍？"苏嘉欣瞪大了眼睛。

苏嘉丽抿了抿嘴唇，仿佛又返回到时光隧道，眼神茫然而坚定地望向前方。

"当时你许了什么愿？"

"希望他安好。"

"谁？那个伤害了你的人？"

苏嘉丽摇了摇头，又点了点头："不知道，真的不知道，只是从那个瞬间开始，我相信世界上有超越物质的事物存在。我坚信不疑。我感受到了能量。"

"你真的祝福了那个伤害你的人？"

"我只是跟着那股能量走。我只能跟随着它走。它是如此巨大，富有力量。它从我的身体内部自然生发，无可抵抗。然后，就如同海啸过后的海面，跳跃起一尾银色的飞鱼。那个时候，伤害也如同汹涌的海水包围着我，伤害本身也令我流下感动的眼泪……我在胡言乱语了，我不知道是否说明白了我的意思。"

"姐!"苏嘉欣像打量一个陌生人似的看着苏嘉丽，"我真没想到，你是一个如此诗意的人。"

"诗意? 没有，我是一个世俗和平庸的人。"苏嘉丽说，"我的意思是，这样的感受我也只有过一次。绝大部分时间，我和其他人一样，别人爱我多一点，我也回报多一点。相对于其他的人类情感，也同样如此。至多暗流涌动。那尾银色的飞鱼再也没有凌空飞起过。"

苏嘉欣没有接话。沉默着。或许在思考自己的处境。

"能量聚集到一定程度，巫术才会发光。"苏嘉丽说，"所以，你的故事，或许是预言，或许只是恰巧应验。而我的……则只能说明一个问题。"

"什么?"

"我再也不能那样去爱了。"

第十四章

　　欧阳教授已经好几天没写词条了。

　　最近，他连续见了几位他的博士研究生和硕士研究生，就他们的博士论文、硕士论文交换了意见，并进行了讨论。学生们一向都很尊敬并且喜欢他。"欧阳老师的学养就像大海。"这是他们在背后经常悄悄议论的话题。当然，起码从表面来看，很多博导硕导的学养多少都有着海洋的气息。但欧阳还略有些不同，这主要指向他思维的触角和敏感的方向。大致来说，欧阳永远对历史长河中那些充满遗憾、边缘、触不可及的人和事深感兴趣。

　　比如说，他有一位博士研究生的论文是关于明末唯一从陆道来华的西葡传教士鄂本笃。因为当时鄂本笃主要确定了传说中的几个古中国地名都是当时的中国。一般来说，这类研究会以《鄂本笃与东亚地理的变革》或者《鄂本笃与契丹的由来》之类为题。以鄂本笃行走于古丝绸之路东段的经历，集地名、人物、事件、细节、考据等，归拢形成一篇提纲挈领、有理有据的学术论文，并成为浩如烟海的类似论题中的一部分。但是，欧阳教授提出了自己的方向和想法。

　　欧阳教授问他的那位博士研究生："你觉得，关于鄂本笃的故事，你最有感触或者最感到遗憾的是什么？"

博士研究生想了想说："是鄂本笃来到明朝控制下的肃州以后的经历。"

"为什么？"欧阳问。

博士生笑了，他很自然地把欧阳教授这里的"为什么"一问，看作引发双方共鸣的契合点。欧阳教授什么都了然于心。只是给他一个阐述观点的机会而已。但他还是往下说了："肃州之前的行程，鄂本笃大抵还是非常顺利的……不对，话还是应该从头说起吧。"

欧阳教授点了点头。

博士生滔滔不绝地往下说："作为一个来自亚述尔群岛的年轻葡萄牙水兵，鄂本笃在1594年抵达了印度。当时，他或许觉得自己的归宿，就是在赚一笔养老金后返回欧洲。也可能是在当地给自己置办产业，从此完成落户。但后来发生的故事，却超出了所有人的想象。鄂本笃在印度服役一段时间后，就加入了耶稣会。凭借自小积累下的航海经验，他很快就掌握了当时耶稣会成员普遍需要学习的数学、地理和天文学知识，并被派往莫卧儿帝国的宫廷，学习波斯语。教会非常希望以教士们的丰富学识，博得亚洲各帝国的统治者欢心，从而给传播天主教的活动开绿灯。而来到莫卧儿帝国的鄂本笃，也有着比一般商人探险家更广阔的视野。他注意到莫卧儿人同北方的频繁贸易。也断定那是一片值得探究的新大陆。与此同时，从中世纪开始，欧洲各地就流传着约翰长老国的传说。他们仍然非常希望能在亚洲的腹地，寻找到自己可以联合的盟友。哪怕到16世纪末为止，葡萄牙人已经完成了对亚洲大部分海岸的探索；哪怕这一百多年来的海上探索已经证明，远在东亚的大明朝并不是传说中的约翰长老。虔诚的教士们还是希望，可以在大明朝西北的地界，找到名为契丹的大汗之国。于是在1602年，鄂本笃将自己化装成一名亚美尼亚商人，拿着阿克巴大帝给予的资金，踏上了近代欧洲的首次内亚之旅。"

欧阳教授安静地聆听着。这种静默是让他人讲述的意思，也是引导出金玉的意思。或者也是保守住秘密的暗示。

博士生继续着："当时鄂本笃的随从包括了四名穆斯林和两名希腊人，以便进一步强化自己的亚洲商人形象。他们从葡萄牙在印度的大本营果阿出发，抵达北印度的重要城市拉合尔。鄂本笃在当地又雇佣了一名真正的亚美尼亚人做向导，随后进入了今天的阿富汗地区。这些地方在当时都处于莫卧儿帝国的控制范围，所以行动并不困难。在游历了坎大哈和喀布尔后，一行人选择走帕米尔高原，去往控制西域的大国叶尔羌。这段行程就不那么轻松了……等到真正抵达叶尔羌后，鄂本笃的行程就突然慢了下来。因为他们要继续向东，就必须赶上当地商人朝贡大明皇帝的时节。明朝的隔绝与管制政策，让西域商人不能随心所欲进入东亚大陆。他们必须组织特定的朝贡团队，才能带着大明皇帝喜爱的玉石去敲开嘉峪关的大门。于是鄂本笃在当地逗留了至少一年，花费的时间都赶得上从里斯本坐船到马六甲了。直到1604年年底，鄂本笃等人随着商队出发，前往大明西北边境。他们经过阿克苏、哈密等地，来到了明朝控制下的肃州。他的好运也就此到头了……"

"讲，继续讲下去。"

"1605年，由于明朝官方的严格限制措施，鄂本笃和他的队伍再次被要求留在当地等候。漫长等待终于耗尽了他的资金。鄂本笃尝试给印度的果阿通信，但漫长的传递过程让他不可能等到回信。最后，他通过从大明境内返回的商队得知，另一位耶稣会的教士利玛窦，已经获准进入了北京。到了1606年，鄂本笃的信件终于送到了北京。利玛窦则在之前就通过从果阿——马六甲——澳门的书信，得知了鄂本笃的探索旅行。他在第二年派出了入教的钟鸣礼到肃州，接鄂本笃去北京。然而在钟鸣礼抵达肃州的11天后，已经患病的鄂本笃情况恶化，最终死在了大明朝的西北边陲。他所剩不多的财产被同行人按照习俗瓜分，连随身的日记资料也被拿去。仅仅是因为当中记载了一些拖欠他借款的沿途人物。"

"继续。"

"在利玛窦等人的努力下，鄂本笃被以天主教仪式安葬在当地。部分被夺取的手稿也在之后被追回。只有少量完整的信件资料，被钟鸣礼带给了利玛窦。鄂本笃最终都没有找到传说中的契丹和约翰长老。鄂本笃并不是第一个进入大明境内的天主教教士。在他出发之前，利玛窦已经于1598年获准踏上大明朝的土地。只是在那之前，利玛窦也曾经在澳门等待了几十年之久。当然，在澳门苦等数十年的利玛窦无疑是幸运的。"

博士生停顿片刻，整理了一下思路。"这么说吧，总而言之，鄂本笃之前的欧洲人都认为在东亚大陆西北存在一个契丹。鄂本笃之后的欧洲对东亚地理有了较为精准的认识。至此，发源自古代地图上的古国名称'秦尼'才正式成为东亚帝国的统称。今天英语中的 China 一词，也由此固定。"

"你说完了？"

"是的，说完了。"

"现在我来说。"欧阳教授慢悠悠点着一根烟。烟雾很快在他脸孔前方上升、凝聚，他即刻成为一半光明一半朦胧的影像。

欧阳教授说，其实，他一直想写一个非虚构或者虚构的文本，题目就叫《鄂本笃在肃州》。欧阳教授说，他就是本能、直觉地对鄂本笃在肃州的日子感兴趣。虽然他知道，无论"本能"，或者"直觉"，这类词汇对一位历史学家都是相当不严谨，甚至非常忌讳的——即便他说自己是逻辑人，尽管有时逻辑发生错误。但归根到底仍然还是逻辑人。欧阳坚定肃州之于鄂本笃的重要性，虽然在历史上和绝大部分历史学家的视野里，鄂本笃主要的功能和成就在他来到肃州以前就完成了：向世界证明明朝就是过去中亚与东欧语境下的契丹。显而易见，这是过去的沿海探索者们所不可能完成的事情。所有的历史书上都是这么写的，无一例外。

但欧阳教授并不这么认为。无论如何，鄂本笃真正打动他的就是来到肃州以后的日子。他被困的日子。他无能为力的日子。他坐以待毙的日子。欧阳说，或许他只是想象他在说，他只是在他的心里说：鄂本笃的沿途遭遇，无疑就是当时丝绸之路东段情况的缩影。明朝虽然从未放弃过陆上的丝绸之路贸易，但那种微妙的、闪烁的、时断时续的、暗示性的自我封闭心理依然存在。凭借它，明朝主动削减着自己对外部世界的依存度。

"当然，这也只是寓言。"欧阳教授说，"所有的所有，一切的一切都只是寓言。因为这才是人类的真相。前面的所有人所有事，都是为了铺垫，都是为了最终到达这一步。到达鄂本笃来到肃州的这一步。早早晚晚，每个人都会来到鄂本笃在肃州的境遇里面。"

在欧阳教授起身踱步，稍做放松的时候，这位博士研究生与刚刚赶来的第二位硕士研究生聊了会儿。他们两人是同乡，都来自长江以北的一个小城。两人有着非常相似的经历以及个性。原生家庭家境贫寒，而自身治学严谨，勤勉刻苦。在各自成为欧阳教授的博士硕士之后，偶尔他们也会择时相约，泡泡茶馆，或者喝点小酒。酒过三巡之后，他们开始说一些感性的话语，并且互诉衷肠。

博士研究生说的是他的求学史和奋斗史。硕士研究生则多半会论及他的恋爱经历以及失恋经历。虽然角度不同，得出的结论却十分相近。

博士研究生说，他觉得人生真的很繁忙。每一天每一步都被填得很满。就像那些缜密的史料，可以不断拐弯抹角地填满它。永远没有终止。缝隙里还有缝隙，弯道后又出现另一个弯道。

　　硕士研究生则说，他是非常赞成学长观点的。不过因为学长学业精进，已经达到他难以企及的高度。所以他这里举的是另外的例子。他讲到了他的恋爱。他抽象意义上的恋爱经历。从高中的暗恋，大学时期的校园恋，热恋以及目前正在谈婚论嫁阶段的女朋友。他说，用个不太恰当的比喻，他的这些恋爱经历也让他想到经常接触的历史资料。只有往后看，才能看清每一个过程；单个的某个史料甚至有可能是完全错误的；他的那些女朋友中，越有魅力，基本上也就越捉摸不定。他谈到他最爱的、同时也已经成为历史的一个女朋友。他说他能讲清楚的只是他对她的情感，但直到今天，对于他来说，她仍然并不存在一目了然的东西。有很多很多的片段、瞬间、平面一起组成一个接近整体和立体的她。直到现在，他仍然不能把它们完全拼凑完整。他只能勉强地这样来表达：对她的看法越模糊、越多面化。离那最捉摸不定的真实性也就越近。

　　等到他们喝下更多的酒，他们的表达会变得更为简洁，同时跃升一个层面。

　　"人生其实蛮虚无的。"博士研究生说。

　　"是的，非常虚无。"硕士研究生想了想，表示相当同意这样的看法。

　　他们完全说不清当初为什么要学习历史这个专业。并且看来将会延续一生。

硕士研究生的论文题目也与丝绸之路有关——《一封家书与中世纪丝路商旅的猜想》。

硕士研究生给博士研究生看过这篇论文的一部分提纲：

一、关于这封家书

写信人：米薇，一位出生在撒马尔罕的粟特人
所用文字：粟特文
寄往何处：从敦煌送往撒马尔罕
发现地：敦煌的某座烽燧
发现人：英国探险家斯坦因
现存：大英博物馆
发现时间：清光绪三十三年

二、关于撒马尔罕和撒马尔罕的粟特文

撒马尔罕：

今日乌兹别克斯坦共和国的第二大城市，当年，它曾是东西方贸易商路上的重要枢纽，繁盛的丝绸贸易使它成为当时世界上最富庶的城市，甚至被人们称为"东方的罗马"。

撒马尔罕的粟特人：

高鼻、深目、多须，他们以经商为天职，婴儿生下来，嘴里就会被放一块冰糖，寓意将来嘴甜，才利于经商。那个

年代，他们的足迹遍布欧亚大陆。撒马尔罕就是粟特人建造的一座美轮美奂的都城。

粟特文的破译过程：

清光绪三十三年，英国探险家斯坦因在敦煌一座烽燧废墟中，无意中找到一些汉代木简以及八件极为罕见的纸质文书。这八件文书都被叠成十公分长、三公分宽，而后由丝质细绳精心捆扎。文书上是斯坦因之前从未见过的奇特文字。根据考古探险多年的直觉，斯坦因认为这些古老的纸可能存在某种研究价值。斯坦因和法国汉学家伯希和，分别进入敦煌藏经洞，多次搬走里面的宝藏，运回自己的国家。其中就有一本粟特文抄写的《佛说善恶因果经》，今天仍保存在法国国家图书馆。后来经过专家对比，终于翻译出了粟特文。而包括米薇家书在内的八封信件的内容，从此公开于世。

三、这封家书的部分内容

"我亲爱的丈夫纳奈德，我一次又一次给你写信，但却从未收到过你的一封回信。"

"我遵从你的命令来到敦煌，我没有听从我母亲的话，也没有听从我兄弟们的意见，一定是我遵从你的命令那天惹恼了诸神，我宁愿嫁给猪狗，也不愿做你的妻子。"

"眼下这种凄惨的生活，让我觉得我已经死了。我一次又一次地给你写信，但却从未收到过你的哪怕一封回信。我对你已经彻底失去了希望，我所有的不幸就是，为了你，我在敦煌等待了三年……"

四、关于米薇的丈夫

他是丝路上的一个商人。纳奈德是他的名字。米薇不顾父母和家人的反对，嫁给了他。跟随他来到敦煌。安定下来。他们有了女儿。在这期间及之后，纳奈德仍然跟随商队，徘徊在罗马、撒马尔罕、中国之间。后来，这位丝路商人、米薇的丈夫突然没有了音讯，并且之后永久没有了音讯——这，就是他留在客观历史中的所有的一切。

五、那天究竟发生了什么

公元312年深秋的一个清晨。一位骑着快马的信使，从敦煌起身，沿着驿道进入戈壁，向西而去。他此行的目的地，是沙漠另一边的撒马尔罕。这条连接敦煌和撒马尔罕的路，他已经走了无数次。

但是，那天似乎发生了什么意外。或许是突然间黑风沙侵袭，又或许是途中遇到悍匪。总之，那一日，这位信使没有像以前一样准时将信送达。他所携带的八封信件，不知什么原因都被遗留在了敦煌的一座烽燧内——这，就是这位信使留在客观历史中的所有的一切。

硕士研究生说，他之所以选择这个论文题目：《一封家书与中世纪丝路商旅的猜想》，最直接的原因是整个敦煌故事中，最打动他的就是这个，而且这个故事是开放式的。它讨论时间与空间的联系，它永远不可能有完整的答案。

"你知道的，那种感受，动人而又伤感。"硕士研究生说。

博士研究生认真想了想，然后说，其实鄂本笃来到肃州以后的日子，也就是在属于他的那个维度中，时间开始凝固的日子。时间再也不起作用了。它消失了。博士研究生说，从这个角度，他非常理解和赞成硕士研究生师弟的观点，以及师弟这篇论文从个人情感意义上的起点。

硕士研究生又补充道，在米薇的家书中，他对那两个逻辑突然断裂的时空感兴趣。第一个时空是：米薇的丈夫突然没有了音讯。第二个时空在第一个时空之上叠加并且延续：为了联系上这位消失的丝绸商人、自己的丈夫，米薇不断给他写信，信使不断为她送信。后来，终于有一天，这位不断送信的信使也突然消失了。

硕士研究生继续补充，他说，其实在这两个时空中还隐藏着第三个隐秘的时空。米薇从未收到过丈夫纳奈德的任何一封回信。米薇以为所有的信都寄出去了，丈夫纳奈德都收到了，或者都没收到。但历史的诡异之处却在这里，看似相同结果的事件却有过不同的命运或者轨迹。就如同，米薇唯一留存下来被后人看到的信，正是根本就没有寄出去的那封。

后来欧阳教授散步回来，加入了他们的对话。

　　他说他已经看过了硕士研究生的论文初稿。就在昨天晚上，他还断断续续做了一个梦。在梦境比较完整的那一部分，多次出现了那位敦煌信使。信使面如皎月，身着干净的衣裳，正行进在没有任何风暴迹象的路上。

第十五章

蓝猫酒吧的外墙上贴着中英双语通知：

即日起，本酒吧营业场所：
一、一楼露天花园
二、三楼露台

老板克里斯托夫说，这是派出所最新出来的规定。说是临时的，然后，按照传染病的进展或控制情况随时调整。所以目前看来，底楼酒吧和西餐服务的混合区域以及二楼的箱庭区域等都属于封闭空间，暂时全部不能使用。

美国人比尔正和克里斯托夫在一楼露天花园喝冰啤酒。比尔显得颇为焦虑不安。他说总感觉事情有点不对。他这几天和墨西哥女朋友通电话，女朋友建议他干脆飞回墨西哥度假。比尔表示有点犹豫。其一，他留意了近期的国际航班，突然发现，从中国经转至墨西哥的很多航班已经取消或者无限期延误；其二，他最近常常下意识地冒出克里斯托尔的那句话。

"这是你说的，"比尔看着克里斯托夫说，"你说，比尔，你会死在墨西哥城。"

"什么？我说过这句话吗？"克里斯托夫很诧异地看着比尔。

"是的，你说过。在看了我摆的箱庭以后。"

克里斯托夫认真想了想，表示自己真不记得了。完完全全不记得了。克里斯托夫说："我怎么可能说这么奇怪的话呢？是你记错了。一定是你记错了。"

于是美国人比尔陷入一种孤独的回忆和求证之中。因为无法准确验证，事情反而显得愈发诡异与可怕。比尔说："上一次，我根本没把你这句话放在心上。我甚至认为这是句笑话。上一次，我在墨西哥和女朋友待了一个月。我们一起听肖邦的夜曲，后来，我们又一起去了墨西哥荒凉的山区。再后来，我回到中国办事。离开墨西哥城的时候，我还在想着你说的这句话——比尔，你会死在墨西哥城——心里偷偷取笑着你的愚蠢。但这一次，我突然感觉害怕了。"

"你怕什么？"

"这几天，女朋友一直让我飞回墨西哥，虽然我还没买机票，虽然我很可能买不到机票，但不知道为什么，这一次我感觉什么地方不对。我真的有点害怕了。"

"你可以留在中国。"克里斯托夫说。

"是的，我可以。"

"或许过几天，这里的一楼和三楼也不能营业了。又或许会更糟。不过对于在历史中了解过黑死病和西班牙流感的人，这些应该不算什么。"

"是的。"比尔说，"我可以留下来，等一切都恢复正常。

我相信不会需要很长的时间。但仿佛，有一种奇怪的力量，让我飞回墨西哥。我抗拒不了。"

"是爱情吗？"

"比爱情更有力量。"

"是因为墨西哥现在更安全？没有任何一个人被传染？"

"也是，也不是。"比尔继续阐述着自己的感受，"中国这里目前情况不太好，墨西哥暂时安全；我很爱我的女朋友，也想念墨西哥荒凉的山区、燃烧的原野；我有点担心这里如果封城，生活会很枯燥，这些都是原因，但都不是唯一的原因，或者最后的原因。就是有一种奇怪的、无法解释的力量，让我一边回味着你说的那句话，一边无可救药地想要飞回墨西哥。"

"嗯。"克里斯托夫沉吟了一下。

"你相信命运吗？"克里斯托夫又问。

"有点相信。"比尔犹豫了一下说，"相比较于命运，中国人好像有轮回这种说法。我只知道大致的意思，不能完全理解，反而更加害怕。"

说完这句话，比尔自己哈哈大笑起来。

接着，克里斯托夫哈哈大笑。

气氛顿时变得轻松起来。

"卡斯特罗！卡斯特罗！"克里斯托夫朝厨房的方向叫了几声。

卡斯特罗是蓝猫酒吧的西餐厨师。墨西哥人，中等个子，瘦且黑。他戴着口罩，从厨房窗口那里闪出小半张脸。

克里斯托夫让他做一份墨西哥鸡肉卷给比尔。卡斯特罗说鸡肉卷的原料用完了。洋葱黑椒牛肉也没有了。奶酪嫩烤芦笋、烧烤鸡排蛋包饭、仙人掌炒青红椒、托底拉汤这些都没法做了。卡斯特罗没等克里斯托夫再问，一股脑儿地说了出来。

"现在厨房还能做什么呢？"克里斯托夫问。

"只能做塔克（Taco），和墨西哥薄饼（Quesadilla）。"卡斯特罗回答道。

通过蓝猫酒吧的厨房货存，卡斯特罗经常能判断自己面临失业的大致概率。现在厨房里还剩下一些玉米、肉类、蘑菇、奶酪，还有莎莎酱、鳄梨酱、碎番茄酱、酸奶油、洋葱、生菜以及墨西哥辣椒。玉米薄饼夹上肉和蔬菜，再配上莎莎酱、鳄梨酱、碎番茄酱，可以做出 Taco；而差不多同样的原料，还可以凑合做出 Quesadilla。其他，就没有什么了。

卡斯特罗只会说几句简单的中文。他来蓝猫酒吧很多年了，一直是这里的主厨。卡斯特罗和雅思女孩莎拉是好朋友。通常来说，卡斯特罗用他比中文稍稍好一些、但比西班牙语糟糕很多的英语和莎拉聊天。

有一次，莎拉告诉他，自己的中文名字叫姚小梅。"姚——小——梅。"她说。然后，她问卡斯特罗，当年为什么会来中国呢？

卡斯特罗说，他的家乡在墨西哥中部的普埃布拉，那里的人绝大部分从没离开过墨西哥，甚至从没离开过普埃布拉。所以他们基本分辨不出远东各国人的区别。在他们看来，中国人、韩国人、日本人、泰国人、新加坡人……都相差不多。当然，区别也不是完全没有。相对于文化程度较低的人而言，有文化的人对中国人的看法更明确，至少他们具有自己的观点。而文化程度较低的人，可能就会把所有亚洲人都看作"中国人"。

"我有一个姨妈叫特里尼。"卡斯特罗说，"她是我妈妈的表妹，嫁给了一个来到墨西哥的中国移民，我叫他安吉尔叔叔。他非常可爱，勤奋，在市中心开了一家咖啡馆，店里总有美味的饼干和咖啡。在墨西哥，小孩子们从小就喝咖啡。我记得安吉尔叔叔有一个自动点唱机，我喜欢在那里播放唱片。但他从来不让我放硬币进去。他会打开机子，然后让我挑选任何我想要的歌曲。他待我姨妈就像对待女王一样。不过他对我的表兄弟有点严厉，但也从不打他们。他是个很好的人。"

卡斯特罗有点腼腆地笑了笑，说，他对中国人美好的印象就是从安吉尔叔叔开始的。"当然，"他很快认真地补充道，"不是每个墨西哥人都那么幸运，有一个像安吉尔那样的中国叔叔。"

在很长一段时间里，安吉尔叔叔和他的咖啡馆的故事也就到此为止。然而有一天，厨房下班早，卡斯特罗独自在花园角落喝了几杯啤酒。没想到喝着喝着，一个人哭了起来。

那天莎拉正好也在。莎拉走了过去，在卡斯特罗身边坐了下来。

莎拉问："怎么啦，你为什么这样伤心难过？"

卡斯特罗说，也没什么。喝了点酒，想起很多事情。一切仿佛就像梦一场。他擦了下眼泪，又说，就在刚才，心里突然有种奇怪的感觉——我怎么会在这里呢？我是怎么突然来到这里的呢？

莎拉有点担忧地向卡斯特罗靠近了一点，她甚至抬起手摸了摸卡斯特罗的额头，以确认他的体温和心智都维持在一个正常的状态。

接下来，卡斯特罗就讲了另一个关于安吉尔叔叔的故事。

卡斯特罗说，安吉尔叔叔的咖啡馆在当地很有名，因为它相当符合墨西哥人的喜好。那是一种混合了二十世纪五十年代风格的咖啡馆，供应墨西哥甜面包和咖啡牛奶，以及标准的墨西哥菜肴。这类咖啡馆通常由二十世纪二十年代及六十年代移民潮中的中国移民拥有和经营。而安吉尔叔叔除了可爱、勤奋以外，人长得白白胖胖，他总是眯缝着眼睛微笑，给人无比充沛的安全感。很多墨西哥人以及中国人、墨西哥人以外的外国人都很喜欢安吉尔叔叔的咖啡馆。在小范围里，它甚至成为当地相拼文化的一种象征。

但是有一天，安吉尔叔叔的咖啡馆出事了。

卡斯特罗说，出事的前几天，他去古巴哈瓦那办点事。有一天晚上，他在古巴巨大如同深蓝宝石的夜色下徘徊，而同样深蓝的加勒比海，则藏在不远的棕榈树丛深处。走着走着，他突然下意识注意起自己斜长的影子，它不断地弯曲、延展、最后折叠成一种奇怪的形状。卡斯特罗说，可能就是某种潜意识的感觉，对于那个斜长的影子以及最终折叠成的奇怪的形状，他内心升腾起一种莫名的恐惧感。

一回到普埃布拉，他就听说安吉尔叔叔的咖啡馆出事了。

安吉尔叔叔的咖啡馆白天是咖啡馆，到了晚上，部分就转换成酒吧。卡斯特罗是听安吉尔叔叔店里一个服务员说的。是两个姑娘，经常来安吉尔叔叔的咖啡馆喝咖啡，吃甜面包和墨西哥菜肴。最近几个月她们晚上也会来，坐一坐，喝上几杯。就在卡斯特罗去古巴的那几天，有一天晚上，这两个姑娘一走出安吉尔叔叔的咖啡馆就被人绑架了，并且当晚就遇害了。

"怎么知道她们遇害了？"卡斯特罗的声音有点颤抖。

"她俩的尸体被扔到了沙漠里，被人发现了。"服务员说。

卡斯特罗说，当时让他最害怕的，并不是那两个姑娘被绑架、遇害、尸体被扔到沙漠里，后来又被人发现这样一件事情本身。而是发生了这件事情以后，一切事物以及人物所呈现出的平静的状态。那个告诉他事情过程的服务员，一边和他说话，一边招呼着客人，做着生意。店里来来往往的人（显然他们已经知道了这件绑架谋杀案）仍然神态自若地挑选着食物，坐下来，或者打包带走；还有时高时低的争吵声；一个小孩哭了起来；又有人大声地笑。

关于这件事情，大致有这样三种说法。

第一种：此事与毒品有关。

第二种：与爱情有关。

第三种：与任何事物无关。只是因为厌倦。彻底的厌倦。无以名状的厌倦。

这时莎拉突然叫了起来。莎拉说："你等一等，等一等。这件事情听上去怎么这么熟悉？怎么越听越熟悉起来？我怎么觉得好像听过这个故事？""对了，"莎拉说，"我听唱评弹的苏嘉欣讲过类似的事。"很多年前，她和另一位评弹演员阿珍跟着省艺术家代表团去过南美，接待他们的古巴导游名叫卡洛斯。莎拉对卡斯特罗说，苏嘉欣讲的那件事情和你的这件事非常非常像呵——

古巴的夜色如同巨大的深蓝宝石。而同样深蓝的加勒比海，则藏在不远的棕榈树丛深处。三个人走在泛着光亮的南美大地上。卡洛斯的脚步轻快有着弹跳的节奏。阿珍迈着小小的碎步。再拐过两个街角就是代表团的驻地宾馆。苏嘉欣注视着自己斜长的影子——它在第一个街角那里弯曲并且折叠成一种奇怪的形状。这时，卡洛斯突然说起话来。

卡洛斯说，他上个月有事去墨西哥。晚上去一家当地人开的酒吧喝了两杯。第二天他又去了。听说昨天晚上有两个姑娘一走出这家酒吧就被人绑架，并且当晚就遇害了。她俩的尸体被扔到了沙漠里。

说完这件事以后，卡洛斯就再也没开过口。

莎拉对蓝猫酒吧厨师卡斯特罗说："你想一想，对比一下，和你刚才说的那件事情是不是非常非常像——"

有一天，安吉尔叔叔的咖啡馆出事了。

卡斯特罗说，出事的前几天，他去古巴哈瓦那办点事。有一天晚上，他在古巴巨大如同深蓝宝石的夜色下徘徊，而同样深蓝的加勒比海，则藏在不远的棕榈树丛深处。走着走着，他突然下意识注意起自己斜长的影子，它不断地弯曲、延展、最后折叠成一种奇怪的形状。卡斯特罗说，可能就是某种潜意识的感觉，对于那个斜长的影子以及最终折叠成的奇怪的形状，他内心升腾起一种莫名的恐惧感。

一回到普埃布拉，他就听说安吉尔叔叔的咖啡馆出事了。

就在卡斯特罗去古巴的那几天，有一天晚上，这两个姑娘一走出安吉尔叔叔的咖啡馆就被人绑架了，并且当晚就遇害了。

卡斯特罗说，是呵，很像。确实很像。不仅在墨西哥的那部分很像，而且在古巴哈瓦那那部分也很像。而且其中人物、场景以及事件之间的关系也是极有意味的。

很多年前，现任蓝猫酒吧厨师卡斯特罗，在哈瓦那美丽的夜色中，突然有一种不祥之感……果不其然，他在墨西哥的"安吉尔叔叔的咖啡馆"出事了。有两位姑娘（客人）一走出店门就被绑架，并且当晚就遇害了。她俩的尸体被扔到了沙漠里。后来，卡斯特罗来到中国，他把这事告诉了自己的好朋友、中国女孩莎拉。

而另一个方向，也是很多年前，中国女孩莎拉的朋友、两位评弹女演员苏嘉欣和阿珍，跟随省艺术家代表团去南美访问演出。她们的古巴导游名叫卡洛斯。也是在哈瓦那美丽的夜色中，三个人在加勒比海附近散步时，卡洛斯突然无厘头、毫无缘由和逻辑地告诉苏嘉欣和阿珍：他上个月有事去墨西哥，晚上去一家当地人开的酒吧喝了两杯。后来就听说，昨天他刚离开，有两位姑娘（客人）一走出店门就被绑架，并且当晚就遇害了。她俩的尸体被扔到了沙漠里。

讲完这件事以后，卡洛斯就再也没说话。苏嘉欣和阿珍直觉到了恐惧。而阿珍则一直感受着两者之间的联系。

卡斯特罗说，安吉尔叔叔的咖啡馆出事以后，他就决定要离开墨西哥了。虽然他还没有想清楚到底要去哪里。但是在想清楚要去哪里以前，他已经想清楚了要离开。

卡斯特罗先去了墨西哥的尤卡坦半岛。之所以选择尤卡坦半岛，首先因为那里居住的土著令人安心。他们是玛雅人，或者带有部分玛雅血统的混血儿。卡斯特罗说，他们都是一些非常有礼貌、尊重人、有耐心和宽容的人。仿佛除了微笑和尊重之外，他们完全不了解如何用其他方式来对待任何他们所遇见的他者。卡斯特罗说，这种凝滞厚重近乎永恒的微笑，冲淡了对于那两具尸体回忆的恐惧，就如同持续不断的雨水冲淡了血迹一般。

卡斯特罗又说，在尤卡坦半岛的玛雅遗址参观时，有一次，他无意加入了一个当地的旅行团。他不断地听到导游说着一个词——"中国"。"中国，"导游介绍着玛雅遗迹的含义以及象征意义，"它们与古代中国存在着关联。"他说。而在参观帕伦克遗址时，讲到著名的红皇后故事，导游又带着永恒不变的谜之微笑，非常清晰地说："中国，我很确定，她和遥远的中国有关系。"

"这就是故事的起始，或者纽带。"卡斯特罗说，"但是我仍然不知道，也说不清楚，我究竟是跟随着安吉尔叔叔，还是某种神秘的指引，最终来到了中国。"

而与此同时，在空间的另一个方向，欧阳教授正在他的书房里完成着当天的词条摘选。

一、移民

今天，世界上每百人中就有两人因经济、政治、军事原因被迫背井离乡。在接纳移民的国家中，每八个移民中的七个人身份是合法的。

未来，仍会有数亿人改变自己的国籍。

如出现以下三种情况将可能放缓移民的速度：

第一，新技术允许北方国家厂商雇用南方国家的虚拟移民，让他们在屏幕上完成信息操作业务（会计和数据处理）。另外，南方国家自身经济的发展减弱了北方国家对它的吸引力。

第二，外来移民将被视为抢占就业机会和破坏团结的敌人。欧洲由于害怕伊斯兰，将更多接纳非洲移民。在亚洲，对中国的戒备将取代对日本的戒备。世界各地将弥漫着一种对海外族裔的恐惧感。

第三，担心移动会传播新的传染病，人们将像鼠疫泛滥期间一样，设立控制外国人入境的关卡。

二、超现实

超级世界的全部世界观。

第十六章

比尔准备购买返回墨西哥的联航机票。

他找到了在蓝猫酒吧三楼露台聊天的苏嘉欣和阿珍，并且表达了自己的想法和要求。

比尔表示，他必须要回墨西哥，因为某种他也无法解释清楚的原因。但是现在的问题是，他根本就无法买到机票。关于"它们"的信息，就如同在空中翻飞不定的鸟群。他非常焦虑，比尔说；他也非常无奈，比尔又说。

在苏嘉欣和阿珍这两个人之间，阿珍给出了比较接近肯定的信息。

"我来试试。"阿珍说。

在露台上，阿珍一边晒太阳，一边打电话。她对苏嘉欣说，她不确定能否为美国人比尔买到返回墨西哥城的机票。按照目前的情况，事情应该是存在困难的。但是阿珍说，按照她多年的经验，这种类型的困难，多多少少，早早晚晚，总是可以寻找到解决的方式。

阿珍说，她虽然只是非常有限地见过比尔几次。但对他印象不错。"他很坦率直接。"阿珍说，"也挺幽默。"况且，比尔给出的必须要回墨西哥的理由——"一种奇怪的、无法解释的力量"——着实令她寻思良久。在阿珍的心目中,多年前墨西哥机场警察裤袋里的那支电击枪以及导游卡洛斯的回忆中,那两具绑架后遇害、又被扔到沙漠里的尸体,它们是恐怖而暗黑的,但同时也具备"奇怪的、无法解释的力量"。对于阿珍来说,墨西哥城就如同隐秘的寓言。她不敢触碰它,但同时,她也忘不了它。

"我是理解比尔的。"阿珍想了想,觉得仍然无法非常清晰地表达清楚她从比尔那里感受到的,于是她又补充了一句,"反正我是非常理解的,虽然也是无可比拟的。"

20世纪90年代的时候,阿珍在城里的评弹学校上学。

就是在那个评弹学校里,阿珍遇到了后来成为同事和伙伴的苏嘉欣。

阿珍认为,她和苏嘉欣的相识是非常偶然的。属于偶然性事件。非常偶然的,她上了这个评弹学校,苏嘉欣同样如此。在这个学校里,还有阿朱、阿李、阿季、阿王、阿柳……因为人生中某天清晨的一个闪念,她(他)们走到了同一屋檐下。

苏嘉欣不这么认为。苏嘉欣想到的是一连串或正或反的逻辑。

苏嘉欣知道自己长得好看。声音清脆悦耳。然而对于她来说,童年时光并非只是快乐闪烁的回忆。与此相反,父亲早逝,姐姐苏嘉丽从母亲那里夺走了很多爱——如果要论偶然,这或许倒是人世间难以解释的一桩偶然之事。同为骨肉，父亲或者母亲，却更爱其中的一个或者几个。无论如何，苏嘉欣希望更早地离开家。即便她不是寄宿在评弹学校，一定也会想出其他路径的。

所以，基于此，她认为阿珍的背后必然也存在一连串的逻辑。只是阿珍没有意识到，或者还没有把看似散乱的线索联结起来而已。

"阿珍，当年我们认识时，就连享受偶然性的权力都没有。"有时候，苏嘉欣想对阿珍说这句话。这是长久成为欧阳太太的成果之一。"偶尔"，苏嘉欣也能触及一点形而上的边缘。但她认为阿珍不能理解，所以也并没有如此言说。

阿珍说，她偶尔会想起评弹学校里一位姓梁的老师。

梁老师并非专业课老师。他不教琵琶，也不教三弦。他甚至并不常来学校，大致的频率是一两周过来一次。干干净净走进来，安安静静坐下来。

梁老师弹古琴。

弹古琴的梁老师三十来岁的样子。手指修长而白皙，还有一种雾气氤氲的润泽。在教室里，阿珍坐前排，能够清晰看到梁老师留着半月形的指甲，它们都被刻意修剪打磨过，除去拇指，个个长约一点五厘米，透亮、圆滑。如同有了包浆的古器。

说也奇怪，大家都喜欢这个不算老师的老师。只要梁老师一来，几乎所有人都安静下来。不说话。只是听梁老师弹琴。没人知道为什么评弹学校会请一位古琴老师，这位古琴老师也并不教授古琴，他只是弹曲。偶尔，弹完曲子或者曲子与曲子的间隙，他也会发些感慨。

有一次，梁老师说："唉，古琴是座高山，我永远在山脚下行走。"

这是句突如其来的话，就如同这句话以及在评弹学校弹古琴的梁老师……它们与阿珍的生活几乎没有什么逻辑性的联系。说完这句话，这位奇怪而神秘的梁老师很快就消失了。

后来，夏天了，与阿珍、苏嘉欣同宿舍的一个女孩子——大家叫她阿玲——交了个香港男朋友。那个香港人比阿玲大二十来岁的样子，头顶有点秃，身体却圆润而和蔼。看上去他很爱他的小女朋友。很快，他连同阿珍和苏嘉欣也一起喜欢上了。

香港人带她们去城里新开的咖啡厅。在一个四星酒店的二十三楼顶层。那个顶层就如同巨大的魔方，也很像传说中的红色舞鞋，它一直在旋转。三个女孩子也在旋转，她们一边旋转一边尖叫。

咖啡和小点心来了。高脚椅子贴着落地的玻璃长窗。

阿玲因为常来，很舒适自在就坐上去了。阿珍踮了踮脚，也不是很困难。

只有苏嘉欣，如同一只伶仃的仙鹤。

"很不舒服呵。"她说。

阿珍让她踮脚，屁股翘起来。但苏嘉欣还是觉得不舒服。整个人都感到别扭。

后来阿珍想出一个办法，启发她。

"这样呵。"阿珍说，"你想一想上课时老师说的，评弹演员要怎么坐呢？浅坐。你再想一想，我们演出时坐的椅子呢，和这个差不多高；那腔调，和这个也有点像呢。"

苏嘉欣这么一想，果然就坐好了。

那是二十世纪的九十年代初。在阿珍的回忆里，那是一段充盈了偶然性光晕的时光。阿珍、阿玲、苏嘉欣，她们三个人在这座城市以及城市虚拟的外延剧烈晃动着。阿珍不喜欢其中一些突兀粗暴的偶然性经历，但不得不说，它是开放性的。巨浪一个接着一个打来。虽然她最终并没有冲破那浪的极限，回忆里却是可以根据自己的本性去接近的全面自由……

有一天，阿珍的父母突然带她坐夜火车去上海。

"明天上午有专业考试呵！"阿珍说。

"没事，以后再补考。"阿珍的母亲回答道。她抬头打量了一下阿珍，说，"脸色不好，去，抹点口红。淡粉色那种。"接着，她又从包里拿出一条粉白交织的毛线围巾，递给阿珍，"围上。"

关于这次上海之行，阿珍的母亲给出的解释是这样的："我们要去见一位中介人。这几年他在日本打工，发展得不错。他可以做你的担保人，介绍你去日本。"

阿珍的父亲一直沉默着。他是一位普通小职员，车窗外闪过的灯光，把他原本苍白的脸照得愈发苍白，并且切割成形状不规则的阴暗面。

阿珍一直记得那次半夜的绿皮火车。

还有窗外一闪而过的灯火。

"但是，我为什么要去日本？"突然，阿珍问。

这时，铁轨与车轮摩擦出巨大的声响。盖过了阿珍母亲的回答。也盖过了阿珍父亲的沉默。

不，不是这样的，事情还远非如此简单。

事情非但不是简单的。有时甚至还是混乱的。无序的。矛盾的。至少，它们是偶然发生的，在表面上（按照彼时、彼刻阿珍的认知）彼此找不到任何逻辑。比如说阿珍的母亲。

阿珍一家在上海见到了那位担保人，是一位朋友的朋友介绍的。几经辗转，临近中午时分，在衡山路附近的一家小餐馆见面吃了早午饭。阿珍的父亲、母亲、阿珍、朋友，还有担保人，一共五位。阿珍母亲向担保人递交了资料，然后就是零星的对话。担保人抬眼打量了阿珍几下。担保人长得很周正，具有力量——这是阿珍对他留下的唯一的印象。担保人的声音在空间里显得洪亮而确凿，仿佛对于所有的人和事具备概括以及决策的能量。多年以后，阿珍再度回忆时，也只是能够勉强增加类似的抽象的细节。仿佛命运装扮成一种形体出现，只是块状的、压迫性的、无力还手的。

那天阿珍的母亲非常兴奋，她问了担保人很多问题。仿佛已经开始想象，想象送阿珍去国际机场的路程以及激昂的飞机起飞声；想象一种陌生的香水气息、奇怪的语言和笑声；想象送走阿珍的那架飞机又回来了，阿珍站在舷梯上，穿着光鲜漂亮的衣服。彩云之下，阿珍笑容灿烂，向她飞奔而来。

但是阿珍最终没有去成日本。

他们提供的资料出了点问题，或者与资料有关的什么事情什么细节出了点问题。也可能是担保人的事。他没能把这事办成，或者在此期间他的担保资格出了点问题。就如同阿珍对于她"日本之行"的可能性有着混沌的认知，对于"日本之行"最终未能成行，她同样也是混沌的、不清晰的。

然而阿珍的母亲异常失落。这种失落一点不混沌，反而相当清晰。

有挺长一段时间，阿珍从评弹学校回家看到的母亲，都是一个无比失落的母亲。仿佛有什么东西陷落了。失去所有的神采。但又有什么东西受着相对运动的驱使——有一次，母亲看到阿珍涂了很艳的口红，突然莫名其妙大哭起来，她尖叫着，尖叫着："天呐，怎么越看你越像街上的野鸡呵。"后来，她终于平静下来，眼泪汪汪细细打量着阿珍，似乎又有了新的发现，她说："你去割一下双眼皮吧。割了双眼皮你会更好看的。我有一个同事的女儿，割了双眼皮，现在比以前好看多了。"

那些时候，阿珍确实没有能力把"日本之行""很艳的口红""街上的野鸡""双眼皮""母亲的失落""父亲的沉默""半夜的绿皮火车""铁轨与车轮摩擦出巨大的声响"等等，联系在一起的。

有许多奇怪的一时无法解释的事情，在周围升腾起来。有很多事、人、词汇，代替了"平静"。

而三个女孩子，阿珍、阿玲、苏嘉欣……私底下，她们也会窃窃私语，说一些富有心机的知心话。女孩子们都天然懂得审慎的虚荣以及保守真正的秘密。按照现状和实际进展，阿玲叙述或承载的事物，通常带有具体的长度、宽度和体积。它们实实在在，就像阿玲穿的衣服和偶尔添置的小首饰——香港人带过来送她，不管阿珍和苏嘉欣如何暗暗尽力模仿，总有一种不能企及的气味。这气味由无数的形状和细节构成，因此比改变单纯的事物质感更为困难。然而，她们是如此好奇、如此讶异、如此努力地向那种气息靠拢着。她们追随自己的语言天分和好奇心，她们搜集小虎队最新的海报，她们在被窝里偷偷跟学谭咏麟、童安格、童安格、谭咏麟……她们试图把一系列的偶然性汇聚成真正的逻辑，如同阿玲那样可视坚硬的逻辑。

直到有一天，阿玲真的跟着那个香港人走了。

阿珍和苏嘉欣都去了机场，送别阿玲。

很多年以后，在墨西哥国际机场，也是阿珍和苏嘉欣，因为入境古巴的签证问题，被关进了机场小黑屋。后来，苏嘉欣对阿珍说，刚才在小黑屋的时候，她感觉自己和团长他们的区别，其实就是罗莎与阿玛尔菲塔诺的区别。不论谁代表着罗莎，谁代表着阿玛尔菲塔诺。阿珍说，她完全不知道罗莎与阿玛尔菲塔诺是谁，各自代表着什么。苏嘉欣想了想，对阿珍说，她自己也讲不清楚这里面拐弯抹角的感受。只是——只是，她突然感受到，这世界上所有人的区别，其实本质上都是罗莎和阿玛尔菲塔诺的区别。无论是不是同一种族、同一国家、同一城市、同一社区……就像罗莎和阿玛尔菲塔诺通过机场海关的时候那样，在某个特定的时间，他们必须选择走不同的通道。

很多年以前，当阿珍和苏嘉欣在国际机场（对于她们来说，这都是第一次）送别阿玲的时候，完全没有想到多年以后会有这样的际遇以及对话。她们只是安静而又兴奋地向阿玲挥手，拼命挥手。

那时候，或许世界上还并不存在罗莎这个名字，也不存在阿玛尔菲塔诺。那位作家也没有把这两个名字写进书里。这本书也没有被欧阳先生买回家、放在自己书房的书橱里。而欧阳先生当然也还没认识以后的欧阳太太苏嘉欣，苏嘉欣因此没有任何机会进入并不存在的欧阳先生的书房，然后看到那本书里的那段话……但是，当年阿珍和苏嘉欣看着阿玲通过海关的时候，确实莫名其妙地产生了一种强烈的感觉：她们和阿玲的区别，由一种气味，变革为更新的实体。阿玲走上那条通道以后，她们彻底不一样了。或许换一种说法，当事情发展到现在，阿玲必须走上那条显示与她们区别的通道了。这与未来欧阳先生书房里那本书里写的感受是相通的。这所有的一切，就在通道的某个尽头，静静地等待着他们（她们）。

对了，在阿玲离开以前，她和香港人一起请了几桌豪华的宴席。再后来，阿珍和苏嘉欣听说，阿玲把她的妹妹也带去了香港，嫁给了另一个香港人。临行时，又请了一桌豪华的宴席。

在阿玲被香港人带着离开家乡，和阿玲把她的妹妹也带去香港之间，还发生过另外一件事。

有一天，阿珍在街上拦了一辆出租车。她告诉司机，要去那个在二十三楼有着旋转餐厅的四星酒店。就是阿玲的香港男朋友曾经带着阿玲、阿珍以及苏嘉欣一起去过的那个地方。

车子大约开过两条街道的时候，阿珍无意中发现，司机一直在车内后视镜中窥视她。

"你在观察我？"阿珍冷不丁地说。

通常来讲，在正常情况下，阿珍一直是个敏感而胆小的人。容易害怕，一害怕就感觉浑身发冷。但那天，阿珍突然对陌生的出租车司机说："你一直都在看我，是不是？"

司机有点小小的尴尬。但司机毕竟是司机，在城市里兜兜转转，见多识广。

"是的。你有点面熟。"

"面熟？"阿珍回了一句，"你以前见过我吗？"

于是司机解释道，他不能确定以前有没有见过阿珍，但就是觉得面熟。

"你是演员吗？"司机又问。

"你觉得呢?"阿珍没有马上回答。

"挺漂亮的。"司机答非所问。

但立刻,他话锋一转:"你是做夜店的吧?"

或许,司机问这话的时候,出租车已经停在了酒店大堂门口;或许有什么紧急情况发生,司机暂时转移了注意力,并且按响了汽车喇叭;或许对于这样突如其来发生的提问,因为种种原因,阿珍保持了沉默。沉默,一直到出租车在酒店大堂门口停稳,一位着金黑镶色制服、头戴礼帽的门童迎上来,微笑着帮阿珍打开车门。

"你好。"他的声音也是一种微笑的声音。

阿珍把一张早已准备好的十元钞票塞给他。然后快速向大堂走去。

阿三走进大堂,左右环顾一下,然后在沙发上坐下。早上的酒店,正处在一种善后和准备的忙碌之中。清洁工忙着打扫,柜台忙着为一批即将离去的客人结账,行李箱放了一地。咖啡座都空着,商店刚开门,也空着。在玻璃门外的阳光映照下,酒店里的光线显得黯然失色,打不起精神。阿三坐在沙发上,一条腿架在另一条腿上,悠闲且有事的样子。她的眼睛淡漠而礼貌地扫着大堂里忙碌着的人和事,有所期待却不着急。她的视线落在空无一人的咖啡座,她和比尔来过这里,是在晚上,那弹钢琴的音乐学院的男生心不在焉,从这支曲子跳到那一支。

这时有人走过来问,阿三旁边的座位有没有人。阿三收回目光，冷着脸什么也不说，只是朝一边动了动身子，表示允许。那人便坐下了。这时候，一圈沙发都已坐满，人们脸对脸，却又都躲着眼睛，看上去就像有着仇似的。阿三对面是一对衣着朴素的老夫妇，他们很快被一个珠光宝气的香港女人接走了。香港女人说着吵架般的广东话，老夫妇的脸上带着疏远而害羞的表情，三个人朝电梯方向去了。他们的位子立即被新来的两个男人填上了。

大堂里开始热闹起来。人的进出频繁了，隔壁咖啡座有了客人，大声说话，带了些喧哗。自动电梯开启了，将一些人送去二楼的中餐厅。一阵热闹过去，大堂重新安静下来。不过与先前的安静不同，先前是还未开场，这会儿却已经各就各位。阿三身边的沙发不知什么时候都空下了，咖啡座又归于寂静，自动电梯兀自运作，没有一个人。柜台里也清闲下来，一个个背着手站着，清洁工在角角落落里揩拭着，有外国小孩溜冰似的滑过镜子般的地面，转眼间又没了人影。阿三依然保持着悠闲沉着的姿态，只有一件事叫她着恼，就是她的肚子竟然叫得那么响，又是在这样安静的中午，几乎怀疑身后不远处那拉门的男孩都能听见了。一个男人在阿三对面沙发上坐下，看着阿三，眼光里有一种大胆的挑衅的表情，阿三装作看不见，动都没动，那人没得到期待的回应，悻悻地站起身，走了。阿三敏感地觉察到，大堂里的清洁工和小姐，本来已经注意到她，但因为那男人的离去，重又对她纠正了看法。

停了一会，她站起身来，向商场走去。她以浏览的目光看了一遍丝绸和玉石，慢慢地踱着，活动着手脚。人们都在吃饭或者观光，这一刻是很空寂的。虽然饥肠辘辘，可是阿三的心情没有一点不好。她喜欢这个地方。虽然只隔着一层玻璃窗，却是两个世界。她觉得，这个建筑就好像是一个命运的玻璃罩子，凡是被罩进来的人，彼此间都隐藏着一种关系，只要时机一到，便会呈现出来。她走到自动电梯口，忽然回过头，对着后她一步而到的一个外国人微笑着说："你先请。"外国人也客气道："你先请。"阿三坚持："你先。"外国人说了声谢谢，就走到她前面上了电梯。阿三站在外国人两格梯级之下，缓缓地上了二楼，看着那外国人进了中餐厅。她在二楼的商场徜徉着，看着那些明清式样的家具和瓷器。

她没有遇上一个人。①

---

① 王安忆《我爱比尔》。

第十七章

雅思女孩莎拉，在西班牙男朋友的学生公寓前站了一会儿，终于，她还是决定离开。就在刚才，在蓝猫酒吧，她和西班牙男朋友大吵了一场。然后，他们走散了。她认为他现在应该还在蓝猫酒吧。然而，面对着宿舍前面的两条岔路（走错了任何一条，都有可能与他擦肩而过），她犹豫着：究竟该走哪条路呢？

是个满月之夜。

在莎拉还很小的时候，那时候莎拉不叫莎拉，那时候她叫姚小梅，大家叫她小梅，或者小名梅梅。

那时候姚小梅听家乡苏北小城的老人们说，月圆的晚上，也是妖孽们出动的晚上。那些树林深处的小妖精，洞穴中的蓝眼睛小兽，垂下长长睫毛滑过夜空的鸟雀……它们全都纷纷出动，齐齐聚集在月光底下。

后来，姚小梅离开苏北小城，跨越长江，来到现在这个江南古城。那也是在某个晚上，然而是否满月之夜，她已毫无印象。夜色中，宽阔幽暗的长江仿佛拥有一种魔力。穿江而过以后，时间神奇地变快了。

在姚小梅成为莎拉的过程中，她当过美术学院学生的裸模、幸福大街乐队的主唱、蓝猫酒吧的兼职服务生；同时在这个过程中,她是准备雅思考试的学生,自学法语、德语、意大利语的语言天才……有一天,在快要闭馆的学校图书馆里,她无意中翻到一段话,有关黑格尔的辩证法。

在黑格尔的辩证法中,命题之后是反义词,反义词是通过综合来解决的,在推理的最终目的是解决矛盾的意义上是"侵略性的。"

中国人则发展了一种辩证法来代替逻辑,这与黑格尔的辩证法不太一样。中国的辩证法用矛盾来理解对象或事件之间的关系,超越或整合明显的对立,甚至接受相互冲突但有指导意义的观点。

姚小梅借了那本书。

她在黄昏的校园里走。

"姚小梅!"有人骑着单车飞驶而过,远远地和她打招呼。

"莎拉!莎拉!"她好像也听到有人这么叫她。或许是幻觉,但仿佛也很清晰。

那个时期,是"姚小梅"和"莎拉"左右摇摆的时期。但很快,不久以后,"莎拉"彻底替代了"姚小梅"。而且恰恰可以套用图书馆里的那段话——"姚小梅"成为"莎拉"的过程,就是体现黑格尔辩证法的过程。姚小梅,这个代表了苏北贫穷小城的名字,代表了父母从没离开过家乡的名字,代表了对于时间变慢、熵值增加的长江以北小城回忆的名字……现实中的姚小梅，拼尽全力地要反对这个"姚小梅"，寻找这个"姚小梅"的反义词，为了反对这个"姚小梅"，现实中真实的姚小梅采用的姿态是强硬的、侵略性的。后来，她终于找到了。

那个反义词就是："莎拉"。

大二的时候，姚小梅短期交往过一个男朋友。他叫田敏，比姚小梅高两个年级。上海人。

他们是在学校一次小剧场演出时认识的。演出结束后，一大群没来得及卸妆、脸上花花绿绿的人，一起去学校附近的小店吃烧烤、喝啤酒。姚小梅喝多了。后来有人告诉她，那天晚上她一会儿笑一会儿哭，还唱了很多奇怪的歌。然而这些姚小梅全不记得了。但是第二天，也可能是第三天，有人在她的教室门口截住了她。姚小梅立刻认出他来。那晚吃烧烤时，这人就坐在她对面。

"我叫田敏。"他的声音冷冰冰的。但很有质感。

"做我的女朋友吧。"说这句话时，他的声音同时呈现出恰如其分的威严。

为什么如此迅速而精确地选择姚小梅当他的女友，田敏给出的解释也相当短小而精准："你非常特别。"他说。

他俩很快就形影不离。有那么一小段时间，他俩分不清谁是那个形，谁又是那个影。这是非常迷人的感觉。他们彼此都感觉有什么地方相像。当然并不是那个表面的形的部分。

很显然，田敏来自中产或者中产以上的家庭。姚小梅认识他手腕上戴的那款手表……而田敏则解释说，那是很多年前，家里送给他的生日礼物。通常，他让手表消失在衬衫的袖管里面，就如同他希望更多的东西消失在他的生活里一样。

田敏非常注重外表。然而，与一般注重外表意义不同的是，田敏耗费很多的心神、精力、时间与金钱来选购服饰，但并不是为了让自己看上去体面优雅，恰恰相反，有些时候，他精心塑造出一种不修边幅而有些粗鄙的外貌：皮夹克大一到两个尺码，牛仔裤是破洞的，衬衫最下面的纽扣松脱不见了；还有些时候，事情是另一种样貌：他穿一套朴素但极其洁净的旧衣、旧裤、旧鞋。在校园的暮色里，缓缓向姚小梅走来。整个人仿佛是哑光的，让人联想起仿古做旧的工艺。

有一次，两人一起去护城河边散步，过周末。姚小梅抬头仰望天上的满月以及旁边飘移浮动的云彩，突然问田敏："你想家吗？"

"一般。"田敏回答得非常简洁。

"你呢？"他扭头看了看姚小梅。

"我，也一般。"

在姚小梅印象里，田敏对传统教育的看法几乎完全是负面的。他曾经告诉过姚小梅，对于填鸭式的学校和教育，他一向深恶痛绝。姚小梅说，她也是。田敏又说，他梦魇里出现最多的就是即将到来的考试，周而复止，形成梦的九连环，永远没有例外。姚小梅说，她也是。田敏再说，他还总是把这种深恶痛绝的受教育过程和他严厉刻板冷漠的家庭联系起来……

这一回，姚小梅没有马上说同意或者也是。她停顿了一下。

"哦，是这样的吗？"她问。

田敏突然歇斯底里起来，他大声说："是的，当然！我反对他们！我反抗他们！"

"你反抗什么？"姚小梅瞪大了眼睛，望向田敏。

于是田敏开始叙述。时而缓慢，时而激昂。他叙述他的出生环境：上海上只角某栋小洋楼的名字；那些设备齐全的大客厅、卧室、浴室、卫生间、砖砌走廊、伸手可以触及梧桐树叶的阳台以及终年笼罩在上面的冷冰冰的空气；他那明显不爱彼此、并且相互折磨的父母；在自己朝南的卧室里，他经常半夜被争吵和哭泣声惊醒……

他六七岁的时候，母亲替他找了一位私人钢琴教师。每周她陪他去一次，或者两次。

"琴谱上写的两个字，你念念看？"钢琴女教师说。

"Moderato cantabile。"小孩回答。

老师听小孩这样回答，拿铅笔在琴键上点了一点。小孩一动不动，转过头来仍然看着他的乐谱。

"Moderato cantabile 是什么意思？"

"不知道。"

坐在离他们三米远的一个女人，叹了一口气。

"Moderato cantabile 是什么意思，你真不知道?"老师又问。

小孩不回答。老师又拿铅笔敲了一下琴键，无能为力地叫了一声，声音是抑制住的。小孩连眉毛也一动不动。老师转过身来，说：

"上次我给你说过，上上次也告诉过你，我给你讲过一百遍，你确定不知道?"

小孩认为还是不回答为好。老师把她面前这个对象再次打量了一下。她更加生气了。

"明摆着嘛，"教师继续说，"明摆着嘛，就是不肯回答。"

"你快说呀。"教师尖声叫了起来。

小孩丝毫没有感到吃惊的表示。他不出声，始终不回答。教师第三次敲打琴键，用力太猛，铅笔敲断了。就在小孩两只手的旁边。小孩圆滚滚的两只小手，还是乳白色的，就像含苞欲放的花苞一样。小手紧紧攥在一起，一动不动。①

田敏告诉姚小梅，他断断续续地学了几年，最终还是放弃了学习钢琴。他的母亲很失望。他的钢琴教师早就很失望，反而有一种类似于解脱的轻松愉悦。钢琴女教师把他们母子二人送出大门。与田敏母亲寒暄几句过后，她看了看田

---

① （法）玛格丽特·杜拉斯《琴声如诉》。

敏，突然弯下腰来。

"来，告诉老师，Moderato cantabile 是什么意思呵？"她摸了摸田敏的头，轻声问道。

"像唱歌那样的中板。"田敏欢快地回答道。他还非常得意地向女教师挤了挤眼睛。

田敏对姚小梅说，他永远都不会忘记钢琴女教师张大的嘴巴，就如同一个浑圆的字母"O"。不，不是这样。或许她并没有。或许她内心早就了解田敏属于什么样的一种孩子。或许她其实见过很多这样的孩子。或许她根本就没有张大嘴巴，呈现那个浑圆的字母"O"。恰恰相反，她微笑着，她默契地也向田敏挤了挤眼睛。

"你小时候学过钢琴吗？"田敏问姚小梅。

"没有，"姚小梅说，"在我离开家乡以前，从来都没见过钢琴。"

"哦。"田敏停顿了一下。很快，他又开始继续他个人的回忆和叙述，"没有看见过钢琴也好，你不知道，每天被人逼着练琴是一件多么令人作呕的事情。"

"是吗？"姚小梅说，"在我的想象里，那很幸福。"

田敏并没有在意姚小梅的回应。恰恰相反，他仿佛被"令人作呕"这几个字弄得兴奋了起来。他加快了语速："钢琴，那架放在一楼客厅角落的钢琴，我一直有个梦想，砸了它！摔了它！把它摔得稀巴烂！"

"为什么？"姚小梅抬眼看着田敏，幽幽地问，"很久以来，我做梦都想有一架自己的钢琴。"

虽然暂时来说，在这个话题上语不投机，但田敏倾诉的欲望却丝毫没有受到影响。它反而被激发了。他告诉姚小梅，那架钢琴是他放弃的开始。紧接着，他就是学校里那个看起来从不惹事的调皮学生。他从不迟到，从不早退，他从不和同桌悄悄说话，他从来不拖拉作业。他看起来总是干干净净、体体面面，他带着一种与年龄不相符的探究的目光，体贴入微地看着授课的老师，看着这个世界。

他总是显得很神秘。

没有人知道他究竟在想什么。就连田敏自己也并不能很清晰地回答这个问题。和姚小梅相同的是，田敏也拼尽全力地想要"反对"；与姚小梅不同的是，为了反对原先那个"姚小梅"，最终，现实世界的姚小梅找到了那个反义词——"莎拉"。田敏却没有那么幸运，或者说，这件事无论如何都是不幸的。虽然田敏也采取了一种强硬的姿态，他却暂时没有找到那个明确清晰的反义词。所以，他能做的就是，反对所有的他人希望他成为的那个"田敏"。

"做我的女朋友吧。"他对刚刚才认识的姚小梅说。

"你非常特别。"他继续说。

很快，姚小梅意识到，自己只是田敏"反对"过程中无意识的参照物。这很刺激，令人兴奋，但也非常容易厌倦。

那是一个盛夏的傍晚，姚小梅去田敏宿舍找他。她刚洗完澡，头发湿漉漉的。

在时明时暗的光线下，湿漉漉的头发闪闪发光。她穿着葵花色刚到膝盖的棉质短裙，脚上是一双黑色绑带凉鞋。

田敏看起来心情不错，他问她："今天我们去哪里呢？"

两人在校园绕着圈走路。在一棵老槐树下面，田敏突然停了下来。

"把腿抬起来。"田敏冷不丁地说。

"什么？"姚小梅一脸困惑，以为自己听错了。

"我说把腿抬起来。"田敏又说了一遍。

"为什么？"

这一次，田敏没做任何解释，他弯下腰，在姚小梅裸露的小腿肌肉那里用力拍打了两下。

"以前你不是做过美院学生的裸模吗？"

田敏的声音冷冰冰的。让人无限怀疑，他是否正用医学的态度对待姚小梅的小腿肌肉线条；以及他何以能够突然改用医学态度对待姚小梅的小腿肌肉及其他的真实原因。

后来，在他们分手以后，姚小梅的回忆里，不断闪现出田敏弯腰拍打她小腿的画面。当然还有其他画面：他凝望她的眼神；他吻她的嘴唇——他嘴里总是有干净而香喷喷的口香糖味；他偶尔呆滞出神；有一次，他大醉、大哭、抱住她……但那次用医学的态度、方法和冷静拍打她小腿的场面，终于使其他一切都崩溃了。

他只是为了反抗父母和家庭背景，或者其他什么，而偏爱出身贫寒具有个性的女生。如此而已。姚小梅头脑里闪现过这个念头。后来，渐渐地，这个想法稳固了下来。

第十八章

　　姚小梅——不，此时已经是莎拉了。姚小梅经过可视可见、还有一些不太清晰明确的过程，此时已经成为了雅思女孩莎拉。

　　就在刚才，在蓝猫酒吧的三楼露台，她和西班牙男朋友大吵了一场。她冲下楼梯，离开酒吧时，经过了贴着中英双语通知的外墙。其中的中文部分是这样写的：

　　即日起，本酒吧营业场所：
　　一、一楼露天花园
　　二、三楼露台

　　那天，同时出现在蓝猫酒吧一楼露天花园和三楼露台的，还有这样一些人：

　　蓝猫酒吧的老板、法国人克里斯托夫，他正在凉亭里和他的美国朋友比尔争辩着什么。隐隐约约可以听到克里斯托夫的高声叫喊："不要去！你会死在墨西哥城的！听到没有，你会死在墨西哥城的！"

　　芭蕉树下则站着欧阳太太苏嘉欣，还有她的闺蜜、评弹演员阿珍。苏嘉欣一直在用苏州话不断重复着："你不要管啦，管这种事情干什么呢。现在买不到票的，现在哪里还能买到什么国际航班的飞机票，而且还是拐弯抹角飞到墨西哥去的！"

蓝猫酒吧的厨师、墨西哥人卡斯特罗突然从厨房里冲了出来，他眼睛四处乱转，终于找到了角落里的克里斯托夫。他用力揉搓着自己的双手，如同一些魔术表演里呈现的，搓揉很久以后，手指缝隙里就能变幻出崭新的物体。他边搓手边对克里斯托夫说："厨房里没多少原料了，很快，就连塔克和墨西哥薄饼也做不了了。"

克里斯托夫低头和他叽咕几句，墨西哥人顿时沉默了。过了那么一小会儿，他突然大哭起来。他说他不想回墨西哥。他太害怕了。这些天一直做噩梦。梦见自己坐在安吉尔叔叔的咖啡馆里。身边的人进进出出，简直真实极了。他看见一个穿绿格子衬衫的大胡子买了两磅面包。一个大屁股棕色皮肤的女人，蛇一般扭动着进来。她和服务生说话时张大嘴巴，就如同深渊。一个羊毛卷的小女孩在他座位旁边不停绕圈、奔跑。后来，店门开了，两个黑影移动着，手里拿着雪亮的尖刀。

"后来，我醒了。"墨西哥人说。

"哦。"

"我发现，我尿床了。"

"什么？"克里斯托夫瞪大了眼睛。

"第二天早上，我发现，我尿床了。"说到这里，墨西哥人仿佛乐极生悲，或者相反，觉得事情转变方向，变得滑稽可笑。他咧开嘴，笑了起来。

　　从另一个角度，可以看到苏嘉欣的姐姐苏嘉丽正急匆匆向这里走来。她刚刚走到四岔路口，站定等待红绿灯。她手里撑着雨伞。大家看到她手里的雨伞时，才感觉下雨了。刚感觉到下雨，就突然暴雨如注。三楼露台上的人都跑下来了。大家会合到一楼凉亭里面。

　　这时，院子里突然响起了钢琴声。

　　琴声是从蓝猫酒吧一楼传出来的。一楼角落的那架钢琴。此时，一个陌生人正坐在琴凳上，时而平静时而激动地弹奏着。他弹肖邦的 G 大调夜曲（op.37，no.2）；C 小调夜曲（op.48，no.1）；升 F 小调夜曲（op.48；no.2）；F 小调夜曲（op.55；no.1），还有降 E 大调夜曲（op.55，no.2）和 B 大调夜曲（op.62，no.1）……一曲接着一曲。没有人认识他。他是谁，他怎么会出现在这里，又是什么原因，他一曲连着一曲，两手在钢琴上方起伏不停，如同寂夜深海的浪花。然而事情就是这样，他开始弹琴的时候，散布在一楼凉亭的那些人、在芭蕉树下避雨的那些人、偶尔走过路过的那些人，所有人都安静了下来，眼泪汪汪的。无所依傍的。他偶尔停顿喘息，所有人又都迫不及待地望向他，翘首以盼音乐声再度响起。这事情无比自然而又无神秘地开始着，进行着，直至又一个乐曲与乐曲的间歇时分，蓝猫酒吧老板克里斯托夫站了起来，他用力拍了拍手，咳嗽了两声，开始说话。

　　"还有一个星期，蓝猫酒吧就要关门了。"

音乐、人声、甚至雨声都停了下来。

"关门？为什么？"有人问。

"还用问吗。"有人小声叽咕着。

"以后再也不开了吗……"

"还用说吗。"

克里斯托夫这时再次用力拍了拍手，并且接连不断地咳嗽了好几次，他接着说，大声地说，他说："卡斯特罗，卡斯特罗，你去厨房看看，里面还有什么原材料，再去做些菜，做些点心，拿些酒出来，拿些瓜果出来。今天我请客，大家坐下来吃一吃吧，聊一聊吧。"

院子里突然就撑起了好多巨大的遮阳伞，像森林里巨大的蘑菇，或者传说中外星人悄无声息的飞行器。雨水溅落在伞面上，发出噼噼啪啪、叮叮咚咚的声响。

苏嘉欣和阿珍坐在同一把伞下。

阿珍说："就在刚才，我突然伤感了起来。"

"为什么，你为什么伤感？"苏嘉欣问。

"你还记得那个梁老师吗？"雨雾中，阿珍的眼睛亮晶晶的。

"梁老师？哪个梁老师？"

阿珍把椅子向苏嘉欣的方向挪过去一些。阿珍眯了眯眼睛，有一滴雨珠从她的睫毛上掉了下来。

阿珍说："还有哪个梁老师！就是评弹学校弹古琴的梁老

师呵！"

阿珍说，这件事她本来不想对苏嘉欣说的。就在前几个月，她和以前评弹团的同事去太湖玩，阿珍说她想叫上苏嘉欣的，但其中一位同事提出了不同意见。那位留着厚厚前刘海的中年女士说，苏嘉欣是教授太太呀。意思是说苏嘉欣清高得很，不容易接近。当时阿珍反驳了一句，阿珍说，人家苏嘉欣很久以前就是教授太太了。一直就是教授太太。反正就是前前后后争了几句。后来阿珍也就妥协了。清晨时分大家上路，五女三男，穿得花红柳绿，在太湖大桥上她们站停了拍照。刘海女士从包里拿出一块巨大的翡翠绿色披肩，风裹住了它，在她身后飞扬起来，如同一艘小小帆船。

为了把自己和那块翠绿色披肩以及扬起它的那个人区分开来，阿珍走到了桥的另一侧。她横穿桥面（有点危险）的时候，还低声咕哝了句粗话。

吃饭订的农家菜。餐厅在一条大船上，船泊在靠近码头的湖面，打开窗，外面就是太湖和几艘渔船、快艇；关上窗，太湖水拍打堤岸，有点像冬夜开小火煲汤的咕咕声。

点了不少菜。大部分是直接从湖里捕捞上来的，有梁溪脆鳝、炒蟹粉、田螺酿肉、雪花斗蟹、太湖白虾、糟油白鱼。服务员问他们要不要酒。犹豫了一下。四个人说要，另外四个人说不要。都有点倒嗓的迹象，但并不是倒嗓这件事让人感觉悲凉，而是倒不倒嗓都已经不再重要。温好的黄酒拿上来。两杯下肚，窗外有淅沥的雨声。这是从听觉上说。而视觉上，整个太湖云蒸霞蔚，仿佛不似人间，即将有传奇发生。

　　前刘海女士喝了不少。她说我们这几个最好了，吃饭也不需要伴奏伴唱，自己张张嘴巴就可以了，顶多点上几根蜡烛。她定了定神，真的开口唱起来。是《宝玉夜探》开篇里的几句："我劝你，一日三餐多饮食。我劝你，衣衫冷暖要当心。我劝你，养生先养心。你何苦自己把烦恼寻？我劝你，姐妹的言语听不得。她们是，似假又似真。"

　　旁边一位男士突然笑了。说唱得真好，虽然确实有些倒嗓，还喝了酒。但这两件事倒是彼此抵消似的，反正是唱得好。前刘海女士也笑，说："你应该知道的呀，好多年前，我可是观前书场的当红角色。"几个回合，来来去去，场面变得复杂暧昧起来。从现实的男女主人公们而言，带着挥之不去的中年油腻；但与此同时，又挟带着角色的力量和倒嗓无法抹去的优美音色。

　　有那么一个瞬间，房间里干干净净，能听到各自的呼吸声了。

　　这时，席间另一位男士慢悠悠地说，有一年秋天，他在朋友家吃饭，吃东海开渔后的第一网海鲜。朋友有几瓶黄酒，是十余年前埋在老家院子里的状元红。大家怂恿着把酒挖出来……"那天，真是很难忘的。"他说。旁边前刘海女士把他的酒杯悄悄夺过来，一饮而尽，他竟然完全没有发现，又连着说了一遍："真的，非常难忘。"

　　阿珍站了起来。或许，她只是想去旁边堤岸走几步，发发呆。她站起来，打开了包厢的门。

就在这时，她听到了古琴的声音。就在隔壁一个房间。

"你是……梁老师吗？"

隔壁包间有一个人在抚琴。面对着一桌残羹冷炙。他应该是为离去的这桌人助兴的，但也许他正是其中的一位。

"你是梁老师吗？"阿珍听到自己有些颤抖的声音。

弹琴的人微微触动了一下。但琴声没有停。他也并没有抬头。

阿珍只能看到他的手。

那是一双从视觉上可以感知触觉柔软的手。一只通感的手。这双手的手指修长而白皙，还有一种雾气氤氲的润泽。每一根手指都留着半月形的指甲。它们都被刻意修剪打磨过，除去拇指，个个长约一点五厘米。透亮、圆滑，如同有了包浆的古器。

"你是梁老师！我知道，你一定是梁老师！"

琴声戛然而止。然而抚琴者仍然没有抬头。

"我是阿珍呵！你记得吗，在评弹学校的时候，我一直坐在第一排。我给你写过很多信，我给你写过很多信呵……当然，你一封也没有回过。后来，你就走了，你就突然不见了，再也没有回来过。一定是你！只有梁老师有这样的手指，能够弹出这样的琴声！"

琴声又起来了。有点迟缓，有点犹疑。如同岁月流淌过坑坑洼洼的礁石群。如同水流与礁石相撞时发出的细细叹息。有一些激昂的瞬间，又黯淡下去，撞击成碎片的浪花有着闪电般的光芒……然而，琴声再次戛然而止。此刻，抚琴者抚弄着自己的手指，仍然没有任何抬头的意思。

"你，认错人了吧。"他轻轻地说。

"你为什么觉得他一定就是梁老师呢？"旁边一直聆听着的苏嘉欣忍不住插话道。

"我知道他是梁老师。"阿珍说。

"为什么？你都没有看到他的脸，他的正面。"苏嘉欣皱了皱眉。

"对于有些人，这些并不重要。"阿珍非常严肃地说。

阿珍对苏嘉欣说，她承认她确实暗恋过这位神秘的梁老师。阿珍说，当年她搔首弄姿坐在教室第一排，仰望他的时候，她还没有意识到这个。当年为了引起他的注意，她写很多信给他，也不是因为意识到了那种"潜意识"。但是，当这位奇怪而神秘的梁老师突然从评弹学校、从她们生活里彻底消失以后，她意识到了。

阿珍长长地叹了口气，说真是奇怪呵，为什么她生命里那些最重要的事情，都不存在明显的因果和逻辑关系。

苏嘉欣说：你举例子。

阿珍说，比如当年评弹学校的三个人——你，我，还有阿玲。阿玲最简单最直接，认识了香港男朋友，年纪轻轻自己嫁了过去，后来把妹妹也带出去嫁了。听说现在开了个小小的时装店。你呢，后来遇见欧阳先生，再后来成了欧阳太太，接着再往后就是欧阳教授太太。你和阿玲，一个飞出去了，一个安顿下来了……

阿珍说她也差点飞出去了。如果当年一切顺利，她或许也就飞向了日本。这应该是不错的。即便在半夜去上海的绿皮火车上，她睡眼惺忪地问她母亲："我为什么要去日本呢？"即便铁轨与车轮摩擦出的巨大声响，最终盖过了她母亲的回答；即便她小职员的父亲从头至尾沉默不语。而在衡山路小餐馆吃饭的时候，在和担保人说话的时候，她母亲发光的眼神、兴奋的表情以及随着这件事情的终于搁浅，她母亲的眼神也迅速黯淡……这一切都给她留下了如此强烈的印象以及预感：如果当时她能飞出去，那应该是件不错的事情呵。

阿珍说，在她的回忆里，那些年，她周围所有的人，都被一种强大而无法解释的力量裹挟着，要离开故土，要离开，要出去。包括她自己。但是，如果她能意识到自己对梁老师的暗恋；如果，如果有如果，如果她能够与那双修长润泽、留着半月形指甲的手形成关系……

阿珍长长地叹了口气，说："再也没有如果了，上一次，在太湖的渔船上，我第二次、或许也是彻底地失去了梁老师。"

"好吧，"苏嘉欣说，"好吧好吧，但是，我仍然没有弄明白，刚才你说的，你为什么突然伤感了起来？"

"刚才克里斯托夫说，还有一个星期，蓝猫酒吧就要关门了。"阿珍回答。

"我一直以为你不喜欢这个地方。"苏嘉欣用一种探究的眼神看着阿珍，说，"我还记得你说过，这类叽叽咕咕说外国话的地方，总会让你回想起那次墨西哥机场的经历，暗黑的、诡异的、逻辑不同的、随时可能失控的。"

阿珍抬手，抹了一下从巨大的遮阳伞边缘滴落到肩膀上的水珠。

"我这人就是这样，只有在即将失去一样东西时，才会意识到……它好像意味着什么。梁老师，只是其中的一个例子。"

就在苏嘉欣与阿珍躲在伞下聊天的时候，雅思女孩莎拉从三楼露台飞奔而下。她奔跑得如此之急，碰倒了露天花园里的一把遮阳伞，以及伞下的一张小圆桌。

有人如同杀猪般尖叫起来。

就在刚才，在蓝猫酒吧的三楼露台上，莎拉和她的西班牙男朋友大吵了一架。

"姚小梅！"西班牙人最近中文进步不小，开始用莎拉的中文名字称呼她。

"姚小梅，我不同意你的观点！"他用一种比较奇怪的发音继续往下说。另一件比较奇怪的事，当西班牙人表达"不同意你的观点"时，他的诚实客观也是如此强烈、不加掩饰、没有中间状态。当他决定不同意时，他的"不同意"便远远多于"我同意"。他在"不同意"的道路上越走越远，越跑越快，再也收不住脚步。仿佛这种表达方式给予他内在的支撑与力量，符合他的生存逻辑，即便已经替换成了另一种语言。

"姚小梅！我现在必须回西班牙，这里很危险！"

……

"姚小梅，你和我一起回西班牙吧！"

"现在买不到国际航班的机票了，那个美国人比尔就没买到。"

"我们说的是不同的概念！不同的概念！姚小梅！"西班牙人瞪大了眼睛，昂起头，还用力挥动了一下手臂。

……

后来，姚小梅，哦，不，雅思女孩莎拉像风一般飞奔而下时，三楼的默片俱乐部正在播放一部电影。那并不是默片，但声音被雨声和西班牙人的喊叫淹没了。清晰的是不断晃动着、但仍然质感清晰的字幕：

丽兹，小丽兹，我要走了，要到海上去。请你原谅我，我希望现在离开你不会给你留下太深的烙印。你年轻还不懂得这些。我要走了，你去与别的男人和小伙子睡觉吧。

在飞奔而下的过程中，雅思女孩莎拉的头脑里也晃过不少电影镜头般的回忆。

有一些，出现在"姚小梅"终于成为"莎拉"的漫长时间里：

她的出生之地、贫穷的苏北小城，那个阶段，时间几乎是停滞不动的，至少变化得极为缓慢。

后来，她求学离开。铺天盖地的暮色里，汽车穿越长江大桥。她突然感觉时间神奇地变快了。

"时间变快了。"报到第一天，她对同宿舍的女生说，"我感觉时间变快了呢。"她眼睛发亮，然而神情迷惑。那是两种截然不同、迷人碰撞的表情。她记得，那些室友们，她们狐疑地望着她。

"你在说什么呢？"她们说。她们只是神情迷惑。

或许，她们甚至什么也没有说。

再后来，时间越来越快，越来越迅疾，越来越横冲直撞……直到有一天，她终于撞上了田敏。

时间再一次变得缓慢了。有两种力量，交织纠缠较量。

与田敏的相遇，减缓了姚小梅变成莎拉的速度。如果他只是深情凝望她的眼神，只是闭眼亲吻她的嘴唇，如果他只是在伤心时分大醉大哭，抱住她，她也抱住她……姚小梅仍然将会在"姚小梅"和"莎拉"之间左右摇摆。

但是，有一次，他用医学的态度、方法和冷静拍打她小腿的场面，彻底而强硬地把她推向了"姚小梅"的反面——"莎拉"。

再后来，在莎拉遇到现在这个西班牙男朋友后，她这样问过他："你为什么喜欢我呢？"

"因为，因为你就是现在这个莎拉。"西班牙人非常诚实地说。

莎拉眯了眯眼睛，她很满意这个回答。现在莎拉的时间既不快、也不慢。它真正掌握在她自己手里了。她曾经觉得，和这个西班牙人在一起，她确实可以做她自己了。她不再是来自闭塞小镇的姚小梅。不再是患得患失的姚小梅。她是坚定的莎拉，运用钉子般坚硬语言的莎拉。她甚至还拥有部分奢侈的自由——在某些隐秘之时，可以最大限度地保存内心那个残存的、闪闪烁烁的姚小梅。

但是现在，这个西班牙人站在瓢泼大雨中，疯子一般舞动着手臂，并且高声叫喊："姚小梅！我和你说的是不同的概念！完全不同的概念！"

"没有不同的概念！"突然，莎拉流下泪来，她同样变得声嘶力竭起来，"我只是不希望你走！不希望你走！"

那个微妙而不确定的姚小梅醒了；而同样站立雨中的莎拉则感觉如此脆弱、失重。她不是姚小梅，也不是莎拉。

她不知道自己是谁。

在雅思女孩莎拉飞奔过蓝猫酒吧老板克里斯托夫身边时，克里斯托夫正和几个客人聊一些过往的生活。

或许是酒精的缘故，克里斯托夫的声音呈现出叙事诗般的旋律与激昂。

克里斯托夫说，他长期经营这个蓝猫酒吧，其实还有一个很重要的原因：在这里，他经常会遇到一些孤独的人。他们从各个不同的国家来到这里。有时候喝酒到很晚，仍然不愿散去。蓝猫酒吧一楼放着一架钢琴。谁会弹谁就去弹上一曲。而谁弹了，旁边聆听的客人则会买杯酒送给他。

有一天也是下着大雨，一位客人弹完琴就走了。

"下着雨呢！"克里斯托夫叫住他，"你需要一把伞吗？"

"不需要。"那人头也不回。

"你不需要伞吗？"

"不需要。"那人继续说，"下雨好。我喜欢下雨。走在雨里，没有人知道我在哭泣。"

说完这段，克里斯托夫托住了自己的头："谁会想到，这样的日子是要结束的呢。"

"那些孤独的人，以后又能到哪里去呢？"克里斯托夫把自己的头也伸进了雨雾之中。

在雅思女孩莎拉飞奔过蓝猫酒吧老板克里斯托夫身边，克里斯托夫把忧伤的脸庞探入雨雾之中时；在美国人比尔为了一张飞往墨西哥城的国际联航机票仍然焦头烂额、束手无策时；在同一把遮阳伞下的苏嘉欣和阿珍陷入沉默时……苏嘉欣的姐姐苏嘉丽却终于兜兜转转，找到了她的妹妹。

"嘉欣，快跟我回去。"

"嘉丽，你怎么来了？"苏嘉欣一脸诧异。

苏嘉丽一把拉住苏嘉欣："快，快回去……家家说话了！"

"什么？你说什么？！"

"家家，就在刚才，家家说话了。"

第十九章

最近一段时间，欧阳教授一直感觉比较虚弱。虚弱、飘浮、苍白而不确定。就如同他摘了又删，删了又补充再摘的那些词条。

一、飞往火星的艾丽莎·卡森

出生在美国路易斯安纳州的艾丽莎·卡森将乘马斯克的龙飞船飞往火星。这一生不结婚也不生子，也不再回到地球，一个人将在火星度过孤独的科研余生。

二、魔术师

与其他行业一样的职业，需要挖掘传统的技能（伏都教手法、施咒术和心灵感应等），并发展它的虚拟模仿技术。

他不清楚自己为什么思绪飘散于一些不着边际的事实、想象以及概念，与他一向以来的沉着谨严相悖。事实上他是稍稍有些了解的。然而这种了解愈发让他心神不宁。

学校在放长假。他的博士研究生和硕士研究生们大多返回了自己的家乡，默默等待生活重启。也有几个留了下来，非常偶然的，他们中的一个或者两个，约欧阳先生出来见个面，喝个茶。见面喝茶的过程中，他们会聊手头的论文，未来的职业走向，一些生活琐事以及已经身处其中、然而也仍然处于极端未知状态的大流行病。

一般来说，欧阳教授会带着自己的茶。

"我有好茶，来，一起尝尝。"

在学生们面前，欧阳教授总是微笑着的。他微笑着和他们说话，微笑着开始沏茶。以前，在他的书房里，欧阳教授也会不定期地和这些学生见面。他们都很喜欢他。虽然并不能很清楚地说明理由。"欧阳老师的学养就像大海。"这是他们了解的。还有一点也是他们了解的——这绝对不是唯一的原因。

后来，他们总结出另外一个原因：欧阳老师的神秘。这意味着，他总有超乎他们想象的知识以及这知识背后更深的想象。他们无法简单地概括他。无法通过简单的知识储备抵达以至超越他，那是一种比较庞大的存在。因为不熟悉他的逻辑以及规律。他们显得敬畏、仰视以及稍稍的恐惧。

而现在，他们突然发现，这种感觉，与越来越弥散的大流行病非常相似。

欧阳教授也挺喜欢他们。

至少，他们年轻、新鲜。他们的生活存在各种可能。有一次，他甚至说漏了嘴。不知道聊起什么，他脱口一句：

"唉，我嘛，这辈子就这样了。"这些学生全都惊讶地抬头望向他。然后，又假装什么都没听清地罔顾左右起来。

欧阳倒不认为自己的生活不好。恰恰相反，随着年龄的增长，他认为自己越来越生活在生活的本质之中。他喜欢自己的职业。每当假期来临，午后的时光，阳光穿过露台上那些弯弯绕绕、有所羁绊的绿植……树影婆娑……他在书房或者客厅批改作业，阅读论文。当他不需要做这些时，他就查阅资料、摘录词条、研究、写作，这些都让他感觉安宁。至于他年轻时的那些虚荣心（当然，现在还是有的），对于声名的追求，对于自己著作出版被人膜拜的期望，因为已经部分实现而变得不再那么急切。也因为已经部分实现，而更加感知到期待与真实体验之间的落差。

还有些事情，他不深想……欧阳教授选择让它们悬置在那里。他让自己在午后的音乐中澎湃，或者在午后的音乐中死寂。

有那么一段时间，他也放纵过自己。是家家出生以前的事了。更多的、绝大部分的时间里，他和欧阳太太之间是平静的。在这放纵与平静的缝隙里，他们也有过几次小小的争吵。因为非常有限，所以记忆清晰。

还有一次，欧阳先生临时去外地开会。他在机场给欧阳太太打了个电话。

"我们……分开吧。"欧阳先生说。不远处，有飞机腾空而起的轰鸣声。

一片沉寂。

然后，电话那头传来一个同样冷静的声音："让我想一想。"

那天欧阳教授的飞机晚点，他在机场前后吃了两碗兰州拉面。等到停机坪方向夕阳渐渐黯淡下去时，他连着接了三个电话。一个是他的硕士研究生打来的，就是那位书写《一封家书与中世纪丝路商旅猜想》论文的硕士研究生。研究生在电话里声音奇怪，语速也时快时慢。他告诉欧阳教授，此刻他正在敦煌古道，漫天风沙里，他突然很想哭，非常非常想哭。他又告诉欧阳教授说，打电话其实没有具体的事，他就是突然想和人说说话，他说："冒昧啦，欧阳老师，给你打这个电话……"说完这句，电话就挂了。第二个电话是他的一个女学生打来的。她报出姓名时，欧阳教授模模糊糊记起了一个形象。他的公开课上，这个女学生一直坐在头一排。欧阳教授在讲台上能够挪动的整个圆周，都完全笼罩在她炽热而神秘的目光中。

但她的声音有点让欧阳教授失望。有一次下课以后，她在门口等他，问一个非常简单的问题。欧阳教授忘了她的问题，但是记住了她的声音。她的声音单薄而尖锐，仿佛低低地扯着嗓门，呼唤着对街的什么人。然而她长得又是美的，完全不应该有这种近乎绝望的声音。

机场接到的电话里，她的声音又变了。她直截了当地告诉欧阳教授，她很想见他，最近，越快越好。

欧阳教授漏接了第三个电话，那是学院里另一个教授，他微妙的敌人。

在他犹豫着是否回电的时候，机场广播通知登机了。两个半小时后，飞机稳稳降落，他来到了中国西南部的一个城市：贵州。会议主办方派人来机场接他。司机恭敬地把他的行李稳妥放进后备厢，然后开车送他们去市里吃夜宵。会议主办方给他点了凯里酸汤鱼和红油米豆腐。第二天学术会议晚上的团餐，欧阳教授又吃到了凯里酸汤鱼和红油米豆腐。直到第三天下午，部分与会的比较年轻的专家、学者、教授……被组织了一起去郊外漂流，气氛才开始变得轻松活泼起来。这是欧阳教授第一次漂流，他被安排与当地一所高校的两位老师同舟，一男一女。漂流的前半段风平浪静，景色绮丽；后半程则不断经过溶洞、森林和急流。女老师害怕起来。后来，女老师的这种害怕被归纳总结为直觉。因为船确实翻了两次。虽然漂流经过的水域水深有限，每次都是有惊无险。湿淋淋的三个人上岸后，分别换上了干爽的衣服。归途的大巴士中，欧阳教授无意中听到后座的一段对话。从声音里他辨别出，说话的正是下午和他一起漂流的两位老师。

"今天太危险了。"女老师说。她好像故意压低了声音。

短暂的沉默。有一闪而过窸窸窣窣的声响。

"你没事吧？"是男老师的声音，"有点担心的。"

又是短暂沉默。

"没事。但差点死掉呵……"女老师低声咯咯咯地笑了起来。

这时，欧阳教授突然意识到他们之间可能的关系。再回忆起漂流途中一些细节星星点点、闪闪烁烁，愈发确信了他的假设与判断。

他想，如果刚才，在经过激流险滩时，是更为严重的翻船历险……此时，他猛然意识到，于潜意识，最先升腾起来的仍然会是欧阳太太苏嘉欣的形象。她的脸孔将出现在他面前。美的，丑的，端庄的，狰狞的。没有声音，只有形象。但这形象将反复出现，并且在形象与形象之间并置、重叠、交错、卷曲、混杂、反转，然而无论如何，这一切的结果仍然还是她。

为什么？他问自己。

欧阳教授出轨过。他相信欧阳太太也差不多如此。与此同时，他还相信欧阳太太知道他揣测了解一些她的事，就如同自己也知道她揣测了解一些他的事一样。他们时而相爱、时而厌倦、时而体谅，说明现代婚姻制度这件事有时是对的（让相爱的人相守），有时毫无道理，甚至是一些错误的根源（它强迫人们把婚姻、爱与性永远结合在一起，而这三种东西其实是应该或可以分开的）。以欧阳教授的思想高度，他意识到这事既不是他的问题，也不是欧阳太太的问题，这问题本身没有答案。而对于欧阳太太来说……

从漂流地回到宾馆以后，欧阳教授再次拨通了欧阳太太的电话。

他先说话："露台上的花，别忘了浇水。"

"每天都浇。"她平静地回答。

"哪天返程？"她又问。

"明天。"

他们轻描淡写地说了几句。仿佛什么都没有发生。欧阳教授还注意到，或许因为感冒咳嗽之类的原因，在电话里，欧阳太太苏嘉欣的声音有一种低沉如同叹息的魅力。因为距离，她再次显示出一种甜蜜的可能性。此刻的瞬间终于替代了前几天的灰暗。

欧阳教授清晰记得那次从贵州返回后发生的几件事。

飞机带着决然的力量腾空飞起时，与这种力量相呼应的，欧阳教授感受到一种冲动，他很想告诉那位书写《一封家书与中世纪丝路商旅猜想》论文的硕士研究生。他想告诉他，既然选择写这种类型的论文，就不要没事找事地跑到荒郊野外、跑到沙漠里去了。"赶紧给我回来！"欧阳教授在心里低吼一句。"你泄露天机了！"他再次在心里低吼一句。

后来飞机开始进入平稳飞行阶段。欧阳教授的座位靠近舷窗，看着窗外白棉花丰收般的场景，他想：这是物质。同时他又想：这是虚无。这两种相互依存、又颇为矛盾的感受紧紧缠绕着他。空姐分发餐盒以前，他闭上眼睛迷迷糊糊睡着了，然后被叫醒，吃东西，他竟然糊里糊涂为自己叫了一杯咖啡。剩下的时间他被轻微的头疼包裹了起来。他持续不断地看着舷窗外面，特别渴望赶快回到家里。

在返程的机场大楼，欧阳教授取了行李，快步走向出口处的自动玻璃门时，隐约听到有人在叫他。

"欧阳老师！"

他皱了皱眉，怀疑这是幻觉。

"欧阳老师！"

但显然并不是幻觉。他开始在纷乱的人群里左右转动着脖子，以便寻找声音的来源。远远的，他发现了一个橘红色的影子，晃动着长长的黑色头发，如同火焰弥漫般向他滑翔过来。

当他终于看清向他跑来的，是几天前曾经给他打过一个电话、并且在学校公开课上用神秘炽热目光笼罩住他的女学生时，他不由张大了嘴巴，并且更怀疑这是个幻觉了。

他们在候机大厅角落找到一个小茶吧，非常微型的那种，只能放下三四张桌子，以及一个令人产生小人国幻觉的吧台。一位脸色黯淡面无表情的女服务员问他们，喝茶还是咖啡。

欧阳教授犹豫了一下，说："茶。"

女学生没有犹豫，说："咖啡。"

女学生要的咖啡很快端了上来。她如饥似渴喝下，而它蕴含的能量焕发出如同她上衣一般的色泽（橘红色）。

在欧阳教授一半质疑一半犹豫的目光下，女学生告诉他，她今天有事去了学院，所以，只是极其偶然得知他的航班及行程……

欧阳教授抬眼望了望她。

女学生说："欧阳老师，有一件事，我很想听听您的意见。"

欧阳教授用目光示意她继续往下讲。

"前几天我去做了一次箱庭测试。"女学生说。

"箱庭?"欧阳教授手里的茶杯停顿在了半空。

"是的,箱庭。"女学生说,"就在那个蓝猫酒吧,那里还有一个默片俱乐部。"

欧阳教授侧了侧脑袋,表示他了解这件事情。

女学生说:"我去做了一个箱庭,治疗师看了我摆出来的箱庭后,对我说,事情很简单,你喜欢上一个人了。那个人可能也喜欢你。你和他一起睡觉就会好的。一起睡上一觉就会好了。"

欧阳教授吃了一惊,脱口而出:"什么?不会吧?治疗师不可能这么说吧。"

"治疗师是这么说的。"女学生意味深长地看了欧阳教授一眼,"治疗师确实是这么说的。"

"好吧。"欧阳教授意识到自己刚才的失态,换了一种语调,"箱庭疗法是目前很流行的一种心理干预治疗方式,有些时候,它确实会泄露一些出人意料的秘密。"

"欧阳老师,您以前做过箱庭测试吗?"女学生问道。

"没有。"欧阳教授飞快地回答道,"我从没做过箱庭测试。"

"那么,欧阳老师,关于我做过的这个箱庭测试,您有什么要建议的吗?"女学生歪着脑袋,非常专心而迷惑地凝视着欧阳教授。

"没有。"欧阳教授果断地说,"关于你的这个箱庭测试,我没有什么建议可以给到你的。"

两人分别离开了机场。欧阳教授坐地铁，女学生则选择了机场大巴。

　　"以后有机会的话，还希望可以请教到您。"路口告别时，对于欧阳老师学术上的造诣，女学生再次表达了深深的敬意和仰慕。

　　欧阳教授在地铁车厢选了一个靠窗的座位。他把后背紧紧贴在靠椅上，慢慢闭上眼睛。在一个安谧封闭的空间微微摇晃着，他再次回味起刚才那一幕有些暧昧、又有些怪诞的情景。这个女学生爱上他了……他想。他的脑海里浮现起她美丽的面孔，有点刺耳又不乏生机的声音……突然，一个念头划过，他惊了一下。

　　他想起前几天临出发贵州时漏接的那个电话，学院里另一个教授，他微妙的敌人。前几年，因为争夺一个长江学者的名额，他们暗暗较过劲。虽然临到终了，两个人都败下阵来。但这并不意味着较量的结束，恰恰相反，更意味着下一轮较量即将到来。

　　他的手心一点点渗出汗来。

　　刚才那个女学生，会不会是那位教授——他暗中的敌人派来试探他的意志，或者某种更坏的可能性：挖掘某个让他沦陷的陷阱？

　　这样一想，所有的细节都开始向这个方向倾斜：临出发贵州时女学生打来的电话；紧接着是漏接的那位教授的电话；女学生又怎么会知道他归来的行程？并且一个人跑来机场？她真去蓝猫酒吧做箱庭测试了吗？她真去蓝猫酒吧做箱庭测试又与他有什么关系呢？她把这件事莫名其妙告诉他干什么？

欧阳教授警惕地回想着刚才在机场小茶吧里的言行，基本确信自己是得体的。他隐约记得，虽然自己表示对于女学生这个箱庭测试提供不了建议（欧阳教授满意于自己本能地回避了深水区），但是，对于箱庭本身，根据自己以前的一些了解，他还是说了几句自己的想法的。

"治疗师也需要有足够的定力。"刚才，欧阳教授是这么对女学生说的，"有些箱庭传达愉悦，有些则传达深深的痛苦。有些时候，光是看着测试者做出来的箱庭，心里就不知道有多难受。测试者的艰难和痛苦都会传递给敏感的治疗师。"

欧阳教授记得，女学生还问了他这样的问题："发生过测试者喜欢上治疗师这种事情吗？"

当时他是这样回答的："没有什么是不可能发生的，一切都有可能。但是作为专业的箱庭测试，如果测试者喜欢上了治疗师，而治疗师恰恰也喜欢测试者，而且已经无法克制了。如果到了这个地步，就只有把箱庭测试停下了。因为咨询工作已经失败了。"

"为什么呢？"女学生仰起头，探究地追问道。

为什么呢？在机场返回市区的地铁车厢里，欧阳教授再度回忆起女学生的这个问题。

因为人不能总是做自己真正想做的事情。这是欧阳教授内心的回答。但欧阳教授同样不能把这个回答直接说出来。他只能再度把话题绕回到专业的领域，试图给予某种解释。专业的回答就是，在箱庭测试里，治疗师永远只能引导、启发或者追问测试者。即便测试者说出极其荒唐离奇的话，做出极其荒唐离奇的事，治疗师也绝对不能直接说"你是错的"。治疗师只能客观冷酷地引导测试者的能量方向，而不能把自己同时搅和进去。

　　是的，极其客观冷酷。欧阳教授在心里再次重复了一遍。

　　比如说现在，当他重新回忆起女学生的时候，已经不再是橘红色、火红色或者鲜红色的影子，不再是晃动着的长长的黑色头发，不再是火焰弥漫般向他滑翔过来的一个形体，甚至不再是她单薄、尖锐、并不完美的声音……他发现，当他再度回忆起她，立刻闪现眼前的是那位假想敌，那位教授……虽然没有任何证据，欧阳教授仍然像刺猬般竖起了所有盔甲上的刺芒。

　　在地铁到达以前，他打开手机，果断地从通讯录里删去了女学生的电话号码。

　　那天欧阳教授拎着行李箱走在楼梯上时，四周一片寂静。他听到一阵熟悉的旋律从楼梯上方飘来，如同楼梯拐角处螺旋的形状，卷曲、交错、并置、混杂、再度反转……

　　是家家常听的那首歌。

I was five and he was six/我五岁时他六岁

We rode on horses made of sticks/木棍当马骑着互追

He wore black and I wore white/他穿着黑色我穿白色

He would always win the fight/打起架来他毫不吝啬

Bang bang, he shot me down/邦邦，他朝我开枪

Bang bang, I hit the ground/邦邦，我跌倒地上

Bang bang, that awful sound/邦邦，恐怖的声响

Bang bang, my baby shot me down/邦邦，亲爱的冲我开枪

Seasons came and changed the time/岁月变迁，时光流淌

When I grew up, I called him mine/长大后我成了他的新娘

He would always laugh and say/他总是笑着拷问我的记忆：

"Remember when we used to play?"/"记不记得当年我们的游戏？"

Bang bang, I shot you down/邦邦，我朝你开枪

Bang bang, you hit the ground/邦邦，你跌到地上

Bang bang, that awful sound/邦邦，恐怖的声响

Bang bang, I used to shoot you down/邦邦，我也曾冲你开枪

Music played, and people sang/音乐奏起，人们欢唱

Just for me, the church bells rang/圣钟为我一人而响

Now he's gone, I don't know why/他人已去，不能释怀

And till this day, sometimes I cry/直到现在，泪水难耐

He didn't even say goodbye/他甚至没说 Goodbye

He didn't take the time to lie/没来得及说谎使坏

Bang bang, he shot me down/邦邦，他朝我开枪

Bang bang, I hit the ground/邦邦，我跌倒地上

Bang bang, that awful sound/邦邦，恐怖的声响

Bang bang, my baby shot me down.../邦邦，亲爱的冲我

开枪……①

①　电影《杀死比尔》插曲《bangbang》。

第二十章

"你能陪我去做一次箱庭吗？"欧阳太太说。

"你说什么？"欧阳教授在书桌前抬起头。他缓缓取下那副精致的深蓝框老花镜，诧异地望向欧阳太太，"你刚才在说什么？"

"我是说，希望你能陪我去做一次箱庭测试。"欧阳太太又说了一遍。

"箱庭？为什么你突然想去做箱庭？"欧阳教授揉了揉眼睛，再次戴上了眼镜，"去哪里做？蓝猫酒吧吗？"

"是的，想去那里。"

"那里好像很快就要关门了……至少是暂时停业。"欧阳教授说。他迟疑一下，还是追问了一句，"为什么一定要去那里呢？"

他眼前晃过那个红衣服女学生的身影，以及她又尖又细的声音——"是的，就在那个蓝猫酒吧。我去做了一个箱庭。治疗师看了我摆出来的箱庭后，对我说，事情很简单，你喜欢上一个人了。那个人很可能也喜欢你。你和他睡一觉就会好的。一起睡上一觉就会好了。"——欧阳教授猛一激灵，使劲把自己从幻觉中拎了出来："我不是反对你去那里做箱庭，只是，只是现在外面挺乱的了。"

"是的，正因为这样，才希望赶紧去一下。"欧阳太太说，她稍稍犹豫一下，也补充了一句，"几个月前，我在那里做过一次箱庭……治疗师有几句话很奇怪……所以还是想再去一次。如果你没有时间，我就让阿珍陪我去。"

"哦，或者你让嘉丽姐陪你去吧。"欧阳教授说。

"嗯，再看吧，再看情况吧。"欧阳太太慢吞吞地回答道。后来，她就离开书房，忙别的事去了。

下午欧阳太太陪着家家在房间睡午觉。欧阳先生则和几位同事、学生分别通了电子邮件。零星也有电话打进来。

后来家家醒了。欧阳太太说，她带家家下楼走走，或许苏嘉丽也会过来。

"我们可能晚一些回来。"欧阳先生听见她这样说道。

"好的。"他回答说。

过了一会儿，他听到了关门的声音。再过了一会儿，欧阳先生把自己埋在沙发里。音乐响了起来。

就在马勒的第二交响曲第三乐章的进行时中，欧阳先生移步书房。他坐了下来，点着烟，抽了几口，并且摘录了这样一个片段：

那是一大早，街道上空空荡荡，我往火车站赶去。当我和塔钟对表时，我发现时间比我想象的要晚得多，我必须赶紧走。这一发现让我吃惊不小，因而对路也没有把握了。我对这个城市还不十分熟悉，幸好附近有个警察，我便朝他跑过去，上气不接下气地向他问路。

他微微一笑说："你想找我打听那条路？"

"是的，"我说，"因为我自己找不到它。"

"算了吧，算了吧。"说完他猛地转过身去，就像那些想自己偷笑的人一样。①

摘录结束后，欧阳教授又仔细看了一遍，仿佛觉得就是这样了，仿佛真的就像"警察"说的"算了吧，算了吧"，他甚至还莫名其妙地笑了笑。然后，突然，他掐灭香烟，关掉电脑，关掉音乐，关上房门。

街道上空空荡荡的。欧阳教授稍作停留，便独自一人向蓝猫酒吧的方向走去。

"克里斯托夫应该会在吧。"他想。

"克里斯托夫在就好了，可以和他聊会儿天。"他一边走，一边这样想着。

一直以来，欧阳教授对蓝猫酒吧老板克里斯托夫的印象都不错。与欧阳太太苏嘉欣一起参加默片俱乐部以后，欧阳教授自己也去过几次。

第一次是观影《爱尔兰人》的隔天下午。欧阳教授发现有份讲义夹遍寻不见，他仔细回忆了一下："可能在昨天看电影的那个地方。"他对苏嘉欣说。

---

① 卡夫卡《算了吧》。

他独自散步过去。

一楼的大门开着，二楼的窗户开着，老板克里斯托夫正坐在小院里看书。

他们彼此认出了对方。

欧阳教授同时认出了克里斯托夫手里那本书，那是赫尔曼·黑塞的《魔术师的童年》。

"哦，你也爱读这本书吗？"欧阳很自然地上前攀谈了起来。

"是呵。"克里斯托夫翻开一页，顺口读了一段——"屋子里交错着许多世界的光芒。人们在这屋里祈祷和读《圣经》，研究和学习印度哲学，还演奏许多优美的音乐。这里有知道佛陀和老子的人，有来自许多不同国度的客人……这样美的家庭是我喜欢的。更重要的是，我希望世界更美，我的梦想也更多。现实是从来不充足的，魔术是必要的。"

克里斯托夫念完了，然后笑眯眯地看着欧阳教授说："这就是我的梦。这就是蓝猫酒吧的起源，虽然它很小，也……有点破。"

克里斯托夫那头微卷的棕色头发，在风铃和微风中飘扬起来。他转头看了一眼欧阳教授，突然笑出声来。

那天克里斯托夫带着欧阳教授在蓝猫酒吧上上下下转了几圈，终于在二楼角落的一张桌子上发现了那份讲义。

欧阳教授抖了抖讲义夹上的灰尘，对克里斯托夫说："这，就是我的梦想。"

"你的梦想？做一名教师吗？"克里斯托夫瞪大眼睛，仿佛有点惊讶。也可能是刻意表现出某种惊讶。

"就如同你的梦想是当酒吧小弟一样。"欧阳教授慢条斯理、一字一顿地说。

"是的，我是个固执的人。"克里斯托夫对欧阳教授眨了眨眼睛。

"我想，其实我也是。"欧阳教授这样说道。

两个男人终于发现了彼此的默契，并且在合适的时间让它得以展现。他们同时开心地哈哈大笑起来。

后来，两人又从三楼下到二楼，重回一楼小院。他们坐下来，又聊了些其他的事。

比如说昨天的电影。

"你认为《爱尔兰人》是斯科塞斯最好的电影吗？"克里斯托夫又说起了这个话题。

"我不是很熟悉这部电影和这位导演。"欧阳教授说，"这……很重要吗？"

"倒也不是说有多么重要。"克里斯托夫耸了耸肩，"昨晚和我的那位朋友比尔讨论——不，争吵这个问题，结果……还是没有结果。"

"我记得你和你那位朋友在讨论，或者说在争吵。"欧阳教授微笑着说。

"我那朋友比尔坚持认为《爱尔兰人》是斯科塞斯最好的电影，我认为肯定不是。"克里斯托夫说。

"为什么？理由呢？"欧阳教授问。

"斯科塞斯曾经多么暴力多么血性多么黑色……"克里斯

托夫停顿了一下，继续说，"但在《爱尔兰人》里，他不再是这样了，他变得伤感甚至妥协。"

"你只能接受一种风格的电影或者人生吗？"欧阳先生突然插话进来。

克里斯托夫一定觉得这句插话虽然突兀，但也有趣，甚至深刻。他用手捂住了自己的嘴巴，不让表情以及情绪泄露出来。但最终，他还是把手拿了下来。克里斯托夫说："我想，我可能只是觉得，斯科塞斯也老了。"

"其实，你知道他老了，只是不太愿意接受这个事实。"欧阳教授说。

"是的，确实是这样的。"克里斯托夫说。

他回避了欧阳教授的目光，但与此同时，他抬起手，轻轻拍了拍欧阳教授的肩膀："你是个有趣的人，几乎和生活本身一样有趣。"

他咧开嘴，粲然一笑。

还有一次，欧阳教授去蓝猫酒吧时，遇到了一位魔术师。

魔术师是美国和墨西哥的混血儿，四十多岁的样子。除了在侧面看起来鼻子形成一个美妙的弧度，其他并没有太多特殊的地方。魔术师参加过几次蓝猫酒吧举办的小型慈善活动，小朋友们都很喜欢他。除了不能直接变出货币，魔术师施展魔法，几乎可以变出小朋友们喜欢的任何玩具以及物件。然后这些玩具以及物件被再次认购，等价交换……

有人说魔术师来自美国的密西西比州，曾经也在墨西哥居住过一段时间。但魔术师自己从没提起或者确认过这些经历。魔术师在中国居住多年，当时是一所私立学校的外教老师，中文也已经说得相当流利。当然，所谓中文说得流利，与能够说出一些流利以外的事情，却完全是截然不同的两回事。

谁也不知道魔术师为什么不回自己的家乡。蓝猫酒吧有很多这样的客人。他们的身份成谜，他们的行踪成谜。不知道是谁说过这样的话：当谜团和谜团碰到一起的时候，剩下的就是沉默。

欧阳教授在蓝猫酒吧遇到魔术师那天，恰好是另一位当地诗人的生日。诗人为蓝猫酒吧当时在场的每个人买了一小杯威士忌。

魔术师拒绝了。

"别给我，我不喝这个。"他说。

但很多人已经喝起来了。等他们喝下这杯或者再一杯以后，身体里燃烧的就不再是宝石般摇曳的火焰，而是滚烫而冒烟的熊熊烈火。

但魔术师拒绝了。

"别让我喝！喝了我会烧掉一辆卡车！"

当然，后来魔术师既没变出一辆卡车，也没烧掉街上任何一辆卡车。在蓝猫酒吧里，有很多人都沉浸在大大小小的幻想中。比如说，魔术师幻想真的烧掉一辆卡车；比如说，随着音乐，老板克里斯托夫飘浮回蓝猫酒吧的黄金时代；再比如说，厨师卡斯特罗正暗恋着一位中国姑娘。黄昏正式上班以前，他经常会来到蓝猫酒吧的一楼，逛一逛，看一看，然后一个人去院子里抽会儿烟。

"卡斯特罗呢?"

"去抽烟了。"

这几乎成了一句暗语。表示厨师卡斯特罗去了小院，并且正在思念那位姑娘。卡斯特罗承认他确实产生过幻觉，经常看到那位姑娘安静地坐在凉亭里，安静地看着书。"她确实来过几次蓝猫酒吧，默片俱乐部的时候。"卡斯特罗说。所以她就有可能还会来。随时都会来。卡斯特罗的另一个幻觉，则与他安吉尔叔叔的咖啡馆有关。他经常梦见自己回到了安吉尔叔叔的咖啡馆，或者恍然觉得蓝猫酒吧就是安吉尔叔叔的咖啡馆。

这个幻想让他极度害怕。

那天欧阳教授喝下了诗人的生日威士忌酒。他喝了一杯，克里斯托夫喝了一杯。开始时宣布"不喝这个"的魔术师喝了诗人送的一杯，后来又自己买了两小杯。

诗人站在窗边，高声朗读了自己的一首诗:

像节日广场的串灯
生命在黑暗中有闪闪的光亮
那连着他们的沉默的电线
仿佛存在于另一个空间

故事像洒在地上的浓汤
迟疑着，向各个方向流淌
久久凝视着变幻的湿痕
眼前出现了那个半空的汤盆

涂在画布上的线条越来越多
越来越多
渐渐地，她显现出奇特的轮廓
眼睛与影像之间布满了视线
不知不觉间窗外已经是以前的秋天

欧阳教授凝神听了。他沉默着，没有说话。诗人后来好像哭了，不知道是诗的原因，还是威士忌的原因。魔术师跑到角落里弹起了钢琴，手落在琴键上，那架钢琴仿佛立刻被注入了魔术，充满感情。

这时厨师卡斯特罗从厨房走出来，四下张望一下，闷闷不乐地去院子里抽烟。

再后来，老板克里斯托夫走到欧阳教授身边，他指了指正在弹琴的魔术师。

"很有意思的家伙。"克里斯托夫说。

"嗯?"欧阳教授抬了抬眉毛。

"他第一次来这里，是几年前的清明节。店里没几个人，他就推门进来，坐在靠窗的地方。他问我，你是老板吗? 我说是。他说今天是清明节，你怎么不去看看祖先的坟墓? 我笑了。我说我是外国人，我祖先的坟墓不在这里。再说我们国家也没有清明节。"

欧阳教授若有所思地聆听着。

"后来呢？"欧阳教授问。

"后来，这位魔术师先生告诉我，那天早上他醒来时突然想到，如果他要去看一看祖先的坟墓，就必须去巴西、美国以及萨尔瓦多……"

欧阳教授咧开嘴会心一笑。

欧阳教授说，有一段时间，他正在研究一位诺贝尔奖得主的作品以及生平。某年某月某天，一次国内航班的中转途中，他注意到机场咖啡吧里坐着两个人，其中一个很像那位诺奖得主。主要原因是两个：其一是外形，一米九左右的身高以及希腊雕像般冷峻深邃的侧面轮廓。其二则是语言，欧阳教授隐约感觉他们在说法语。而在此诺奖得主的研究资料上，欧阳教授留意过这样的信息：其家族极具传奇色彩，父亲说英语、法语和克里奥尔语—— 一种由葡语、英语、法语及非洲语言混合简化而成的语言。没有真正的母语，或者文化根源。"没有一个国家可以称为我的国家，法国也不是。"在研究资料里，这位诺奖得主曾经这样说过，"我的国家只存在于想象里。"

欧阳教授说，如果还存在第三个原因，那很简单，同时也极度复杂，那就是：凭借直觉。

那次欧阳教授并没有上前论证此人的真实身份。欧阳教授说，只是对应于，清明时节，如果蓝猫酒吧那位魔术师要去看一看祖先的坟墓，就必须去巴西、美国以及萨尔瓦多。他突然就想到了那位诺奖得主。

"那么，他应该怎么办呢？"欧阳教授说。

哈哈哈，克里斯托夫笑了起来。

欧阳教授也笑了起来。

"我发现我们挺默契呵。"克里斯托夫说。

"我倒并没有发现这一点。"欧阳教授回答道。

"哦。"

"我只是觉得……你也是挺有趣的。"欧阳教授紧接着又补充了一句。

两人都非常同意这个简单的词：有趣。接下来，为什么彼此都能感到有趣这个概念，又成为探讨的话题。两人共同的结论，是另外两个简单的词语：空间、弹性。如果要打世俗的比喻，如同稀有而成功的婚姻，或者美好的恋爱关系。一旦论及这个层面，抛开文化背景存在的差异，两个男人即刻懂得其中的玄秘。

克里斯托夫说："你比我见过的绝大多数中国人或者东方人都要客观。我的意思是说，我们可以有效辩论。"

欧阳教授想了想，这样回答："在我见过的西方人中，你是比较有弹性的一个。"

"弹性？"

"是的，弹性。也就是相对主义。"

"你能举例说明吗？"克里斯托夫眼睛亮亮地看着欧阳教授。

欧阳教授说:"这么讲吧,你应该读过《易经》吧?"

克里斯托夫说:"当然,那是一部伟大的经典。"

欧阳教授接着说:"我猜想,你是喜欢《易经》的,而且并不仅仅因为它被冠以类似'伟大'这样的形容词。"

克里斯托夫说:"确实是这样,对于我来说,《易经》很神秘,它经常让我感到一种神秘的力量、变化以及你刚才用到的一个词语:弹性。"克里斯托夫停顿了一下,继续说道:"它深不可测。"

欧阳教授说:"英国有位科学家认为,《易经》的太极图显示了宇宙力场正级和负极的作用;美国的一位高能物理学家则认为,太极图的运动变化原理与动力学模型一致。"

克里斯托夫说:"现在很多人、不论东方还是西方,都对《易经》重新表示出极大的兴趣。很多西方研究者已经意识到《易经》令人惊奇地接近真理,更令人惊奇的是,地球所有的生命秘密同《易经》的结构紧密吻合。"

欧阳教授说:"西方人用理性、科学的方法研究推进《易经》,东方人反而常常把它看作一本算命的书。"

"是这样的。"克里斯托夫眨了眨眼睛,调皮地说,"有时候确实是这样的,这是一件非常遗憾的事。"

"但是——"这时欧阳教授也调皮地眨了眨眼睛,"研读《易经》、隐居、静坐这些东方元素,即便在西方产生别样魅力,但真正理解它们的人,其实并不多。"

"为什么?"克里斯托夫问。

"因为仅仅凭借科学,又解释不了它们。"欧阳教授说。

"是个悖论呵。"克里斯托夫感叹道。

"确实是个悖论，只有科学与玄学最终走到一起，才能解释所有的一切。"欧阳教授说。

"所以还是需要玄学。"克里斯托夫下意识地摸了摸自己的鼻子，仿佛需要确认它还真切存在。

"是的，还需要玄学。"欧阳教授说，"比如说，我凭借玄学和直觉判断出，那天坐在机场咖啡吧里的某个人，正是那位诺贝尔奖得主。他父亲说英语、法语和克里奥尔语；比如说，我凭借直觉判断出，蓝猫酒吧那位魔术师是被他的原生家庭或者社会抛出来的……"

"这不是直觉，而是逻辑。"克里斯托夫插话道。

"在你的文化里是逻辑；在我的文化里是直觉，或者说玄学。"欧阳教授非常严肃、坚定、却又仍然不失温和地说。

"我们需要共同公分母。"克里斯托夫说。

"对了，你看过黑塞的《玻璃球游戏》吗？"克里斯托夫兴奋了起来，"里面的玻璃球游戏大师，约瑟夫·克乃西特，为了寻求人类精神的'共同公分母'，被取消了个性。黑塞赋予他一个宇宙般广阔的灵魂，随时准备启程前往新的生活领域。"

"对不起，我只是一个小知识分子。没有那样伟大。"欧阳教授说。

"我也不是……"克里斯托夫放低了声音，突然他又大叫了起来，"比尔！比尔！我的那位朋友比尔，他可能是的，他具备那种性格！他准备好了，随时启程前往新的生活领域，他的下一站可能就是——墨西哥！"

第二十一章

蓝猫酒吧正式关闭前一个星期，姚小梅和她的西班牙男朋友大吵了一场。

两人都有点歇斯底里，站在蓝猫酒吧的三楼露台大喊大叫。而在他们以外，整个世界都有点乱——

美国人比尔不顾挚友克里斯托夫的警告、甚至可以理解为善意的诅咒（无论如何，死在墨西哥这种地方，多少是有点可怕的），比尔希望自己如同长着翅膀的大鸟，飞渡重洋，重新回到深蓝的美洲夜色中去，回到如同巨大深蓝宝石的加勒比海边。

比尔对克里斯托夫说，他要飞回墨西哥，确实是因为爱情，但又并不仅仅因为爱情。确实是因为墨西哥目前暂时安全，没有瘟疫流行的任何迹象，但又并不仅仅因为这些……

"我感受到一种力量。"比尔最终解释说。

蓝猫酒吧厨师、墨西哥人卡斯特罗却害怕了。他害怕极了。他害怕得大哭起来。非但大哭，他还不知廉耻地告诉老板克里斯托夫，他一想到可能要回墨西哥，就开始做噩梦。非但做噩梦，第二天还发现自己尿床了。

"我不愿意回墨西哥。"卡斯特罗泪眼汪汪地说，"现在一想到墨西哥，我就想到安吉尔叔叔的咖啡馆，想到尸体，想到毒品，想到大屁股的女人。"

说到大屁股女人，卡斯特罗的情绪稍稍平复一点。他告诉克里斯托夫，在墨西哥，有很多小型美容院。安吉尔叔叔咖啡馆对面就有一家。有时候他就坐在咖啡馆的窗口，看着走进对面美容院的女孩或者女人。她们有的很小，看上去不到十八岁，有的则是肥胖的中年女人。那些年轻女孩们想做的手术，大多都是让自己更接近"毒贩审美"。

然后他又解释了什么叫"毒贩审美"。

"在墨西哥，如果有极其夸张的S形身材，同时又喜欢用名牌、穿暴露的衣服，还有个毒贩男友的，就会被当地人称为'大哥的女人'。"卡斯特罗说。

但是，卡斯特罗又强调说，无论如何，他都不愿意再回墨西哥。

"有一种神秘的指引，当年我跟随它来到了中国。"卡斯特罗说。

那天晚上，还发生了另一件神秘的事情。

苏嘉欣的姐姐苏嘉丽急匆匆跑过来，在蓝猫酒吧找到了她的妹妹。

"嘉欣，快跟我回去。家家——"

"家家怎么啦？"苏嘉欣问。

"家家突然开口说话了！"

"什么？你说什么？！"

"家家不仅开口说话，他竟然……竟然弹起了钢琴，他弹起了肖邦，天呐，一切都太不可思议了。"苏嘉丽上气不接下气地把这一切表达完结。

一切都在巨大的变动之中，非常没有确定性。

所以相对而言，姚小梅和她的西班牙男朋友，这一双异国小儿女的吵架就没那么重要了，就比较容易被忽略了。

回到宿舍后，姚小梅去同一楼层的公共浴室冲澡，换掉淋湿的衣服，躺到床上。睡不着，翻来覆去了一会，仍然睡不着。她起床在楼道里走到第三个来回的时候，决定去西班牙男朋友的临时公寓找他。

那是一个闹中取静的地段。

从热闹大街到僻静公寓，有两种选择。

左手那条路，亮晃晃的马路两旁充斥了烟杂店、水果铺以及各式露天排档。右手那条则截然相反：街道两边的树如同受了奇怪的地心引力，或者巫女施展魔法，它们固执地向中间合拢来，枝叶暗斜，密不透风。月光无论从树的上方或侧面进入枝丫，穿透层层叠叠树叶，都阴森、都冰冷。人行其间，仿佛经历另一个世界。

在这两条路的交叉路口，姚小梅和西班牙男友有过不少对话。或者驻足高声吵架。

有一次，姚小梅和西班牙男友手拉手走回公寓。

西班牙男友说："我知道你为什么喜欢我。"

姚小梅问："为什么？"

西班牙男友没有直接回答，他接着说了句绕口令一样的话："我喜欢你喜欢我的原因。"

姚小梅再问："到底是什么原因？"

西班牙男友说："有些女孩子是因为喜欢外国人。但你不是。"

姚小梅想了想，说："你说得对。至少，基本上是对的。"

西班牙男友咧嘴笑了。他开心一笑的时候非常阳光，并且在某个瞬间，几乎完全看不出来是个外国人。

姚小梅和西班牙男友交往一段时间后知道，西班牙人去过很多地方和国家。他的状态不是纯粹的学习、旅游，也不是纯粹意义上的游学。那是一种类似于漫游的状态。从这个地区到那个地区，从这个国家到那个国家，从这个学校到那个学校，从这个种族到那个种族。西班牙人说，因为经济状况，他的交友基本游荡在中产阶级和形形色色的底层之间。

比如说，在姚小梅之前，他遇见过另外两个中国女孩。

一个叫阿菱。

西班牙人和阿菱是在蓝猫酒吧遇到的。

那天，蓝猫酒吧办了一个小型黑白摄影展。附近一所高校艺术系的几个师生的联展。地点就在一楼内部空间以及外面的凉亭、小院。展呈方式也比较特别，在凉亭长廊和内部空间分别拉起长长的细线，大大小小的黑白照片或并呈、或纵横，用黑色文具夹子固定在细线上。

展览总题目就叫《你看，街上的人》。

从下午开始，陆陆续续来了很多人。办展的摄影师来了，摄影师的朋友们来了，高校艺术系的其他师生来了，高校其他系科的学生老师也来了。还有蓝猫酒吧的老客人，还有那些随机在街上走来走去的人……

那天西班牙人是和几个同学、老师一起过来的。其中有中国人，也有其他外国人。西方人比较外向，喜欢表现。西班牙人和他的同学在那些影像间穿梭走动，还把脖子架在凉亭长廊的细线上，做鬼脸——让自己也同时成为一件展陈艺术品。

参展的一位摄影师作为代表，正在接受媒体采访。

记者问他："请问这次摄影展的主要内容和创作动机？"

摄影师眨眨眼睛，回答道："我们随机拍了些街上的人，以及景物。"

记者点点头，示意摄影师继续往下说。

摄影师接着说："大部分时间，我们镜头对准的都是日常生活中很平常的人和事，极少有那些直接激动人心的元素。"

他又补充一句："我们都喜欢拍平凡的人。"

记者停顿了一下，突然问："请问，什么叫平凡？"

摄影师调皮地拍了拍自己的额头。仿佛记者抛出一个让他无从下手的问题，一个有些尴尬的问题，一个答案早已公开的问题，一个答案公开、然而再度提问时确实又存在难度的问题。

"这么说吧，"摄影师再度回到问题本身，"其实，展览的总题目原来不是这个……"

"原来是哪个？"

"原来的题目是《你看那个人，好像一条狗》。"

"很特别的题目。"记者说。

"是的，某天下午，阴雨天气，一根烟抽到一半的时候，我突然想到了这个题目。我想，这个题目很好地解释了你的问题：什么叫平凡。"

记者停顿了一下，又追问道："那为什么不用原来这个题目呢？"

"因为——"摄影师神秘而无奈地微笑着说，"因为这就是现实与艺术的关系。"

"什么关系？"

"有些时候它们是镜像，还有些时候，它们又不得不处于彼此制约与平衡的状态。"摄影师说。

那天记者还随机采访了两位外国友人。其中一位，就是正在影像与影像间穿梭走动、频频摆着造型的西班牙人。而恰好也来看展的小白领阿菱则充当了临时翻译。

阿菱是个非常典型的南方女孩，细长身段，长脸，笑起来眼睛如同弯弯的半月。阿菱大学学的商务英语专业，第二门外语则选了西语。

"优美动听的西班牙语是人们与上帝交谈的语言。"

等到采访结束后，记者走了，摄影师们聚作一堆，更多在街上走来走去的人被吸引过来看展览，而阿菱和西班牙人则开心地聊起了天。

西班牙人对阿菱刚才说的话挺感兴趣。

"优美动听的西班牙语是人们与上帝交谈的语言。"他重复了一遍这句话。然后问阿菱，"你信仰上帝吗？"

阿菱摇摇头。

"那么，你信仰什么？"西班牙人问。

"我……信仰美。"阿菱说。

"还有爱。"阿菱又说。

"我们是一样的，"西班牙人说，"除了信仰上帝，我也信仰美，还有爱。"

因为谈到了一些抽象的话题，背景又是抽象粗粝的黑白影像图景，语言沟通基本顺畅……两人都有些意犹未尽起来。于是西班牙人提议在蓝猫酒吧吃点东西，顺便再喝上两杯。

"你应该不是未成年少女吧？"他冲着阿菱轻轻一阵挤眉弄眼，更是把阿菱惹得咯咯大笑起来。

一切都似乎是刚刚调好的色彩板，不多不少，不浓不淡。在刚开始的时候，即便天气也是如此契合。起风了，凉亭里风铃声起。汉语、西班牙语、英语、法语……此起彼伏，高低错落，也仿佛是人声的伴奏与复调。阿菱点了一杯鸡尾酒，站在凉亭长廊里和西班牙人说话。突然就下起了一点小雨。雨点的清凉与酒精产生的燥热奇妙地融合、延展与发酵。

"我喜欢这个城市，以及此刻。"西班牙人眼睛亮闪闪地说。

阿菱没有说话。但她同样眼睛亮闪闪地望着西班牙人。

"这是我的镜像呵。"她默默地、欣喜地这样想着。

阿菱按照她的理想以及想象与西班牙人相处着。她带他去看很多中国的东西，中国南方的东西。阴湿的小巷；旧旧的老街；夕阳西下时分，泛舟湖上；她带他吃精致的南方菜肴，喝二十年的精酿黄酒……对于这一切，他都微笑着，眼睛亮闪闪。

　　有一次，阿菱问他："你是不是很爱中国文化？"

　　西班牙人很认真地点头。然后，他又非常认真而诚实地对阿菱说，在来中国以前，他去过很多地方和国家，在那些地方和国家学习、生活、打工谋生。在这样的情况下，国境对他是没有意义的。他当然很热爱中国文化，但他同样也很热爱以前去过的其他国家的文化。

　　"无论如何，中国文化还是很特别的，至少，对于我来说，它更神秘，更难以捉摸。"

　　阿菱安静地听着，一会儿轻轻点头，心里有着淡淡的失望，一会儿又被"神秘"燃起了希望。

　　阿菱接着又问他："你为什么总是四处漫游呢？"

　　这个问题让西班牙人的表情变得深刻起来。

　　他放慢了说话的语速，从而表达出话题的严肃。他说，他大学是学工科的。但是，他的个性和艺术也非常亲近。也就是说，他拥有某种极端的情绪。最重要的，他还是一个非常诚实的人。他说其他更详细的原因不便多说了。反正，在西方，有这样一类人，他们是被原生家庭或者社会抛出来的。就像一只脱离正常轨道的气球。

　　"我就是这样一只脱离了正常轨道的气球。"西班牙人很清晰地把这段话说完，眼睛还是亮闪闪的。

然而阿菱的眼睛没有以前那样亮闪闪了。

西班牙人继续说，每个离开出生地的人，都有着不同的原因。他说他有一位朋友，学习德国电影专业，很穷。那位朋友长期住在柏林，只是为了以带有距离的眼光回看他出生的地方。而西班牙人的另一位朋友和他一样，去过很多地方。从这个地区到那个地区，从这个国家到那个国家，从这个学校到那个学校，从这个种族到那个种族。说流畅的母语和半生不熟的第二语言、第三语言，在每一个地方遭遇着形形色色的底层、美梦，遭遇到挫伤，遭遇到破灭。

阿菱从始至终保持着聆听的姿态，眼睛里的光一会儿闪亮，一会儿黯淡。

阿菱第一次去西班牙人的学生公寓时，有些东西感觉是对的，有些则完全不对。

公寓里没有地毯。厨房里没有咖啡机。简单的洗漱间里也没有香水瓶的痕迹以及香水的气息。但西班牙人给她做了一餐相当不错的烤羊排，外加一瓶品质一般的白葡萄酒，多少弥补了这些困惑与遗憾。

"你从来不用香水吗？"阿菱把吃剩的羊排骨头在餐盘里放齐整，还是忍不住问了一句。

"很少用。我不喜欢香水。"西班牙人说。

他看了阿菱一眼，耸了耸肩膀说："这有什么不对吗？"

阿菱回答说没有什么不对，她只是问问而已。

但阿菱心里是感觉有什么地方不对的。至少与她的想象不对称。阿菱对西班牙人的爱、围绕着他的物质、内在的精神、爱的方式、亲吻的深度都与她的想象有关。而至于她自己究竟是谁，以及由这个"谁"而引发出的想象，这或清晰或混沌的一切，阿菱其实并不是很清楚。

　　很快的，类似这种"不太对"的感觉越来越多起来。

　　他们的交往一直比较舒缓。唯一相对激烈的有两次争论。

　　一次是为西班牙人的公寓小餐厅选一张小型挂画。郊区的跳蚤市场，地上零零落落堆了好些作品，阿菱选了张特别唯美浪漫的。但西班牙人坚决表示不喜欢。

　　"我还以为你肯定会喜欢呢。"阿菱委屈地说。

　　"为什么？"

　　"你说过，你信仰美，还有爱。"

　　"确实如此，"西班牙人说，"但是，这并不表示我是唯美派，或者唯美主义者。有时候，它还恰恰通向事物的背面。"

　　像以前的很多次一样，他们的谈话在这个阶段经常戛然而止，无法延续。阿菱显得无辜而单薄，西班牙人则显示出一种佐证偏见般的执念。时光倒转，仿佛他们相识之初所指的"美"和"爱"本身就是完全不同的事物，他们只是误入歧途，渐渐沦陷而已。

　　"打破它！"每当这种时候，西班牙人会这样对阿菱说。

　　阿菱则仍然无辜地望向他。措手不及、手足无措的样子。

　　"打破它！"西班牙人再次重复了一遍。

他们的分手是自然发生的，并且具备部分理论基础。因为随着交往的进展，他们自然而然地谈到了将来。

"很多时候，我会想到自己的将来。"阿菱眼睛里带着一丝憧憬。

"你的将来不是你的将来，而是取决于中国的将来。"西班牙人想了想，很认真地对阿菱说。

然而这显然并不是阿菱想要的答案，甚至不是阿菱谈话所指的方向。

阿菱的将来指向一个清晰的私人空间：婚姻。

后来，西班牙人嗅出了这丝气味。

"我不会结婚的。"他非常诚挚而严肃地对阿菱说，"真爱和婚姻永远是两回事。一种开始了，另一种就结束了。"

"一种开始了，另一种就结束了？"阿菱有些愕然地重复着。

"是的，这是我的人生观。"西班牙人温和但坚决地说。

这句话无疑是诚实的。但或许也是一个善意的借口。然而无论如何，因为它本质的硬度，使这场交谈具有了寒意以及清醒度。

他们很快就分开了。

另一个女孩叫小黎。

那段时间蓝猫酒吧修补外墙，暂停营业。旁边的一个小书吧生意兴隆了起来。西班牙人第一次遇到小黎时，她正在书吧的小院里看书晒太阳。

服务生走来走去收拾东西，嘀咕着，刚才有两个新西兰人，点了两杯白葡萄酒。但没坐多久就走了。还说这酒是坏的。不过他们虽然说酒坏了，仍然礼貌地付了钱。

"葡萄酒坏了？那给猫吃呵。"这女声很轻，但俏皮。接下来则是一串轻而俏皮的突然爆发的笑声。

西班牙人就是被这笑声吸引的。

"我第一次听到中国女孩子是这样笑的。"后来，他们熟悉了，西班牙人这样说道。

"怎样笑的？"小黎眯缝起眼睛问，"你以前听到的中国女孩子都是怎么笑的呵？"

"她们总是，总是……"西班牙人寻找着合适的字词，他说，"她们总是很含蓄，笑声很轻，有时候还会看看四周。"

小黎忍不住又笑了起来。

"你笑起来很放肆，就像西班牙广场上的太阳。"说到这里，西班牙人也咧开嘴，露出一口灿烂的白牙。

他们并没有很快约会，而是断断续续相互发些信息。

有一天，西班牙人发出这样一段：第一次见到你，你坐在小院里看书，专注于自己的事。那情景很完美。我不愿意打扰完美的东西。

小黎没有回复。当然，从意境上来说，这种片刻的静止就是最好的回复。

西班牙人又通过文字说：有段时间，我住在意大利南部的一座修道院。每天晚上在修道院外湍急的水声中醒来，月亮透过幽蓝的橄榄树林照亮了墙上的壁画，还有拉丁文写成的古老戒律——不要金钱。不要色娱。不要骄傲。

西班牙人说：不知道为什么，你坐在小院里看书晒太阳的场景，让我想到了修女。我在那个修道院里见过的。古板而有道德律。虽然，你对服务生开玩笑说，把坏了的白葡萄酒给猫吃……然后，你的笑声非常神秘。

他们甚至还谈到了文化差异的问题，并且观点异常一致：很多人常常不了解彼此，是因为大家都倾向于讨厌所有不是来自自身所处文化圈的东西，也不想去理解那些不同于我们的东西。

西班牙人说：不过，了解，有时候就是打扰的开始。

小黎则回复说：打扰也未必是件坏事。或许也能增添神秘呢。

人性使然，他们终究还是相约了。

竟然约在了最冷季节的最冷一天。地点是近郊一座五星级酒店。原因是那里有城中最好的新西兰南岛马尔堡的长相思白葡萄酒。

西班牙人出现时如同一只北极棕熊。而小黎则穿着长长的大衣。马尔堡的白葡萄酒让他们恢复了一点点亲密，但小黎的笑声在大堂完全失去了魔力。他们压低声音说话，以配合地点的氛围。西班牙人拉着小黎的手，轻轻吻她的脸。他说了一个自己童年的故事。小时候，他在街区小学上学。有一次，父亲在楼上午睡，他则在客厅沙发睡着了。醒来时，仿佛听到父亲在楼上走来走去，仿佛父亲马上就要下楼来了，马上要知道他赖学在家，并且很可能会把他狠狠揍上一顿。

"我父亲是个酒鬼。"西班牙人说。

"猜一猜，那天我是怎样逃过父亲惩罚的？"他又问道。

"逃出去？"

西班牙人摇摇头。

"假装生病？"

西班牙人还是摇摇头。

他自己说出了答案："我站在沙发上，踮起脚，迅速把客厅墙上的挂钟调晚了一个小时。父亲下楼后，盯着挂钟看了很久。非常疑惑，非常诡异，但最后还是推门出去了。"

小黎很喜欢这个故事。她说这是很有创造力的故事。

"改变时间。"她眼睛亮闪闪地看着西班牙人，她说，"你竟然能想出改变时间这种方法。太神奇了！"

然而，现实中的时间是正常的。即便喝了大半瓶新西兰马尔堡的长相思白葡萄酒。后来，他们上楼在中餐厅吃了一顿中餐。他们在大风中拥吻了一下。西班牙人替小黎翻起了衣领……但所有的一切，不知道为什么，都比刚见面时更有礼节性了。

"我不碰完美的东西。"后来，西班牙人偶尔会回忆起这次约会中的一切细节。并且感觉到，在与小黎见面以后，这种感觉更为浓烈了。

而雅思女孩莎拉、也就是中文名字姚小梅的那个莎拉，几乎就是西班牙人的镜像。

"你就像我在中国的双胞胎。"西班牙人说。

"我没去过西班牙，但你也很像我在西班牙的双胞胎。"莎拉笑意盈盈。

他们确实生来相像。

第一次约会，看完昆曲以后（戏票是幸福大街乐队吉他手给她的），他们钻进街边小啤酒馆喝了两杯。趁着酒意，莎拉告诉西班牙人她的身世。长江以北长大，父母大半辈子从没离开过家乡苏北小城，但是她，莎拉，离开了。她来到现在这个城市上学，目前正准备明年的雅思考试。

于是西班牙人问她会去哪个国家哪座城市哪所大学。

莎拉说还没决定。但是，曾经有那么一天，她看到一个地名：南乔治亚岛和南桑德韦奇岛。莎拉说她突然感觉很想去那里。

西班牙人说，这两个都是群岛，靠近南极大陆，气候恶劣，年平均气温都在零下。终年大风，低空浓云密布，极少有阳光。

"那里有很好的大学吗？"他故意地用力眨眼睛，笑着问莎拉。

然后西班牙人说了另一件事。

他说他虽然没去过中国长江以北莎拉的家乡，但他去过中国其他的农村家庭做客。主人通常都非常和善，稍稍有些羞涩。吃饭时一盆一盆连着上菜。仿佛厨房里藏了一位魔术师，仿佛这样的美味佳肴永远不会停止。他们基本都不会说英语，所能做的就是微笑。但是，西班牙人说：

"我非常喜欢他们那种羞涩而干净的微笑。"

下面这句话是突然冒出来的。

"我的父亲确实很和善，但他是个酒鬼。"莎拉说。

"我的父亲也是酒鬼。"西班牙人做了个鬼脸。

他们天然不需要对"美"和"爱"这样的字眼进行再度并且详细的阐述。就像两条嗅觉灵敏的狗。他们天然了解这两个字的意义——正面与反面；光明与黑暗。

他们天然就知道什么叫"四处漫游"，以及为什么必须（自然而然）"四处漫游"。他们就像一对四处漫游、素不相识的天然的恋人，从不同的方向走向对方。

就如同对于姚小梅来说，香水不代表任何符号。她也永远不会建议（某种主动性）和西班牙人去五星级酒店喝白葡萄酒。对于他们来说，那个地方四四方方，死气沉沉，服务生永远身穿制服，脸上没有表情，或者只有一种表情。所有这一切，隐隐约约，闪闪烁烁，唤起他们内心一些隐秘的、伤痛的回忆。

他们确实是一样的。无比坚硬，并且因为种种原因，也都毫无执念。

只有一次，两人见面时，莎拉问了这么一句："我知道我为什么会这样，但我不知道你为什么会这样。"

西班牙人问是什么意思。

莎拉说：我要从长江以北来到长江以南，我要去德国英国新加坡或者南乔治亚群岛和南桑德韦奇群岛。我不知道你为什么要这样。

西班牙人想了想，说了句话，莎拉有点没有听懂。或许因为语言，或许因为意义，或许是语言夹杂着意义。后来，西班牙人是这样回答的："你是黑白分明的流浪；我是善恶不分明的流亡。"

西班牙人回学生公寓，必经一条大路。然而从大路再抵公寓，则有两种选择。一种是热闹而杂乱的马路；另一条则是被高大阴森、遮天蔽日的树木覆盖的林中路。

在这两条路的交叉路口，他们有过很多重要的对话。

比如说，有一次，他们讨论黑格尔的辩证法和中国人发展的另一种代替逻辑的辩证法。讨论的前提，是他们在辨别以及处理某件事情时产生了一些分歧。

莎拉说，她在图书馆资料中注意过类似的信息。在中国的知识传统中，相信 A 是事实和相信非 A 是事实之间没有必然的不相容性。相反，在道或者阴阳原理的精神中，A 实际上可以暗示 not-A 也是这样，或许无论如何很快就会是这样。事件不是孤立地发生在其他事件中，而是始终嵌入一个有意义的整体中，在这个整体中，元素不断地变化和重新排列。孤立地思考一个对象或事件并对其应用抽象的规则，会招致极端和错误的结论。推理的目标是中间道路。

西班牙人则竭力反对。

"A 就是 A，B 就是 B，非 A 就是非 A。"他坚决地说，"如果 A 是事实，那么非 A 就一定不是事实。这是科学已经证明过的原理。"

"但是，在中国文化中，有一种状态叫平衡以及四季轮回流转。"莎拉说得稍稍有点犹疑。

"在生活中，没有中间状态，也没有平衡。要不，你就会迷失。"西班牙人变得更加斩钉截铁了。

"打破它！"他对莎拉说，并且挥舞着自己的手臂。

"然后呢……"莎拉轻声地问。仿佛是在问西班牙人。也仿佛是在问自己。

就在刚才，在蓝猫酒吧的三楼露台那里，莎拉和西班牙人大吵了一架。

西班牙人站在瓢泼大雨中，疯子一般舞动着手臂。

"这里很危险！我必须回西班牙！"他高声呼喊。

而那个微妙而不确定的姚小梅醒了；同样站立雨中的莎拉则感觉如此脆弱、失重。她不是姚小梅，也不是莎拉。

她不知道自己是谁。

她飞奔着冲下铸铁搭成的陡峭的楼梯。她以为西班牙人会跟上来的。但是没有。

她回到宿舍，然而睡不着。她又去西班牙人的学生公寓等他。一会儿，很久，她感觉门房那里有黑影移动，渐渐向她靠近过来。她再次决定离开。

西班牙人或许还在蓝猫酒吧。或许正在回来的路上。然而，面对着宿舍前面那两条岔路（走错了任何一条，都有可能与他擦肩而过），她犹豫着：究竟该走哪条路呢？

雨已经停了，竟然是个满月之夜。

"在我们这个年龄，遇到真正的爱情是一场灾难。"

就在月光能够普照的地方，离开蓝猫酒吧不远处的一个小茶坊里，前评弹学校老师梁先生正严肃地对阿珍说。

空气里有淡淡的薰香、古琴声，穿中式衣裳的服务生款款走来。

披着宝石蓝披肩的阿珍正盯着桌上一盆茑萝藤蔓的盆景看。两只小虫爬在上面，一只是暗青色的蟑螂，另一只则是淡淡的粉蝶。阿珍轻轻吐气去吹它们，蝶的翅膀动了，却并不飞走。

"你为什么一定要找我呢？"梁老师看着阿珍，长长地叹了口气。

他伸出自己那双手。

手指仍然修长而白皙，仍然留着半月形的指甲，仍然都被刻意打磨过。除去拇指，仍然个个长约一点五厘米，透亮、圆滑，如同有了包浆的古器。

他再次叹了口气，然后把这双手放在桌子上。

阿珍伸出自己的手，紧紧抓住了它。

琴声又起来了，有点迟缓，有点犹疑，如同岁月流淌过坑坑洼洼的礁石群，如同水流与礁石相撞时发出的细细叹息。有一些激昂的瞬间，又黯淡下去，撞击成碎片的浪花有着闪电般的光芒……

梁老师那双手动了一下，想挣脱出来。

但这双手似乎也奇怪而神秘地发出了一声叹息。

第二十二章

"你能陪我去做一次箱庭吗？"这天下午，欧阳太太对欧阳教授说。

欧阳教授正在书房里摘录词条。

小说

为使疲惫的漂泊族放松下来，必须向他们提供那些歌颂定居、静思和心路历程，而非侠客的小说。这些小说更接近现实主义的普鲁斯特，而不是塞万提斯和康拉德。漂泊族酷爱读书，创造自己的精神偶像和一人独处。因为这一切能够使他安静下来，反思自己的心路历程。

如同人们在电脑上玩模拟游戏一样，读者将进入一个二维或三维世界，并做出与塞万提斯在《堂吉诃德》和斯丹达尔在《红与黑》小说中完全不同的选择，以显示自己的不同凡响和体验另外一种形式的冒险。

谁将成为最伟大的小说家？是那个予以更多遐想空间或让作品人物产生互动的创意者，还是那个以主人翁自居，禁止一切想象和对作品进行修改的作者呢？

"你说什么？"欧阳教授在书桌前抬起头。他缓缓取下那副精致的深蓝框老花镜，平静地望向欧阳太太，"你刚才在说什么？"

"我太太希望能来做一次箱庭。"第二天下午，在蓝猫酒吧的小院里，欧阳教授对老板克里斯托夫说。

院子和长廊里堆了些杂物，搬运工们正在进行一些清理。他们戴着口罩，让人产生一种错觉，仿佛隐藏在口罩后面的，是异常相似的五官。

"我记得她，非常优雅的女士。"克里斯托夫说。

"喜欢做箱庭的人都有一些共同点。"克里斯托夫又说。

"比如说？"

"他们内心深藏着一些不受控制的东西。"

"潜意识里？"欧阳教授轻轻咳嗽了一声。

克里斯托夫看着远处长廊里的那堆杂物，回答道："有些是潜意识，有些比潜意识更神秘。"

他向欧阳教授举了一个例子。

有一次，他遇到一位女病人。摆出的箱庭极其奇怪，他一时无法解释。当然，他最终还是解释了，用了迂回的方式。

"你正在经历一场精神危机。"他盯着那位女病人的眼睛。

"是呵……"

于是这位女病人滔滔不绝地讲了自己的故事。

她说她是一位公司职员，同时具有艺术志向（写作以及画画），已婚，有一个女儿。大约半年以前发现一些症状：忧郁、心碎、沉闷、能量内收，更奇怪的是，当她出差或旅行的时候，远离丈夫和女儿，她的病症就消失了。而一回来和他们在一起，病情就再次加重。

这位女病人继续说，大致在三个月前，她已经看了一位专业治疗师。而这位治疗师给出了这样的建议（如同药方）："您要过一种尽可能家庭式的生活，始终与您的女儿在一起。"

"但是，"女病人回答道，"给女儿穿衣服这样简单的事都令我发抖，让我哭泣。"

治疗师摇了摇头："按照我说的去做。每顿饭后睡一小时觉，每天只能有两个小时的脑力劳动。在您的余生永远别再碰一支钢笔、一支画笔或一支铅笔。"

女病人告诉克里斯托夫说，在接下来的几个月里，她确实试图乖顺地听从所有这些建议，但效果非常糟糕，甚至一度几乎令她心情崩溃：头脑垂死，目光空洞。

后来，她再次选择了单人旅行。她来到中国西南部的一个城市：贵州。在机场，她花了很长时间排队等候出租车，脏兮兮的车辆把她送往预订的陌生宾馆。然而，阵阵晚风中，她逐渐感到心情愉悦。午夜时分，她离开酒店在街头小摊吃夜宵：红油米豆腐、凯里酸汤鱼。那天晚上她梦见自己在波涛起伏的河流中漂流……第二天，她真的参加了一次市内旅行团组织的漂流，两男两女同舟。漂流的前半段风平浪静，景色绮丽；后半程则不断经过溶洞、森林和急流。

大约一周以后，当再次穿越云层回到自己居住的城市，她感觉自己精神状态良好而平静。当然，后来，事情再度发生了变化。

"在我身上，究竟发生了什么？"她抬起头，真挚而迫切地看着克里斯托夫。

克里斯托夫回答说，在她身上发生的这些其实并不是孤立的。无论在纵向的历史，或者横向的时空。比如说，在十九世纪九十年代，曾经有一位美国妇女运动理论家，在她身上就曾经发生过类似的事情。后来她领悟到真正的精神危机：她想当作家，无法再忍受做妻子的被动命运。于是她离了婚，带着女儿去了美国的另一端，变成一位女权行动主义的先驱。她还写了一本书，在书中讲述她的经历，她因明智而幸福，不再有精神危机。

"但是，我并没有离婚的想法。我的婚姻，谈不上幸福，但也算不上不幸。"女病人补充说道。

"是的，这只是一个例子。"克里斯托夫说，"同样发生的这些事情，并非都会导致离婚，导致女权主义者的产生，或者一本关于个人经历著述的诞生。"

"我还是不能理解，在我身上，究竟发生了什么？"女病人缓缓地追问。

"你只是希冀一点偏离。"克里斯托夫说。

"偏离？"

"是的，也就是说，对于已经得到公论的正确事物的稍许偏离。"

"比如说？"

"比如说，你渴望历险。历险，而不是简单的颠覆。"克里斯托夫回答。

"历险？"

"所有'正确'的事物都是有局限的。这里的局限包括：正常、长久的正常以及随之而来的厌倦。你需要再次回到未知之中……历险。"

克里斯托夫讲述着这位女病人的故事，同时微笑着点了一根烟。

"后来呢？"旁边的欧阳教授问。

"后来她又来过几次，其中有一次，她在三楼露台玩了一回桌球，只有她一个女的，开始时大家都让着她打球，她赢了好几轮。直到我的美国朋友比尔上场。比尔感觉她很强势，于是他扭头对我做了个鬼脸，并且说了这样一句话：'如果她真要用男人的方式，那就用男人的方式吧。'比尔寸步不让，全力以赴。结果几个回合下来，她大败而归。从此以后，她就再也没有来过。"克里斯托夫说。

"这就很有意思了。"欧阳教授说。

"是的，很有意思。"

"或许她停止历险，回到正常而又容易让人厌倦的生活中去。"

"是的。但或许，她又从另外的地方重新出发。"克里斯托夫补充道。

"还有一个病人，"克里斯托夫拉着欧阳教授在凉亭里坐下来。

"他一进门，我就觉得自己看不了他的箱庭。"克里斯托夫再次沉浸到自己的回忆之中，"因为他的个体能量远远在我之上。我一看到他，就觉得自己在收缩。那种感觉非常强烈。所以说，箱庭，归根到底是一种器量和气度的对决。如果我比他更大器，那么我可以去见他；如果他比我更是个人物，那我去就不行了。这是一场真正的人与人之间的战斗。"

"确实如此。"欧阳教授点头表示同意，"但与此同时，我对箱庭实验的神秘性也极感兴趣。"

克里斯托夫伸出手，拍了拍欧阳教授的肩膀："这么说吧，从本质上来讲，箱庭就是根据直觉与意念构筑出一个三维空间。而真正优秀的箱庭解读者，他们能够或者善于进入箱庭者构筑的三维空间。他们是真正的第四维。洞彻以及解读我们能够看到或者还不能完全看到的真实世界。"

克里斯托夫还说了另一个典型的箱庭案例。

一位中年妇女告诉克里斯托夫，她发现自己要在每天的某个时间，被迫去到某个特殊的房间，以某种特殊的方式整理东西。她无法控制这种行为，也完全无法解释为什么要这样做以及她被迫做出这种毫无意义举动的真正原因。

克里斯托夫让她摆出一个箱庭。然后，毫不留情地向她追问一些敏感而令人痛苦的问题。

后来，关于她那些怪癖的答案得到了揭示。

她感到痛苦、难堪、甚至恐惧。但是她终于承认：事实确实就是如此。即便在她的回忆里，这事实本身也已经变得黯淡，但确实有很多细节以及回忆，最终通往那里。

事实是这样的：

在她幼年时，她爱上了爸爸，想要杀死她妈妈。但是这一欲望被意识压抑下去了。后来却以这种古怪而又反复的方式出现（在每天的某个时间，被迫去到某个特殊的房间，以某种特殊的方式整理东西）。

克里斯托夫问她："你的父母，现在他们在哪里？"

她回答道："他们都已经去世了。"

克里斯托夫又问："如果你父亲还活着，你还爱他吗（以她幼年的那种方式）？"

她想了想说："已经不会了。"

"那么，如果你母亲还活着，你还会那样嫉恨她吗？"

她同样摇了摇头，表示这样的情况同样也不会再次发生。

然而事情的悖论恰恰也在这里。

当她开始发病时（只不过是近期的事情），她父母都已经去世了。所以她童年欲望的任何一种（爱爸爸或者杀死妈妈）都不可能得到满足。当然，她也已经不再爱她父亲或是嫉恨她母亲。

"所以说，她的病是不可能用任何直接的方式得到治愈的。”克里斯托夫说。

他们这里正说着话，搬运工们从楼上搬下几个大箱子，他们四下张望着寻找克里斯托夫。

“克里斯托夫，克里斯托夫。”有人在高声呼唤他。

同样的这天下午，午饭过后，欧阳太太坐在电脑前面，她浏览了一会儿新闻，然后打开自己的邮箱。

有一封母亲从城郊养老院给她发来的邮件。

小欣：

我可能要去小丽那里住几天。她今晚来接我。

对了。我会找时间去看家家。

妈妈

第二十三章

第二天，欧阳太太苏嘉欣、姐姐苏嘉丽以及她们的母亲（中等身材、仍然依稀可见年轻时的娟秀面容）同时出现在蓝猫酒吧的小院里。

老板克里斯托夫很快迎了出来。

"你先生说，你希望能来做一次箱庭。"他微笑着对苏嘉欣说，"没想到这么快……不过幸好来得快，蓝猫酒吧很快就要关门了，就在这几天。"

在三楼露台与小院凉亭之间，他们稍稍犹疑了一下。最终还是选择了凉亭。

厨师卡斯特罗从厨房窗口那里探出头来。

"卡斯特罗！"克里斯托夫大叫一声。

卡斯特罗身体猛一激灵。

"现在厨房还能做什么呢？"克里斯托夫问。

"只能做塔克（Taco）和墨西哥薄饼（Quesadilla）。"卡斯特罗回答道。

欧阳太太苏嘉欣、姐姐苏嘉丽以及她们的母亲，她们都表示既不要塔克，也不要墨西哥薄饼。后来，苏嘉丽和母亲要了茶，苏嘉欣则叫了一杯咖啡。

卡斯特罗把沙盘搬到了院子里。

先是苏嘉欣、苏嘉丽的母亲，她带着一半疑惑一半探究的表情，完成了她的沙箱庭院。

苏嘉欣对她讲述了这个游戏的规则。所谓规则其实也就是没有规则，甚至要尽力忘记规则，回到直觉与本能。而对于她们的母亲来说，这种理解以及方式多少是有些困难的。所以进行到一半的时候，她几乎产生了放弃的想法。

"算了吧。"她扭头对苏嘉欣说，"这是家家他们玩的游戏呢。"

"我为什么要摆这些东西呢？"她继续说。

然而苏嘉欣鼓励她继续，并且"尽量避免胡思乱想、非常自然"地继续。于是母亲确实也这么做了，过程中有一点点犹疑，皱皱眉头，发一会儿呆，但最后还是微笑着完成了。

接下来轮到苏嘉丽。她沉默着想了想，很快也摆出了一个。

克里斯托夫一直在旁边看，时不时地走动。

等这两个箱庭完成以后，克里斯托夫对这件事的本身做出了一些补充解释。

克里斯托夫说，最早的时候，箱庭测试更多适用于孩子。孩子们在创造沙盘图景的过程中或是在结束时常常会自动讲一个故事。如果孩子没讲，治疗师则可以邀请孩子讲讲他（她）究竟摆了什么，想要表达什么感受。

"有时候，他们会说出一些非常奇怪的故事。"克里斯托夫说,"故事本身完全无法解释、不合逻辑,如同不很完整的童话。但也有些时候,他们说的就是一些日常生活。"

"但成人们不一样。"克里斯托夫注视着苏嘉欣、苏嘉丽以及她们的母亲。他的目光在她们身上停留的时间仿佛是均等的。极其精细,极其缜密。

"成人们的潜意识被意识压制得很深。"克里斯托夫说,"他们的故事,如果他们还能或者还愿意说出故事的话,更多的是一些碎片。"

"碎片?"苏嘉欣和苏嘉丽同时脱口而出。

"是的,碎片。"克里斯托夫说,"所以,现在,你们可以讲述一个故事,或者,只是说出一个词。从潜意识里第一个跳跃出来的那个词。"

后来,苏嘉丽和母亲各自说了一个词。

苏嘉丽说了:"铃声。"

而母亲说的是:"化妆。"

在苏嘉欣、苏嘉丽很小的时候,父亲就病逝了。有一段时间,深夜,姐姐苏嘉丽听见母亲在客厅里哭泣。她怀疑苏嘉欣也听到了哭声。她和苏嘉欣睡同一间卧室,母亲的卧室在对面,中间隔着客厅。

客厅非常小。陈设简单实用,唯一特别的,是客厅角落里放着一架钢琴。

她们的父亲是位钢琴家……显然并不是,但父亲生前,一定曾坐在那张琴凳上弹奏钢琴，母亲则侧耳聆听。

"你们应该学会钢琴，至少要会弹一两首肖邦。"

这是苏嘉丽、苏嘉欣姐妹俩还小的时候，母亲经常会督促（后来变成了唠叨）她们做的事。

当发现苏嘉丽非常努力地学习，但确实不能弹好；而苏嘉欣相对于姐姐更没有弹好钢琴的可能时，母亲则生气地、悲伤地、绝望地重复说着：

"你们看着我呵！看着我呵！我就想不明白，你们为什么就不能弹好一两首肖邦呢？"

而夜晚是寂静的，苏嘉丽仍然会半夜醒来，仍然会隐约听到母亲在客厅里哭泣。她觉得苏嘉欣也是醒着的，也听到了哭声。但是她们彼此保持沉默，卧室里灯光熄灭，悄无声息。

有那么半年一年的样子，苏嘉丽下定决心要学会一两首、至少是一首完整的肖邦钢琴曲。

每天放学以后，她用最快的速度奔跑回家，赶在苏嘉欣回家以前，赶在母亲回家以前。她打开琴盖的时候，几乎激动得浑身发抖。

那是一段充满焦虑、同时也充满希望的时光。她在短暂的、独自一人的客厅时光拼命练琴。在她跳跃的记忆里，有一些清晨、黄昏或者周末时光，坐在这个位置弹奏钢琴的人是她父亲。他是个安静温和的人。而那时她母亲也是安静温和的。

"小丽，这几天你有进步呵。"母亲的眼睛亮了一下。

"这个段落⋯⋯天呐，小丽，天呐⋯⋯"

但更多的时候，母亲的眼睛仍然是黯淡的。

后来，下午的尝试渐渐变得收效甚微。而妹妹苏嘉欣的回家时间也越来越早了。常常是苏嘉丽才弹上一两曲，甚至刚刚打开琴盖，苏嘉欣便推门而入。

"姐姐。"她安静地看着苏嘉丽。然后，目光转向苏嘉丽正在弹奏的那架钢琴。

然后，她俩彼此对视。什么也没有说。

"小欣，医生讲，你是缺铁性贫血，你要多吃肉。"

在苏嘉欣的记忆里，她的少女时代，除了试图让她准确"弹奏一两首肖邦的钢琴曲"，这就是母亲对她说得最多的话和嘱托。

最开始的时候，她犹疑甚至反抗过那么一两次。她说自己确实会偶尔感觉头晕，但额外吃肉却让她更加恶心。

"这是医生说的。你要听医生的话。"

母亲显示出坚定的决心。而且，很快的，几乎每餐晚饭，母亲都会为她额外留出肉类。红烧的、油炸的、清蒸的，有时则是泛着油光的肉汤。

"好的，母亲。"苏嘉欣小声地说。

而当她确信自己终究无法弹奏好肖邦的钢琴曲后，她的回答变得更加大声而肯定。

"好的，我会吃掉的。"她说。

她确实每天都顺从地吞下了那些肉类。只是，三分之一的时间，她把它们吞进了肚子；另外三分之一的时间，她把它们藏在舌头底下，然后沉沉睡去了；还有些时候，她睡不着，睡不好，半夜偷偷起床，把那一大口肉吐在厨房的垃圾桶里。

有一次，她半夜起床，发现母亲正在客厅昏暗的灯光下化妆。

母亲是如此专心，以致完全没有注意到苏嘉欣的动静。

她已经换上了隆重的墨绿色丝绒套装。那是挂在衣橱最里面、只在最重要的场合与节日才穿的服装。她脸上带着神秘的微笑，仔细地画眉毛，抹口红，再涂上淡淡的胭脂；最后，母亲换了一双中跟的黑色皮鞋，手里挽起棕色手提包。

她推开门，走了出去。

苏嘉欣悄悄地跟在后面。

街道上空空荡荡。天的一边还挂着一轮残月，另一边则仿佛已经有点泛白。

母亲走得很慢，然而步伐坚定。

离家步行大约十多分钟，有个小型长途汽车站。苏嘉欣远远看见母亲走向漆黑的售票窗口。过了大约十来分钟的样子，灯亮了，窗口出现一个人影。母亲和他（她）交谈，低头看了看手表，买票。等这所有一切结束，母亲再次整理裙摆和头发，走进空无一人（在苏嘉欣的想象中）的候车室。

也不知又过了多久，一辆看起来非常疲惫的长途客车摇摇晃晃地驶出了站台。

隐约可以望见母亲，她坐在右边第一排的位置，头仰着，身板挺得很直。

客车消失在道路的尽头，路灯也一盏盏熄灭了。

躲在路边的苏嘉欣，突然闪过一个回忆片段。

曾经有一次，她，母亲，还有姐姐苏嘉丽，她们一起来过这个长途车站。母亲一手牵着苏嘉欣，另一手牵着苏嘉丽。上车以前，她们还先去花店买了两束菊花：黄色的捧在苏嘉欣手上，白色的捧在苏嘉丽手上……

母亲让她们在座位上坐好。

"有一段路的，困的话，你们可以打个瞌睡。"母亲说。

苏嘉欣记得，那是个雨天。车子开得很慢。她也确实打了瞌睡。而那辆长途客车的终点站，正是位于郊外的父亲的墓地。

与此同时，睡得香甜的苏嘉丽被一阵沉闷的铃声惊醒。

她伸手按掉闹钟。

闹钟是藏在被窝里的，被苏嘉丽抱在胸口。

这铃声足够大，大到可以让睡梦中的苏嘉丽醒来；但这铃声也足够沉闷，沉闷到绝大多数时间不会影响到同一卧室的苏嘉欣。

然后，苏嘉丽在半梦半醒中幻觉到接下来发生的事情。

她挣扎着睁眼，轻手轻脚穿衣、起床。

她离开卧室，进入客厅。

她打开琴盖的时候，几乎激动得浑身发抖。

因为在她的想象中，似乎已经看到了母亲发亮的眼睛。
母亲笑了，拍着手，快乐地说："小丽，你终于可以弹好肖邦
了呵！"

"你们是否可以一起相处几天呢？去一个偏远的地方。"
看完母女三人的箱庭，克里斯托夫沉默了一会儿，这样
说道。

第二十四章

美国人比尔终于拿到了飞往墨西哥城的联航机票。

评弹演员阿珍帮助了他。

阿珍没有比尔的联系方式，她赶紧找到了苏嘉欣。

苏嘉欣惊讶地张大了嘴巴："这怎么可能?"她结结巴巴地说，"克里斯托夫想回法国，但一直买不到票;莎拉的男朋友要回西班牙，也一直买不到票……这怎么可能?"

阿珍想了想，给出了一个苏嘉欣完全无法质疑并且颇为耐人寻味的答案。

"嘉欣。"阿珍说，"我记得那个比尔说过，有一种奇怪的、无法解释的力量，这种力量让他必须要回到墨西哥。或许，也正是因为这种奇怪而无法解释的力量，我替他买到了飞回墨西哥的机票。"

"现在，赶快!"阿珍继续说，"赶快找到比尔吧。"

Flybe 是英国也是欧洲最大的低成本地区航空公司，总部位于英国埃克塞特国际机场，伯明翰、南安普敦、贝尔法斯特、曼彻斯特、泽西、根息、因弗内斯、爱丁堡和哥拉斯哥等城市也是其主要运营基地。Flybe 拥有42架庞巴迪 Q400s 和14架巴西航空工业公司 E195s 飞机，它经营的170条航线覆盖12个国家，员工3000人，2007年共运送旅客700万人次。Flybe的航线大多为点对点航线，目的地遍布24个英国境内机场和30个欧洲大陆机场。夏天运输高峰期，日航班量最高可达525班。Flybe的所有航班平均飞行时间最多一个小时，约80％的航线跨越海峡，地面运输时间均至少在3小时以上。Flybe 70％的航线是英国国内航线，20％是欧洲商务航线，10％是欧洲休闲航线。2008年，该公司在除伦敦以外的国内支线客运市场上占有47％的份额。

这是美国人比尔飞回墨西哥城三个月后的一段新闻，详细介绍了欧洲最大的低成本地区航空公司：Flybe 航空公司。而这段新闻大规模出现的背景，则是由于大流行病的蔓延，彼时 Flybe 因财务问题正式宣布破产倒闭。

而此时此刻，时光倒回到三个月前。美国人比尔整装待发。随身双肩包里装着那张几经辗转的联程机票。机票信息显示得非常清楚，此航程第二个航段的承运航空公司，正是 Flybe 航空公司。

比尔出发这天是个好天气，万里无云。

他坐上了开往国际机场的专线大巴。

大巴里零零星星坐着五六个人，司机戴着口罩，目光直视前方，专注而严肃。

大巴驶出城区后，比尔后排一位乘客不知被什么呛到了，低声咳嗽了起来。车里所有人的目光都箭一般指向他……还好，咳嗽声很快平息了下来。

全程高速。那条通往机场的路，没有任何疑义地向前伸展着，它显得很平坦。非但平坦，而且笃定，让人产生行在高处的错觉。

很多年前，评弹学校学生阿玲跟着香港人离开，阿珍和苏嘉欣去机场送她时，这条高速公路还没有修建完工。那天香港人叫了一辆半旧的菲亚特出租车，两只大箱子，一只小箱子，还有双肩包，后备厢放不下，于是堆到前面来。阿玲手里抱着一只，阿珍也替她抱着一只。那一次车子开得颠簸，有一扇窗手柄坏了，摇不上去，风声呼呼地刮进来。还有小段路正在维修，尘土飞扬，苏嘉欣被吹进来的沙粒呛住了，咳个不停……

然而当阿玲站在国际出发的通道口向阿珍、苏嘉欣告别时，她们已经完全忘记了刚才的颠簸和尘土，她们踮起脚，向着已经渐渐走远的阿玲挥手，安静而又兴奋地挥手，拼命挥手。

比尔走向国际出发通道口时，没有任何人向他挥手。

候机大厅里比他想象的要拥挤一些。有些人表情呆滞，还有些则行色匆匆。比尔一边走，一边回忆着刚才托运行李处的值机小姐。她戴着巨大的口罩，遮住了大半个脸孔，然而眼神愈发深邃。她目不转睛地盯着他看了好一会儿，几乎让他产生幻觉。幻觉自己的行李里是否携带了违禁用品，比如说随身双肩包里的刀具；比如说行李夹层里的毒品……

然而，当然，并没有这些发生。值机小姐终于挥手示意，放他过去了。

这时，他突然听到旁边一个值机柜台的人在说话（提高了一点声音的）：托运行李里面不要放口罩！托运行李里面不要放口罩！一个也不行！

比尔在飞机上很快睡着了。

他醒过来时听到邻座两个人在说话。一男一女。

"老啦，我们都老啦。"男的说。用的是德语。

"成千上万德国独身老人之一啊。"女的声音很好听，悦耳而富有弹性。

比尔觉得这对话有趣却又悖论。他正在迷迷糊糊中寻找着正确的解读方法，这时空中乘务员推着餐车过来了。法航的中年女士苗条，中年男士风骚，他们弯下腰，轻声问大家："选择意大利通心粉呢，还是中式面条？"

比尔选择了通心粉。餐盒分量很足，酱汁浓郁。后来他又要了杯苹果酒喝。

比尔的墨西哥女朋友很擅长做意大利通心粉。她长得娇小而浑身曲线玲珑。业余喜欢烹饪、时装以及瑜伽。比尔记得，上一次，他和她在墨西哥城度过的美好的一个多月。他看了很多书，然后从傍晚开始，他弹肖邦的夜曲给她听。而她则在钢琴声中制作意大利面酱汁。那些牛肉馅、洋葱头、胡萝卜、西红柿以及食盐、白糖等配料一起投入锅内煸炒……那一瞬间涌现的香味与声响，配合着肖邦的夜曲，真是有着说不尽的奇妙感受。

在遇到这位墨西哥女朋友以前，情感生活上，比尔是个非常容易厌倦的人。然而墨西哥女朋友似乎比他更容易厌倦。她的活跃，球一样蹦出来的笑声，不可思议的曼妙的瑜伽（她已经五十多岁了呀），还有，她笑着对比尔说："天呐！天呐！我厌倦了你的肖邦了！"

不知道为什么，这一切都让比尔感觉无比迷人。

离开墨西哥城去北部山区以前，晚餐以后，他们经常去公寓附近一个小酒吧喝两杯。但后来，就在他们住的那个区域，出了几件强奸案和凶杀案。比尔建议，他们应该改成下午出门。对此，墨西哥女朋友仿佛有点无所谓。这更让比尔担心起来。

"昨晚我做梦，梦到你一个人出去喝酒。后来，你的酒里被人下了药。"有一次，比尔对他的墨西哥女朋友说，显得非常忧愁。

于是，她终于答应比尔的请求。第一，晚上八点以后绝不单独出门，更不去那个酒吧。第二，即便出门练习瑜伽，也一定在随身携带的包里，放置一把不锈钢折刀。

她确实这么做了。但也很快厌倦。

"这是不能避免的日常暴力。"她因为厌倦，而挥动着手臂，而向比尔反抗起来，"在报纸上，电视上，新闻上……但是，现实中并没有这么可怕。"

比尔也将信将疑。并且始终处于恐惧与厌倦互相交织的状态。他对墨西哥女朋友说，很多人都知道在墨西哥和美国边境有一个著名的旅游城市，在这个城市中存在对于女性的持续的虐杀。但是游客们仿佛并不担心。因为被虐杀的基本都是底层的人，大部分是性工作者，并且一直没有任何凶手落网。

他紧紧拥抱住女友，感受着恐惧与爱交织后的滋味，就如同煸炒意大利面酱汁与肖邦钢琴曲的交相辉映。

然而现在，不管怎样，墨西哥城是安全的，墨西哥北部山区是安全的，整个墨西哥都是安全的，没有任何一个人被大流行病感染……

就在此时，一阵颠簸过后，机长通过飞机广播快乐地告诉大家：

巴黎到了。

那天的巴黎机场很乱。

比尔询问吸烟室时，两个机场的黑人地勤正在起劲闲聊，然后，莫名其妙地指了个错误的方向给他。

他在这个错误的方向越走越远，最后竟然来到了一个机场行李问询处。

有两位中国女士正在交涉着什么，焦急而无奈。她们长得很美丽，并且非常奇怪地让他感觉似曾相识。

问询处里出来了一个胖子。

中国女士则叫来了她们的翻译。

后来，比尔才终于弄明白了。这两位中国女士来自一个中国南方的艺术代表团，准备在巴黎进行为期一周的友好访问和交流演出。然而，她们刚刚抵达巴黎，其中一位就发现行李被弄丢了。值机员调查的结果是，这件行李托运途中发生了差错，结果被运到莫斯科去了。要明晚才能送到她们所住的巴黎当地的酒店。

"哎哟，那可怎么办呢？明天下午有演出的呀！"其中一位女士说。

"是呵是呵。我的旗袍你穿不上的，你的胸比我大呀。"另一位女士试图安慰她。

她们你一言我一语，最终把目标确定在巴黎的唐人街。

"我陪你去唐人街吧。即使买到尺寸偏大一些的，也可以先将就一下。"

"好的呀，好的呀，也只有这样了呀。"

与此同时，与巴黎直线距离为11739.17公里的中国，南方某座城市，欧阳教授继续着自己每天的词条摘选。

一、法国

到21世纪中叶，法国的人口和财富将分别占世界的0.5％和3％。除非能够重新回到法国的光荣与伟大时代，否则它将停止影响世界历史的进程。

法国是一个愿意向他人学习并愿意接受改造的国家。它有自己的语言和文明，但没有领土和种族观念。如果文化融合能够顺利进行，多样化的欧洲计划能够占据上风并付诸实现的话，那么法国将会再度成为新文化的灯塔和博爱与创意精神的乐高文明的试验国。

否则，法国只能是世界人民通往新边界的中转站。

二、巴黎

欧洲第一大文化都市和世界第一大旅游胜地。在它郊区发生的暴力行为将不断地向市内美丽的街区蔓延，增加城市的不安全感。

三、巴黎唐人街

巴黎唐人街，被称为舒瓦西三角或小亚洲，位于巴黎十三区东南，这一带有许多高层公寓。

1970年代，来自前法国殖民地法属印度支那（今越南、柬埔寨、老挝）的华人难民定居在此。许多居民说粤语、越南语和高棉语。该区有几座佛教寺庙和陈氏兄弟集团的大超市。中国新年游行在此举行。

"今晚我们去蓝猫酒吧吗？"欧阳教授听到了身后欧阳太太的声音。

"今晚？"欧阳教授皱了皱眉头。

"是的，就是今晚。"欧阳太太说，"你忘了呵，今晚是蓝猫酒吧的最后一夜呀。"

第二十五章

蓝猫酒吧一楼的大门开着，二楼的窗户开着，三楼露台上飘下来音乐声。

老板克里斯托夫站在大门口迎候。几乎让所有人都吃了一惊：克里斯托夫今天竟然穿了正装。

墨西哥厨师卡斯特罗一个人忙前忙后，像疯转的陀螺一般。后来雅思女孩莎拉也来了。卡斯特罗看到莎拉立刻开心起来了。

"姚——小——梅！"他高声地呼唤她，眼睛亮闪闪的。

卡斯特罗说："我已经习惯叫你姚小梅了。虽然发音发不好。我一直记得几年前那个下雨的晚上，我开电动自行车出了事故。是你，我的中国朋友帮助了我。送我去医院，还给我送来几次母鸡煲成的汤……"

卡斯特罗说着说着动起感情来了，变得伤感而软弱。有那么一小会儿，他竟然躲在角落里小声地哭了起来。

反倒是莎拉显示出了不锈钢般的意志。她帮助克里斯托夫招呼陆陆续续到来的蓝猫酒吧的老朋友们，还有一些闻声而来的路人……欧阳教授和欧阳太太是来得最早的。他们还带来了一束黄色小雏菊和白玫瑰组成的鲜花；然后是评弹演员阿珍；莎拉的西班牙男朋友；一位来自荷兰的艺术家迈克和他的英国太太；魔术师；两位经常在蓝猫酒吧弹钢琴的人；还有几个在蓝猫酒吧办过沙龙的当地的画家、作家和艺术家……

今晚来蓝猫酒吧的人，绝大部分都戴上了口罩。

克里斯托夫清了清嗓子。

欧阳教授站在他旁边。这时他也清了清嗓子，和克里斯托夫开玩笑说："重要的时刻到来了。"

告别派对开始前（其实真没多少吃的喝的），克里斯托夫还真的说了几句：

"我至今仍然记得二十多年前，我第一次来到这个城市的情景。当我们来到一个远离家乡的新大陆时，我们一定都有着共同的怀旧、孤独和疑虑。"

突然，周围的一切都安静下来了。

卡斯特罗偷偷塞给莎拉一杯白葡萄酒。

"是新西兰南岛马尔堡的长相思酒。"他小声告诉莎拉说。卡斯特罗颇为得意地继续着，他说他知道莎拉爱喝这款酒，所以瞒着老板克里斯托夫偷偷藏起来一瓶。

莎拉表现出惊讶的表情。因为在她印象中，卡斯特罗忠厚、诚恳，并且还容易伤感。

她冲着卡斯特罗眨眨眼睛，还做了个鬼脸。

在离开她不远的地方，克里斯托夫正在与荷兰艺术家迈克聊天。迈克在中国南方一带有个当代艺术项目，目前已经接近尾声。他告诉克里斯托夫说，他和太太已经预订了明天飞巴黎的机票。迈克曾经来过几次蓝猫酒吧，他非常礼节性、同时也不乏一些情感地告诉克里斯托夫：他喜欢这个地方，也喜欢在这个地方遇到的人。当然，很遗憾，那些美好的时光，至少，暂时来说，要终止了。真的，他真的感到非常遗憾。

克里斯托夫耸了耸肩，试图消解愈来愈浓郁的感伤气氛。

或许迈克也意识到了这个，他很快把话题扯开去了。

迈克说，他第一次来蓝猫酒吧，恰好遇到一个文化沙龙。参加沙龙的有中国人有外国人，有诗人画家艺术家，也有看热闹的。大家讨论事情，摆出观点。争论起来还特别认真。在这过程中，有时候语言沟通很顺利，有时候则存在障碍。但整个下午他都感到非常感动。甚至还有些小小的意外。

迈克说，那天开始时，大家聊的是艺术的传统和创新，后来，则渐渐拓展到了更为宽阔的领域。

迈克说，他记得当时有位诗人发表了演讲。那是一位国际化的中国诗人，据说在学界很有名，同时也参加过很多国际化的文学文化活动。他的英文和汉语一样流利。他谈的是当代诗歌创新的问题。

他讲完以后，一位当地的艺术评论家提出了自己的观点。

那位艺术评论家举了一个例子。

他说，马克思的故乡在德国特里尔（Trier），推动自由贸易的则是在英国曼彻斯特的实业家。如果你是个在越南的农村村民，为什么要相信这些人说的故事？

当时大家都愣住了。因为从这几句话的逻辑上来看，确实很有道理。

艺术评论家接着说："或许还是应该根据自己的古老传统，走出一条不同的独特道路？"

"这么说，你是反对创新啦？"有人开始质疑。

"我当然并不反对创新。"艺术评论家在人群里寻找那个声音的出处。很遗憾，他并没有马上找到。

迈克喝了一口克里斯托夫给他递过去的酒。然后，他告诉克里斯托夫，那天关于艺术以及其他多声部的创新话题讨论到什么程度，以及有没有讨论出结果，他已经完全忘记了。但是，就是从那天开始，他喜欢上了这个地方。

"你有一个好地方。"他对克里斯托夫说。

后来，他意识到了什么，换了个说法："曾经，你曾经有一个好地方。"

欧阳教授也加入了他们的讨论。

欧阳教授说，他想，他会永远记住这个地方的。他笑着引用了刚才荷兰艺术家迈克的措辞，对克里斯托夫说："这个地方，这个曾经属于你的好地方。"

欧阳教授说，他在这里遇到克里斯托夫，遇到墨西哥厨师卡斯特罗，遇到各种各样希望考雅思、考托福、然后出去看世界的年轻人，遇到附近学校的穷外教，遇到国内旅行或者环球旅行路过此地的背包族，遇到偶尔夜归闯入的醉汉。

欧阳教授说，他在这里吃过还算不错的墨西哥餐，也吃过卡斯特罗做得有点糟糕的中餐。这里的酒类品种也相当一般。"默片俱乐部"提供的葡萄酒，大部分也只是日常餐酒和地区餐酒，更为离谱的是，他在这里也喝到过掺了水的啤酒……

"但是，"欧阳教授停顿了一下说，"但是，我还是很喜欢这个地方。"

至于为什么，欧阳教授接着又举了一个例子。

欧阳教授说，前几年，学院里组织了一次国际交流活动。欧阳教授、他的几位同事（其中包括那个和他进行"长江学者争夺战"的微妙的学界敌人），一共五六个人的样子。那次他们先去了德国柏林自由大学交流，然后再从德国来到奥地利。那是欧阳教授第一次到维也纳。他们几个就坐在维也纳的一个广场上喝点水，休息一下。看了几只鸽子飞起来，又落下来，心情也慢慢平静以后，欧阳教授突然有种感觉。他想，为什么维也纳这个城市给我的感觉和欧洲其他城市不太一样？比如说和刚刚离开的柏林、伦敦、巴黎相比，维也纳是不太一样的。究竟是什么地方不一样呢？欧阳教授有点想不明白。因为维也纳也有很多宫殿，也很华丽，很金碧辉煌呵……后来，他突然想到了一个字，他脱口而出："我怎么觉得维也纳有点土呵？"旁边几位学者教授都笑了起来，他们说："维也纳还土啊？这里是音乐之都呵！不是维也纳土，是你土吧！"然后他们几个都笑了起来。其中欧阳教授的那个敌人，他的笑声最响最嘹亮。

欧阳教授说，当时他也跟着一起笑。然而笑归笑，那种感受仍然不曾消散。不知为什么，他就是觉得维也纳土。后来那几天，除了交流和各种活动，他就一个人到处闲逛。闲逛的时候，脑子里也总是想着这个问题。后来他突然想明白了，或者换个词，他突然意识到了什么。他回去和那几个同事聊天，他说：维也纳没有知识分子生活。它土就土在没有知识分子生活。它的所有的音乐生活都属于宫廷生活，它的音乐是宫廷文化的产物。不是一个现代知识分子的产物。所以尽管这里全是宫殿，金碧辉煌，但总有一股土不拉几的味道。

"不管是一个城市、一个地区，还是一个人，有没有知识分子气质，我一眼就能看出来。"

欧阳教授说，当时，他又如此这般的强调了一番。

他又说：他想起了这件事、这个例子，一定与他为什么喜欢蓝猫酒吧是有关系的，但未必就有非常直接的联系，然而一定是有关联的。

荷兰艺术家把头点得如同拨浪鼓一般。他上前一步，紧紧拥抱了欧阳先生，并且用力拍了拍他的后背。

克里斯托夫嘀咕着："可惜我没去过维也纳。"但他很快纠正了这句不合时宜的玩笑。他接着说，"是的，但是，大流行病要来了呵。"他也上前一步，紧紧拥抱了欧阳先生，也用力拍了拍他的后背。

欧阳先生突然沉默了，他举起了手里的酒杯。

"喝酒吧，为了今晚，这最后一夜。"他说。

此刻，欧阳太太苏嘉欣和评弹演员阿珍倚靠在临河的窗口。

阿珍先是对苏嘉欣说了梁老师的事。

"我又找到梁老师了。"阿珍轻声说。

"哦。"苏嘉欣应答道，仿佛早已预感到此事终究会发生。

"他对我说，'在我们这个年龄，遇到真正的爱情是一场灾难。'"阿珍说。

"梁老师说得很对。"苏嘉欣看着窗外小河里泛起的微波。

"你也这么认为？"阿珍扭头望着苏嘉欣。

"我一向都是这么认为。"苏嘉欣用了一种表示强调的语气，正是这种语气让阿珍停顿了一下。

"但是，仍然要祝贺你遇到灾难。"苏嘉欣说，"两者其实并不矛盾。"

关于这件指向不明的事，两人并没有交谈很久。后来，阿珍又说了另外一件事。

阿珍告诉苏嘉欣，阿玲回来了。就是在评弹学校与阿珍、苏嘉欣住同宿舍的那个阿玲。当年阿玲找了个比她大二十来岁的香港男朋友，她跟着香港男朋友离开时，阿珍和苏嘉欣还一起去了国际机场向她送别。

"阿玲离婚了。"阿珍告诉苏嘉欣，"这么多年，也没有小孩。"

"哦。"苏嘉欣应答道。仿佛同样早已预感到此事可能发生。

阿珍继续说，就在前几天，阿玲突然找到她。阿珍咂着嘴说："阿玲现在穿得土里土气的，脸色也不好。一下子老了很多。"

苏嘉欣笑了，说："这么多年了，我们都老了。"

阿珍连忙摆着手，说："不一样，不一样的。阿玲的老和我们不一样的。"

阿珍继续谈论着她的观感以及部分的解释。阿珍说，她先是突然接到了阿玲的电话，约她去那个四星级酒店的二十三楼顶层咖啡厅……

苏嘉欣说："那个酒店已经很旧了呀。"

阿珍说："是呀，如果不是阿玲提起，我都快忘了那个酒店和那个顶层的旋转餐厅了。"

阿珍接着说，但是阿玲记得很牢的。而且她非常固执，一定要把见阿珍的地点定在那里。

"后来我就去了。"阿珍说。

阿珍说，那天她在街上拦了一辆出租车。在后排坐稳后，她把目的地告诉了司机。

"你去那里呵。"司机说。

阿珍的眼睛望向窗外。她恍然觉得司机说话的口音不像南方人，但也不像北方人。

"我刚从那一带回来。送过去一个女的，她说赶着要去一个画展的开幕式。"

"哦。"

"她长得和你蛮像的。"司机在车内后视镜中打量着阿珍。

"是嘛。"阿珍笑了笑。

"就连说话的声音都有点像。"司机也笑了笑，"我问她什么展览，她说是观念艺术。我问她什么叫观念艺术，她就举了个例子。她说，她还在火车上的时候，她的朋友已经拍了现场照片发给她。展厅的墙上挂着一张杜尚的照片，照片里的杜尚戴着一只装有呼吸阀的口罩，嘴角上带了一抹优雅的玩笑。"

阿珍这才注意到，司机的脸上规规矩矩地戴着一只口罩。

"她是外地来的。她的那个城市很靠近……很靠近前几天封掉的那个城市。"

阿珍感觉到了自己的手，右手，它下意识地捂住了脸上的那只口罩。

"你害怕了？"司机说。

"没有……"

"我感觉到，你害怕了。其实，我也害怕。"司机说。

"我只是不希望生活里出现什么意外的事情。"阿珍说。

"没有人希望生活里出现意外。"司机突然变得严肃起来。

这时，前面的车减缓了速度，慢慢地停了下来。

"前面堵车了。"司机说，"如果你真的害怕，要不要就在这里下车？"

他转过头，诚恳而认真地看了阿珍一眼。

"对了，另外，你可以告诉我吗？杜尚，他到底是谁？"

阿珍和苏嘉欣聊天的时候，有人坐下来弹钢琴了。时断时续，都是些短小的练习曲，不断变化着，多少让人心绪不宁。

"我们的朋友比尔——此刻应该在巴黎机场等候中转吧？"克里斯托夫面向着欧阳教授说。

他们相互凝视了那么几秒。各自回想着关于比尔的一些瞬间；他未来的莫测以及可能；整个拉丁美洲的萎靡、黯淡以及危险；克里斯托夫最想重述的（本质上是作为朋友的担忧），是他给比尔做的那个箱庭。可怕的咒语。直觉。然而既然比尔已经坦然上路，克里斯托夫不再想旧事重提，不希望预言成真。于是他换了个角度，再谈比尔，他对欧阳教授开了个玩笑："都是为了他的墨西哥女朋友，女人呵女人……不过，拉美裔的女人确实还是相当迷人的。"

欧阳教授的眼角流露出一丝顽皮的笑意，表示他内心同意克里斯托夫的判断。

然后，欧阳教授很快更换话题，他对克里斯托夫说，比尔的这次"非去不可"的墨西哥之行，让他想起在默片俱乐部看过的一部电影。

"什么电影？"克里斯托夫问。

欧阳教授说，电影是这样开始的：一位青年的父亲因病去世，他感到丧失了继续在医学院读书的力量。接下来是三段重复的开头：青年跑到火车站，买一张去往华沙的火车票，冲向站台，撞了一个铁路警察，在火车已经发车后尽力地追。然后，电影呈现了这个青年可能的三种人生：

第一种：他坐上火车，遇到一名党员，以此为信仰，入选中央委员会，但最终幻灭；

第二种：他错过火车，在公园接受强制劳动时遇到一名反对派成员，他也成为激进的持不同政见者，但最终被同伴怀疑为举报者；

第三种：他错过火车，继续医学院生涯，与同学结婚，坐上去法国参加研讨会的飞机（机上有第二个故事里他的反对派同伴），飞机爆炸。

克里斯托夫低声咳嗽了几下。

"我知道了，真是个好电影。"克里斯托夫说，"但是，但是我们今天不要提这部电影了。就如同我很想彻底忘掉那个箱庭实验，我曾经给比尔做的那个实验。可怜的比尔。幸运的比尔。"

克里斯托夫变得嘟嘟囔囔起来。

欧阳教授举了举手里的酒杯，安慰着克里斯托夫，仿佛也顺带着安慰一下自己："不是用来类比的。也没有办法类比的。是不是，你说呢？"

他们俩又相互凝视了那么几秒钟的时间。这一次，他们最终回避了对方的目光。

为了掩饰某种微妙的情绪，克里斯托夫建议，他，名叫克里斯托夫的自己，将会奉献一段表演性质的朗诵。

他再次清了清嗓子，让大家安静一下。

克里斯托夫再次站到了人群的中间。

他说，在他年轻的时候，比刚来中国那会儿更年轻的时候，他曾经在伦敦一个小剧场跑过龙套。单人、双人或者三人实验戏剧。他演配角，总是配角。每天一场，风雨无阻。

"当年的莎士比亚就是从这类地方出发的。"克里斯托夫说。

人群里传来零星的笑声。

"我，曾经是一个好演员。"克里斯托夫弯下腰，向大家深深地鞠了一躬。

"不要再思索、担忧、瞻前顾后、徘徊、怀疑、恐惧、伤心、想找捷径、挣扎、抓住不放、困惑迷茫、心痒难耐、抓耳挠腮、嘟嘟囔囔、笨手笨脚、抱怨连天、低声下气、磕磕巴巴、东拉西扯、仓皇失措、轻描淡写、毛手毛脚、占小便宜、深谋远虑、怨天尤人、哭哭啼啼、愤愤不平、磨磨唧唧、临阵磨枪、废话连篇、吹毛求疵、挑三拣四、说三道四、多管闲事、招摇撞骗、争论不休、指指点点、偷偷摸摸、久久等待、踟蹰不前、虎视眈眈、互相利用、寻寻觅觅、故步自封、自甘堕落、鞭挞、折磨、消耗你自己、就此打住、放手去做吧！"①

　　"这段话，送给我们正在路上的、勇敢的朋友——比尔吧。"克里斯托夫再次弯下腰，向大家深深地鞠了一躬。

　　他听到自己莫名其妙地爆了一句粗口。

---

　　①　美国艺术家索尔·勒维特（Sol Lewitt）写给挚友——艺术家伊娃·海丝（Eva Hesse）的信。

第二十六章

比尔在巴黎机场休息区喝咖啡，后来又点了份香肠热狗。按照机场航班显示屏的提示，他的航班将在六小时以后起飞，目的地是墨西哥城国际机场。

休息区三三两两有人进来，也陆续有人出去。保持着一种疏离与匆忙互相交织的状态。

一个瘦小的老头坐在他对面。比尔抬头时，老头向他微笑示意。

"你是从中国来的吧？"老头突然说起话来。

比尔说是，然后探究而疑惑地眨了眨眼睛。

"我们是同一个航班，飞机上我就坐在你后排。"老头说。

老头又接着介绍自己说，他叫奥蒙，是一位天文学家，刚在中国开完一个学术会议。他也在这里等候转机。他的航班将在五个小时以后从这里起飞，目的地是英国伯明翰。

"我的儿子在那里，他是一名中学教师。"

虽然比尔并不记得有这样一位同航班的乘客（这并不重要），但他俩在飞往墨西哥和伯明翰的飞机起飞前显然无所事事……于是两人很自然地聊起天来。

"你是天文学家？"比尔对这个信息很敏感，也很有兴趣。

奥蒙点点头。他告诉比尔说，这次大约十来个国家的天文学家集中在中国开会。先是在西南地区，后来去了上海、南京。就在前几天，会议主办方宣布，会议因故提前结束。当然，奥蒙说，等他到达伯明翰以后，有一些议题还可以通过线上视频会议的方式继续讨论。

"是因为大流行病吧？"比尔说。

"是的。"奥蒙回答。

奥蒙抬手叫来了服务生。他为自己点了一杯啤酒，一份热狗。然后他问比尔是否需要。比尔表示自己已经吃过了。非常感谢奥蒙的周到。

在等待热狗的过程中，奥蒙又比较具体地说明了自己的职业。

"这次会议主要是关于引力波方面的学术研究。"奥蒙说。

比尔自然没有这方面的专业知识。于是奥蒙继续解释。

"引力波是时空中的'涟漪'，是由宇宙中某些最剧烈和充满活力的过程引起的波纹。早在1916年，爱因斯坦在其相对论的一般理论中就已经预言了引力波的存在。爱因斯坦的数学计算表明，巨大的加速物体（例如中子星或彼此绕轨道运行的黑洞）会破坏时空，从而使时空起伏的'涟漪'向远离源的所有方向传播。这些宇宙波将以光速传播，并携带有关其起源的信息以及有关引力本身性质的线索。

"最强的引力波由灾难性事件产生，例如黑洞碰撞，超新星（大质量恒星在其寿命尽头爆炸）和中子星碰撞……"

这时奥蒙的香肠热狗来了。奥蒙暂时从宇宙现象回到了物质世界。

比尔看着奥蒙香喷喷地吃着热狗。

比尔谈起了爱情。比尔对奥蒙说，你吃热狗的样子让我想起了我的墨西哥女朋友。她能做特别好吃的意大利通心粉。配上各种各样的意大利面酱汁。如此的美味，让人对于生活难以割舍。比尔说，他就是为了他的墨西哥女朋友、她做的通心粉、意大利面酱汁，才千里迢迢、万里迢迢，赶去墨西哥城与她汇合的。

奥蒙抬起头。从眼镜片后面深深地凝望了比尔一眼。

比尔接着往下说。他谈起了他以前的一些恋爱史和失恋史，他又如何被这位莫名其妙的墨西哥女朋友，用一种莫名其妙的方式，令他莫名其妙地不能自拔。他再次强调"一种神秘的、无法解释的"力量。正是这种力量，让他改变了自己从年轻时代就保有的朝三暮四、怨天尤人、喜新厌旧……

"难道，这种力量，就是你们正在研究的引力波吗？"说到这里，比尔不由哈哈大笑起来。

"比起你刚才说的引力波，爱情是多么……"比尔一下子找不到合适的形容词（抽象，虚幻，短暂，可以把握，转瞬即逝，令人忧伤，让人狂喜）。

"究竟哪个更真实？你的引力波？还是我的爱情？"

伴随着一连串的问句，比尔结束了他的这段感慨，奥蒙也吃完了手里的那份热狗。

"还有三个半小时，我的飞往伯明翰的航班就要起飞了。"奥蒙接着又补充道，"如果一切顺利、没有变数。"

比尔问："你是哪家航空公司？"

"Flybe。"奥蒙说。

"我也是 Flybe 航空公司。"比尔说。

奥蒙皱了皱眉，表示这不太可能。因为 Flybe 一直飞英国国内和欧盟的关键地区。Flybe 没有飞拉丁美洲的航班。比尔也觉得有点奇怪。但是他又说，他第二航段的承运航空公司确实是 Flybe。

奥蒙耸耸肩膀，表示事情有点乱。有点匪夷所思。但既然有人说过，存在即合理。他就相信比尔说的以及将会经历的一切都是合理的。

奥蒙还另外举了一个例子。

奥蒙说，在2010年春天，冰岛的小型火山喷发产生的一个云团导致了绝大部分欧洲航班停运。奥蒙说，这虽然是极其偶然的事件，但提醒我们，尽管人类拥有改造自然的能力，但仍然不过是地球行星上的另一个现存物种。

比尔做了个鬼脸，说，这个他绝对相信，只是希望在接下来的几个小时里，那一类云团不要再次出现。

"不过，无论如何，做一个天文学家是很好的选择。特别在此时此刻。"比尔说。

"为什么？"奥蒙问。

"因为很多事情变得不确定了。"比尔说,"虽然我弄不清楚引力波,弄不清楚时空中的'涟漪',更弄不清楚火山喷发形成的云团,但我知道那种神秘的、无法确定的力量。无法确定,没有边界,但它又确实存在……就如同一只船孤独地航行在海上。夜色中,底下是沉静碧蓝的大海;远处仍然是沉静碧蓝的大海。非常神秘,美丽,充满力量,恐怖……"

"你在说美味的意大利通心粉和它的主人吧。"奥蒙开起了玩笑。

"你知道我在说什么,你知道的。"比尔说,"你知道的,你都知道的。"

奥蒙的 Flybe 准点登机。

他和比尔紧紧拥抱了一下,以纪念这次莫名其妙、然而也不乏有趣愉快的相遇。

奥蒙背着双肩包向登机口走去。

他突然又回过身,向比尔的方向返回几步。

"等我在伯明翰安顿下来,我给你发电子邮件。"奥蒙说。

比尔愣了一下。

"最近几周,新的引力波事件发生了很大的变化。如果你有兴趣,我给你几个为非专家提供科学资料的网站地址,它们很好地描述了这些难以置信的天文事件和时间探测组织。"

说完这句,奥蒙再次向登机口走去。

他又一次停下了脚步。

片刻犹豫后，他对比尔说："还有一件事，我想告诉你。如果有人问你，或者你自己在思考这个问题：需要多久，这个世界可以恢复到正常的状态——大流行病爆发以前的状态，极有可能的一个答案是……"

比尔感到自己非常恐惧地盯着奥蒙的眼睛。

"答案是：永远不会了。"奥蒙意味深长地看了比尔一眼。

或者说，在比尔的记忆空间里，奥蒙曾经意味深长地看了他一眼。

第二十七章

整个拉美地区最大的机场贝尼托·胡亚雷斯国际机场出人意料地平静、懒散、正常，甚至有些雾蒙蒙的。比尔觉得，几乎可以用任何类似的词来形容它。但是其中绝对没有一个词是与大流行病有关的。

这种感受抵消了长途飞行的疲劳以及时差造成的梦幻眩晕，几乎让比尔轻松愉快起来。然而，非常遗憾，这样的假象没有能够维持很久。

比尔首先发现：自己的护照找不到了。他一半疑惑着，一半埋怨着自己的粗心，再次翻找。就在翻找过程中，更坏的事情发生了。比尔发现，除了护照，自己的钱包也找不到了。

他陷入了时间与空间的回忆之中。

巴黎戴高乐国际机场，他使用过钱包。那是在机场休息区候机的时候，他从钱包里取钱，买了咖啡和香肠热狗。然后，他就一直在和天文学家奥蒙聊天。奥蒙比他先登机，奥蒙走后，他就一直沉浸在天文学家的神秘主义预言中，没有再次产生回到物质世界的欲望（他曾经打算在机场买个小礼物，带给墨西哥女朋友）。他懵懵懂懂地登机，然后除了飞机餐，一直在睡觉。对了，他的护照和钱包放在包的同一个夹层，而他的双肩包一直就安置在前排座椅下方。另外，他的邻座是空的，没有人。

比尔想象着小偷的可能人选，但都没有形成缜密的逻辑性。他甚至荒诞地想到：或许，那个天文学家奥蒙就是小偷！为什么奥蒙要主动靠近他，跟他讲那么多莫名其妙的引力波之类，最后还紧紧地拥抱他。或许，他根本就不叫奥蒙！

但是，很显然，这些猜测也是荒诞的、没有逻辑的。最终，比尔放弃了。

他找到了机场警察，说明了自己的情况。

一个长得像印度人、同时又有点像印第安人的墨西哥海关警察，比较耐心地听完了他的讲述。

"你的护照、钱包都被偷了？"海关警察冷冰冰地说。

"是的。"

"你跟我来。"海关警察又说了一句。

警察把他带进一间光线不是太好、然而有窗的小屋子里。

"你在这里等一等。"警察说。

比尔环顾四周，小屋里有两排长椅，一张桌子，地上扔了些皱皱的纸屑。

警察让比尔在这里等着，表示过一会儿他的同事会过来，对比尔的合法入境以及护照丢失等情况做一些调查和记录。

"好的。"比尔说。

比尔在小屋里等了很久。

警察所说的他的同事一直没有来。在这过程中，来过另外两拨人。

先是两个眉目清秀的亚裔女子被带了进来，她们在比尔对面的那排长椅上坐了下来。

紧接着又进来了两个高大的中年俄罗斯男人，他俩坐在了比尔的旁边。

两位亚裔女子表现出非常害怕的样子。她们不时抬头向屋外张望。门口站着另外两个高大的海关警察，手里拿着警棍，裤袋那里放着发射电脉冲的电击枪。

过了大约半小时左右，亚裔女子和俄罗斯男人都被带出去了。人来人往，说话声音很嘈杂，仿佛事情解决了，又仿佛还有着另外的麻烦。

很快，小屋里进来了两个墨西哥人。

一男一女。两人在比尔对面的椅子上坐下。过了十来分钟的样子。他们竟然和比尔聊起了天。

男的介绍自己名叫丹尼。他友好地向比尔微笑着，甚至还站起来向比尔鞠了个躬。

"我叫莫妮卡。"女士是典型的墨西哥美女的长相。

丹尼和莫妮卡分别告诉比尔，他们是坐同一航班的，目的地古巴哈瓦那。而就在刚才，他们被告知行李检查时出了问题。两人异口同声说自己是冤枉的。

"机场经常发生这种情况，最后什么事也没有。"然后他们又彼此对视了一眼。

丹尼长发，眼神有点锐利。说着带有浓重西语口音的英语。

丹尼说，他经常会被带到这间小屋来，因为他的行李过安检时经常出现问题。

比尔诧异地看了他一眼。

丹尼笑着解释："只是一个玩笑！只是一个玩笑！"

不过接下来丹尼很认真地讲了一件事情。丹尼说，这个机场确实经常发生一些匪夷所思的事。有时很凶险，有时很魔幻。他有个朋友曾经用一个笑话作为比喻。这个笑话是这样的：有个人相信自己变成了一粒谷子，被送进精神病院。经过医生悉心的治疗，他明白自己不是谷子，而是人。这样他终于可以出院了。但是他刚出医院的门就看见一只小鸡，立刻被吓坏了。医生说："亲爱的朋友，难道你不知道自己是人而不是谷子吗？"那人说："我当然知道，但是那只鸡知道吗？"

比尔说，这确实很可笑。

丹尼使了个眼色说，这个机场魔幻的地方就在于，来过这里以后，有人真会相信自己变成了一粒谷子。还有的人呢，则认为自己是那只小鸡。

比尔哈哈大笑。比尔说："我愿意是谷子。那只小鸡更可怕。"

接下来丹尼问起了比尔的情况。

比尔一五一十地说了。怎样在巴黎转机，长时间的空中飞行，到达贝尼托·胡亚雷斯国际机场时发现护照和钱包都丢了，而墨西哥警察把他丢在这个小屋里很久，再也没有理睬他。

这时旁边的莫妮卡朗声笑了起来，她说："警察才不会管你呢，他们管一些其他的事情。"

"你是从中国来的？"丹尼则抓住了另一个重点。

比尔点点头。

"因为大流行病吧？"丹尼说。

比尔想了想，回答道："是。但不完全是。我的女朋友在墨西哥。"

"你去过中国吗？"比尔反过来问丹尼。

丹尼摇摇头。丹尼说他没有去过中国，但他的朋友去过。他的朋友呢，有些也不是长时间在中国，他们只是旅行。在很短的时间里穿越中国的南北东西。他还有几个朋友在中国开墨西哥餐厅。据说生意很好。

这时比尔的头脑里飞快闪过卡斯特罗的身影。那个蓝猫酒吧的西餐厨师，墨西哥人，瘦且黑。比尔最后一次见到他时，他戴着口罩，从厨房窗口那里闪出小半张脸。卡斯特罗在墨西哥有一位美好的中国移民叔叔"安吉尔叔叔"，他开着一家美好的"安吉尔叔叔的咖啡馆"。但是，后来就有了绑架、尸体和潜在的毒品（只是想象着它与尸体的潜在关系）。

"很多事情，很奇怪，非但不完美，甚至彼此矛盾。"比尔仿佛在自言自语。

"电视上每天都有凶杀案。"丹尼仿佛在对比尔刚才说的话举例说明。也仿佛是在自言自语。

丹尼还突然回忆起，年轻的时候，自己在西班牙马德里待过的一小段时光。那时的自己年轻气盛，怨天尤人，浑身充满了忧愤。只要可以减轻马德里那孤独、多雨和寒冷的分量。哪怕杀人也在所不惜。

丹尼说："为什么，现在很多人一提到马德里，就只是想起马德里的阳光呢？"

"我也会想起马德里的阳光。"一旁的莫妮卡瞥了他一眼。

在接下来等待的时间里，他们的观点时而融合，时而疏离，时而相反。

丹尼坚持认为，在大多数国家里，大多数人都把外国文化以及生活方式理想化了。对于墨西哥人来说，这一比例起码超过一半。

丹尼说："我有一些朋友对西欧、加拿大、美国和远东地区有最匪夷所思的看法。他们认为远东地区的人特别聪明、勤奋、有经商头脑、遵守纪律、文明有礼，这在一定程度上是对的，但它似乎被抬高成了某种道德乌托邦：没有犯罪、对他人绝对尊重。这其实很愚蠢，很不现实。"

"他们没有真正接受过教育。"比尔冷静地插话道，"至少，他们没有过任何的长途旅行。"

"他们不在现场。"莫妮卡很快地补充道。

然而在教育这个问题上，他们产生了微妙的分歧。

丹尼说："墨西哥人认为中国人心地善良、顾家、勤奋，但是很显然，至少，在墨西哥的中国人，他们对墨西哥人超热情的性格是有点冷淡的。"接着他又说了句，"即便他们受过很好的教育。"

比尔同意这个看法，但他认为这属于民族天性。

比尔认为教育可以改变一些问题。一些未受教育的西方人对亚洲人和中国人有着刻板的印象。这对未受教育的墨西哥人来说同样适用。

"因为我们在心理上是西方人。"比尔说。

丹尼回味着这句话的分量，没有马上接话。

莫尼卡则说，她听过一种说法。95％或者更多的墨西哥人都有亚洲血统。大多数人都知道这一点。所以有一种理解是：他们身上的亚洲血统和欧洲血统一样多。

"我看到中国人就觉得很亲切。"莫尼卡说，"我经常会去中国人开的餐厅酒吧咖啡馆。"

"你就是去吃个饭而已！"丹尼突然变得激动起来，提高了说话的声调。

莫妮卡惊愕地看着他。

"告诉我们吧，中国，究竟是什么样的？"丹尼掉头直接问比尔。

"我喜欢那里。但我说不清楚。"比尔说。

"你不是刚从那里来吗？为什么说不清楚？"丹尼说。

"你说得清楚当年为什么爱上第一个女朋友、但最后又离开了她吗?"比尔说。

"说不清楚。"丹尼说。后来,莫妮卡也跟着这么说。

这天,后来,比尔最终在墨西哥女朋友家安顿下来以后,他打开电脑,分别给蓝猫酒吧老板克里斯托夫以及巴黎机场遇到的天文学家奥蒙发了邮件。

给克里斯托夫的信是这么写的:

我们住在一座小镇里,周围是林木茂盛的山丘,山路很陡,也很阴森。山谷里流着一条美丽的小河,弯弯曲曲,从容不迫而带点迟疑。我爱这一切……林里和河边的一草一木、一沙一石、一坑一穴和出没其间的鸟儿、鱼儿、松鼠、狐狸,我都了如指掌。

比尔停了下来,点上一支烟。

他意识到自己抄写了一段德国作家赫尔曼·黑塞的文字,在他记忆里的、头脑里的、突然之间冒出来的。至于真正的原因,他不清楚,不知道。但他觉得有点意思,也很有趣。

然后,他又仔细查了一下邮箱。并没有天文学家奥蒙发来的邮件,告诉他关于最近几周引力波事件发生的变化。

比尔继续抽着那支烟。厨房里传来明亮的煸炒意大利面酱汁的声音。

比尔找到了奥蒙的邮箱地址。

亲爱的奥蒙先生：

我仍然希望世界可以尽快恢复到正常的状态，虽然您告诉我这已永无可能。

我知道中国一定会脱离艰难的处境，我选择投信任票。希望仇外主义和种族主义别再继续蔓延，因为这种病毒需要国际协作和帮助，而不是隔离。

比尔敲了敲键盘，把这封信也发了出去。

第二十八章

几个月以后。

城里最安静的一天，街上空寂宽阔，而欧阳教授家里也只有两个人：欧阳教授和小男孩家家。

欧阳教授在书房里转了几圈，然后在电脑上敲下了这样一段文字：

单纯的秘密

单纯的秘密是学不到的。还在这崇高的危机之前，在《安娜·卡列尼娜》出版的时候，陀思妥耶夫斯基就已经慧眼地说到托尔斯泰的镜像列文："像列文这样的人，只要他们愿意，可以同人民生活在一起，但却决不会成为老百姓：自负和意志力，不管它们有多么任性，都不足以理解和完成向人民走下来的愿望。"

在近期欧阳教授的治学以及研究中，加入了大量未来学的色彩。

比如说，当人类正面对着一种未来：人工智能机器人正变得和人类越来越相似的未来时，当这一切正稳步发生时，我们将如何与机器人相处？我们能否分辨出他们和我们之间的区别？

欧阳教授注意到一个名叫兰登国际的工作室。那是一个致力于当代实验性艺术的合作工作室，由汉内斯·科赫和弗洛里安·奥特克拉斯于2005年创立，目前在伦敦和柏林拥有大批团队成员。他们的作品通过积极参与的形式，探讨后数字时代中人类的身份和自治的问题。

在欧阳教授的记忆里，兰登国际的首个影像作品取自视频装置《万物与虚无》，这件作品尝试探讨人类如何在充斥科技的环境中自处这一核心问题。在影像资料中，那台重复转动、永不停歇的蒸汽压路机令欧阳教授印象深刻。在他和导师的对话中，欧阳教授认为这件装置象征着无节制革新的文化内所固有的含混不清、模棱两可。

在兰登国际近期的另一件作品项目上，欧阳教授和导师产生了一点分歧。

那是一件新的动力作品，通过我们与生俱来的识别人类姿势的能力，来探索未来世界中，机器与人相处的现实困境。

这个表演装置的核心，是由一系列末端装有 LED 的机械臂组成。在电脑算法的引导下，不锈钢结构会在两根轨道上来回滑行。当它移动时，机械臂会使用装有的15个光点，模拟人类行走的形象。通过对光的位置进行轻微的改变，"人"的身高、性别甚至情绪也会发生相应的变化。

"我们可以通过非常少的信息来阅读其他人类，并将他们识别出来，"科赫说，"这是大脑数千万年来的机能。它能够让你甄别看到的究竟是机械的东西——比如风中飘动的树叶——还是一个生命体。"

科赫和他的创意伙伴都相信：一旦大脑启用了这种识别功能，你就会在一个基本的层面上与另一个生物产生共情——而这种反应会让你变得脆弱。

"当你识别出某物是人类时，你就会马上与之产生情感上的联结。"科赫说。

奥特克拉斯的意见则是："学校并没有任何课程会告诉你，即便'某物'看起来是有生命的，但它实际上却是无机物。因此，你不应该随意将情感'附加在物体上'，或是为其赋能。"

这两个意见显然都是正确的。那么接下来的问题就是，根据两位合作者的论证，《没有人是一座孤岛》的理念核心与许多人对自我的基本认知背道而驰。我们通常认为，人类在决策时大多会遵循理性与逻辑。奥特克拉斯则认为，我们更容易受到情感和冲动的驱使。

"我们所看到的，只是世界正在发生的一小部分。"他说，"然而，我们却以此为基础，作出了90%到95%的决策。"

这两位合作者同时认为："因此，人类绝不可能是理性的生物，但是……我们却总是告诉自己——我们是理性的。"

欧阳教授和导师的主要分歧在于：欧阳教授认为，我们向自我解释这个世界的方式（理性的），与我们对这个世界作出的回应并不一致（如此感性）。欧阳教授说："这种不一致恰好是一切的根本原因：人类不断说服自己——创造叙事——都是为了在这个世界上继续正常地运作下去。"

而欧阳教授的导师在沉默良久以后，只是淡淡地简单地说道："世界确实是有秩序的，世界不是乱来的。"

但关于这个秩序是谁规定出来的，谁约束出来的，欧阳教授和他的导师同时无法给出让人信服的解释。所以，这暂时成了一个既让人兴奋却又无法完成的新课题。

此时，欧阳教授把眼睛转向了客厅里的家家。这个奇怪的小东西。

谁也不知道家家为什么开口说话了，但他就是突然说话了。虽然只是说很少的话，但是每句话都干净。直扑本质，让人远离恐惧。

他步履轻盈地在欧阳教授身边走动时，欧阳教授既快乐，又讶异。

家家还突然会弹钢琴了。从来没有人教过他。他就安静地坐在那里，慢慢地弹起来了。有时候还直接弹上两个小时，钢琴声单纯而质朴。有些瞬间，欧阳教授也不得不承认，它很感人，让人觉得追求意义这件事本身就是愚蠢的。

但是从始至终，家家都非常平静。

"家家。"欧阳教授弯下腰，摸了摸小男孩的头。

家家抬起头，眼睛晶亮如雪。

"家家，如果有一天，一位人工智能机器人成为你唯一的朋友，你会喜欢它吗？"

家家谜一样地微笑着，没有回答。

欧阳教授停顿了一下。他继续对家家说："爸爸最近在关注一个实验。做实验的人得出的结论是：当我们识别出某物是人类时，我们就会马上与它产生情感上的联结。"

家家想了想，点点头。

"并且变得脆弱。"

家家想了想，又点了点头。

"如果我在厨房里看到一只蟑螂，我会选择立刻踩死它。因为它对我有害。也因为它是一只蟑螂。但如果我们看到的是蝴蝶呢？"

"不会。"家家轻声说。

"为什么？"

"因为……它美。"

欧阳教授原来想接着告诉家家，人与人之间的复杂关系。其一，人类与人类有着情感上的联结；其二，人类制定了法律以避免为了利益互相残杀。

但后来，他想了想，并没有按照这个逻辑说下去。

家家中午午睡的时候，欧阳教授回到房间处理邮件、信息。

欧阳太太苏嘉欣、姐姐苏嘉丽还有母亲，她们三人一起去了雪峰镇。苏嘉欣临走时说，她们希望在那座安静的小岛小镇上多住几天。她们每天都会发几张照片回来。开始几天是散漫的，三个人分别从不同的角度看向远处大海；后来变成了结构不严谨的三角形，其中有一张照片苏嘉欣笑得非常灿烂，欧阳也不由看得有些恍然起来。

在大流行病爆发三个月后，蓝猫酒吧老板克里斯托夫也辗转回到了法国小镇。开始的两个星期，他躲在朋友家后花园的花房里自我隔离。克里斯托夫写过几封邮件给欧阳教授。有的比较礼节性，感谢欧阳教授对于蓝猫酒吧的关心之类。其中有几封则很有趣。克里斯托夫说，他在花房里暖洋洋的，睡得很好，然后就做很多梦。他真的梦见自己变成了蝴蝶。在梦里他非常激动，因为在中国这是一个极其有名、代代相传的梦境，他希望自己不要醒来。但是，一只花房里湿漉漉的蜗牛把他吵醒了。

欧阳教授只收到过一次美国人比尔的邮件。比尔说，墨西哥的疫情已经完全失控。他和女朋友千辛万苦逃往山区，在那里租住了房子。外面有游泳池，他还看到几个好莱坞影星在里面游泳。

街上的人都戴起了口罩，只有眼睛露在外面。很多事变得不确定起来。比如说，欧阳教授有一次去超市买东西，看到外面莎拉和她的西班牙男朋友在街上走。但又并不能确定。

就连蓝猫酒吧的西餐厨师卡斯特罗也给他写过一次信。卡斯特罗去了泰国一个小岛。在信里，他很兴奋地告诉欧阳教授，这个岛上很多人爱吃墨西哥餐。如果开一个小饭店，生意一定会很好。然后他向欧阳教授借一点钱。

欧阳没有回这封信。

欧阳教授后来也躺下稍稍休息了一会儿。

有些奇怪的梦境，乱梦丛生。

主要有两个。

第一个是平行世界。欧阳教授真的梦见了一个平行世界。在这个世界里，鄂本笃充满希望地行进在通往肃州的路上；王氏刚刚逃离家乡；敦煌信使正式出发时，天空万里无云；比尔则欣喜地从票贩子手里拿到了巴黎转机墨西哥城的机票。

第二个梦有点恐怖。

欧阳教授梦到有三个人死在了墨西哥。

第一个是美国人比尔——就如同克里斯托夫预言的。当时克里斯托夫说得很慢，慢而沉重，甚至都有点结巴了。

"比尔，你会死在墨西哥城。"克里斯托夫说。

第二个是平行世界里的苏嘉欣和阿珍。

在欧阳的梦里，欧阳太太苏嘉欣和阿珍又回到了墨西哥海关。

"你们没有入境古巴的签证。"这是海关警察第三次重复这句话……这时旁边的阿珍拉了拉苏嘉欣的手臂。阿珍看到海关警察的手朝裤袋那里摸过去。阿珍说她很害怕，担心那个墨西哥警察会去摸裤袋里的那支电击枪。阿珍说她所有的害怕都是从那一刻开始的，即便她后来回想起来可能只是幻觉——那个警察的手或许根本就没有挪动过。但是因为她不能猜测他将要遵循的逻辑——那是一种她不知道、不熟悉的逻辑，所以即便是想象，也同样能够让她害怕到发抖。甚至不断产生想去洗手间的错觉。

然而，在欧阳教授的梦境现实里：墨西哥警察真的开枪了。子弹飞出枪膛，如同古巴姑娘漂亮的空中弹跳，飞向她们，飞向一切的将来与未知……

欧阳教授被一身冷汗吓醒了。

夕阳西下的时候，欧阳教授带着家家上街。

欧阳教授戴着大口罩，家家戴着小口罩。

街上的人戴着大大小小的口罩。

有一种淡而模糊的创世纪的感觉。

他们沿着一条临街小河走，欧阳教授想到一位现代建筑大师讲过的观点：

"什么是城市？城市是提供所需的地方。当孩子走过一个城市时，他会看到一些事物让他知道这一生想要做什么。"

他在口罩下面微微笑了笑。

步行大约十多分钟的样子，他们来到一个四岔路口。路口有一小排凉亭，圈起一个小院，并且和喧闹的马路自然隔开。小院里有一栋独门独户的三层小楼。家家抬头看着那座小楼，突然开口问道："这是什么地方？"

欧阳教授蹲下身子，用了很多"曾经"来回答这个问题。与此同时，在他的头脑里闪过的，则是这样一句话语："呵，这是一个突然缩小的、突然改变了时空关系的世界呵。"

"是的，它一定是什么。只是我们还不清楚而已。"

最后，他微笑着，这样对家家说道。